러시아 독본
|하|

러시아 독본
|하|

레프 톨스토이 지음
서유경 옮김

일러두기

1. '러시아 독본'은 톨스토이가 농민의 아이들을 위한 학교를 세우고, 이들을 가르치기 위해 만든 교과서로 아이들의 수준에 맞게 기존 이야기들을 재구성한 책이다. 이 책에는 우화, 실제 이야기, 역사 이야기 등 여러 장르의 글이 나오는데, 편집부에서는 원전에 충실하고자 장르 구분 없이 원문의 순서대로 글을 실었다.

2. '러시아 독본'은 총 네 권으로 구성되어 있으나 편집부는 각 두 권씩을 분리하여 상·하로 구성하였다.

3. 이 책은 러시아어 고유명사의 표기에 있어 국립국어원의 표기법에 따르고 있음을 밝힌다.

4. 각주 중 역자 주, 편집자 주, 윗첨자 주를 제외한 모든 주석은 저자 주이다.

차례

러시아 독본 Ⅲ   009

황제와 매 010
꼬리 없는 여우 011
엄벌 012
야생 당나귀와 집 당나귀 013
토끼와 사냥개 014
수사슴 015
토끼 015
개와 늑대 017
황제의 형제들 018
장님과 우유 019
숲멧토끼 020
늑대와 활 023
농부는 거위를
어떻게 나누었을까? 024
모기와 사자 026
사과나무 027
말과 주인들 029
빈대 030

노인과 죽음 031
거위는 어떻게
로마를 구했을까? 032
나무는 왜 추운 겨울에
갈라질까? 034
습기1 035
습기2 036
입자의 다양한 결합 037
사자와 여우 038
공정한 재판관 039
사슴과 포도밭 045
왕의 아들과 길동무들 046
새끼 까마귀 052
나는 어떻게 말 타기를
배웠을까 054
도끼와 톱 059
군인의 삶 060
고양이와 쥐 072
얼음, 물, 그리고 수증기 073

엄마 메추리와 새끼 메추리들 077
사냥개 불카 078
불카와 멧돼지 080
꿩 083
사냥개 밀튼과 불카 086
거북 088
사냥개 볼카와 늑대 090
퍄티코르스크에서
불카에게 있었던 일 093
불카와 밀튼의 최후 097
새와 그물 99
후각 100
개와 요리사 103
로마의 건국 104
신은 진실을 알고 있지만,
바로 말해 주지 않는다 108
입자의 결정 123
늑대와 염소 126
사모스 섬의 왕 폴리크라테스 127
용사 볼가 131

러시아 독본 Ⅳ 143
황제와 셔츠 144
갈대와 올리브 나무 145
늑대와 농부 146

두 친구 151
다이빙 점프 152
참나무와 개암나무 155
해로운 공기 157
나쁜 공기 160
늑대와 새끼 양 162
비중 163
사자, 늑대, 그리고 여우 165
벌거벗은 임금님 166
여우의 꼬리 168
누에 169
장님과 코끼리 177
의지가 강하면 어떤 어려움도
극복할 수 있다 179
어미 닭과 병아리 194
기체 1 195
기체 2 197
사자, 당나귀, 그리고 여우 199
늙은 미루나무 200
귀룽나무 202
나무는 어떻게 이동하는가? 204
뜸부기와 그의 아내 206
열기구는 어떻게 만들까? 207
기구 비행사의 이야기 210
암소와 숫염소 215
아빠 까마귀와 새끼 까마귀 216
태양과 열 218

세상의 악은 무엇에서
비롯되는가? 222
갈바니와 직류전기 226
물의 신령과 나무꾼 231
까마귀와 여우 232
카프카스의 포로 1 233
미쿨루쉬카 셀랴니노비치 285

레프 톨스토이 연보 291

러시아 독본 Ⅲ

황제와 매

황제가 사냥에 나가 자신의 매를 풀어 토끼를 쫓게 하고 자신은 그 뒤를 뒤따라갔다.

매가 토끼를 잡았다. 황제는 토끼를 거두고 나서 물 마실 곳이 어디 있나 찾아보았다. 황제는 언덕에서 물을 발견했다. 그런데 물은 겨우 한 방울씩 떨어지고 있었다. 황제는 말안장에서 잔을 가져 와 물 아래 받쳐 놓았다. 마침내 물이 한 잔 가득 채워지자, 황제가 잔을 들어 입에 대고 마시려 했다. 그런데 갑자기 매가 날개를 퍼덕거려 황제의 손을 쳐서 물을 쏟아버렸다. 황제는 다시 잔을 받쳐 놓았다. 그러고는 물이 잔에 가득 찰 때까지 한참을 기다린 후에 다시 잔을 들어 마시려 했다. 그런데 매가 또 날개를 퍼덕거려 물을 쏟아버렸다.

황제가 세 번째로 잔을 가득 채워 입에 대고 마시려는데,

매가 또 다시 물을 쏟아버렸다. 황제는 너무나 화가 나 매를 바위에 내리쳐 죽여 버렸다. 그때 황제의 시종들이 말을 타고 달려와 그 중 한 명이 물을 더 많이 받으려고 샘 위로 뛰어갔다. 그런데 잠시 후 그 시종이 빈손으로 와서 말했다.

"폐하, 이 물은 절대 마시면 안 됩니다. 가서 보니 샘 안에 뱀이 있어, 그 뱀이 물에 독을 풀어놓았습니다. 아까 매가 물을 쏟아버려 천만다행입니다. 폐하께서 그 물을 드셨더라면, 아마 돌아가셨을 겁니다."

그 말을 듣고 황제가 탄식했다.

"이런! 내가 매의 은혜를 악으로 갚았구나! 매는 나의 목숨을 구해 주었는데, 나는 녀석을 죽이고 말았구나."

꼬리 없는 여우

여우가 덫에 걸리자 꼬리만 떼어내고 도망쳤다. 그러고는 꼬리가 없는 것이 창피해 어떻게 하면 감출 수 있을까 궁리했다. 여우는 다른 여우들을 불러 모아 꼬리를 잘라버리라고 꼬시기 시작했다.

"꼬리는 말이지, 아무짝에도 쓸데없는 거야. 쓸데없이 무겁게 꽁무니에 달고 다니는 거야."

그러자 다른 여우가 말했다.

"오호, 글쎄, 네가 꼬리가 있다면 그렇게 말하진 않았을 텐데."

꼬리 없는 여우는 아무 말 못하고 떠나버렸다.

엄벌

한 남자가 장에 가서 소고기를 샀다. 그런데 장사꾼이 그를 속였다. 상한 고기를 무게까지 속여서 판 것이다.

속은 남자는 화가 나 욕을 하며 고기를 들고 집으로 가고 있었다. 마침 황제가 지나가다 그를 보고 물었다.

"너는 누굴 그렇게 욕하고 있느냐?"

남자가 말했다.

"저를 속인 자를 욕하고 있었습니다. 저는 소고기 3푼트(약 1.23킬로그램) 어치 값을 치렀는데, 글쎄 2푼트(약 800그램)만 준 게 아니겠습니까? 게다가 상한 고기로요."

그러자 황제가 말했다.

"그럼 시장으로 다시 가서 너를 속인 자가 누구인지 일러 보거라."

남자는 시장으로 돌아가 장사꾼을 가리켰다.

황제는 자기가 보는 앞에서 고기를 달아보라고 했다. 정말 속인 게 분명했다.

황제가 물었다.

"그래, 너는 내가 저 자를 어떻게 벌했으면 좋겠느냐?"

남자가 대답했다.

"저 자의 등에서 저를 속인 고기 무게만큼 살을 베어내라고 명해 주십시오."

그러자 황제가 말했다.

"좋다. 칼을 가져와서 저 자의 살을 1푼트(약 400그램)만큼 베어내거라. 단, 정확히 베어내야 한다. 1푼트보다 더 많거나 더 적으면, 그땐 네가 그 죗값을 치르게 될 것이다."

그러자 남자는 아무 말도 못하고 집으로 갔다.

야생 당나귀와 집 당나귀

야생 당나귀가 집 당나귀를 보더니 다가와서 몸통에 반들 반들 윤기가 흐른다느니, 얼마나 맛있는 먹이를 먹으면 그렇겠냐느니 하면서, 집 당나귀 팔자를 칭찬하기 시작했다. 잠시 후 사람들이 집 당나귀 등에 짐을 잔뜩 싣자, 마부가 뒤에서 녀석을 채찍질하며 몰기 시작했다. 그러자 야생 당나귀가 말했다.

"이보게, 친구. 허리가 휘도록 고생하는 모습을 보니, 이젠 자네가 전혀 부럽지 않네 그려."

토끼와 사냥개

한번은 토끼가 사냥개에게 물었다.

"사냥개야, 너는 우리를 쫓을 때 왜 짖는 거니? 짖지 않고 달리면, 우릴 더 빨리 잡을 수 있을 텐데. 너는 짖으면서 우릴 사냥꾼에게 몰기만 하잖아. 사냥꾼이 네가 짖는 소릴 듣고 우리가 어디로 도망가는지 알아채고는 총을 들고 우리 앞으로 달려와 우릴 죽이지. 그러고는 너에겐 아무것도 주질 않잖아."

그러자 사냥개가 말했다.

"난 뭘 바라고 짖는 게 아니야. 그냥 토끼 냄새만 맡으면 너를 곧 잡을 생각에 사나워지고 흥분이 되어 짖는 거야. 나도 내가 왜 짖는지 몰라. 그냥 짖지 않을 수가 없을 뿐이야."

수사슴

 수사슴 한 마리가 물을 마시러 개울가로 왔다가 물속에 비친 자신의 모습을 보았다. 사슴은 크고 멋지게 뻗은 자신의 두 갈래 뿔을 보자 몹시 기분이 좋았다. 하지만 자신의 다리를 보더니 말했다.
 "나는 다 좋은데 다리는 왜 이리 부실하니 볼품이 없을까."
 그때 갑자기 사자가 뛰쳐나와 사슴에게 달려들었다. 사슴은 깜짝 놀라 탁 트인 들판으로 잽싸게 달아났다. 도망가던 사슴이 숲 속에 들어갔다. 그런데 뿔이 나뭇가지에 걸리는 바람에 사자에게 잡히고 말았다. 사슴은 잡혀 죽게 되자 탄식하며 말했다.
 "이런, 난 정말 어리석구나! 부실하니 볼품없다고 부끄러워하던 다리는 날 구해주었는데, 정작 자랑스러워하는 뿔은 나를 죽게 만들었구나."

토끼

 토끼는 밤에 먹이를 먹는다. 겨울이 되면 산토끼는 나무껍질을 먹고, 들토끼는 발아한 새싹이나 풀을 먹고, 토끼는 양곡 창고에서 낟알을 먹는다. 밤사이 토끼들은 눈 위에 깊고 선명한 발자국을 남긴다. 토끼 주위엔 사람, 개, 늑대, 여우, 까마귀, 독수리 등 천적이 많다. 만약 토끼가 똑바로 앞으로만 다닌다면, 아침에 그 발자국을 보고 바로 토끼를 찾아내 잡을 것이다. 그러나 하느님은 토끼에게 겁이 많은 성격을 내려주었고, 겁이 많은 덕분에 토끼는 살아남을 수 있다.

밤에 토끼는 겁 없이 숲과 들판을 뛰어다니며 똑바로 발자국을 남긴다. 그러나 아침이 밝아오고 천적들이 깨어나기 시작하면, 토끼는 개 짖는 소리, 썰매가 삐걱대는 소리, 농부들 말소리, 늑대들이 숲 속에서 부스럭거리는 소리에 귀를 곤두세우고, 겁에 질려 이쪽저쪽 지그재그로 움직이기 시작한다. 앞으로 깡충깡충 뛰어가다, 무언가에 놀라면 다시 자기 발자국을 따라 되돌아온다. 그러다 또 무슨 소리가 들리면 혼비백산하여 옆으로 깡충 뛰어 아까 만들어 놓은 발자국을 벗어난다. 다시 무언가 툭하고 소리를 내면, 다시 뒤로 돌아 또 옆으로 뛰어 간다. 그러다 날이 완전히 밝아오면, 토끼는 잠자리에 든다.

아침이 되어 사냥꾼들이 토끼 발자국을 유심히 살피기 시작한다. 하지만 토끼 발자국이 이중으로 너무 멀리 띄엄띄엄나 있어 헤매다가 토끼의 꾀에 놀라움을 금치 못한다. 하지만 정작 토끼는 꾀를 부리는 것이 아니다. 녀석은 그저 겁이 많을 뿐이다.

개와 늑대

개 한 마리가 뒤뜰에서 잠을 자고 있었다. 그때 굶주린 늑대가 달려들어 개를 잡아먹으려했다. 개는 자다 말고 깜짝 놀라 말했다.

"늑대님! 조금만 기다려 주세요. 지금은 저는 너무 말라서 뼈밖에 없거든요. 그러니 며칠만 기다려 주세요. 곧 주인댁에 결혼식이 있을 텐데, 그때 저에게 먹을 것을 잔뜩 줄 거랍니다. 제가 포동포동 살이 찌면, 그때 잡아먹는 게 더 낫잖아요"

늑대는 그 말을 믿고 돌아갔다. 그러고는 며칠 뒤 늑대가 다시 와서 보니 개가 지붕 위에 누워 있었다. 이를 본 늑대가 말했다.

"그래, 결혼식은 치렀느냐?"

그러자 개가 말했다.

"이봐, 늑대야, 다음에 앞뜰에서 자고 있는 나를 보게 되면,

더 이상 결혼식 같은 건 기다리지 말거라."

황제의 형제들

 황제가 길을 가고 있었다. 그때 거지가 황제에게 다가와 적선해달라고 청했다.
 황제가 아무것도 주질 않자, 거지가 말했다.
 "폐하, 폐하께서는 잊으셨나 봅니다. 하느님은 모든 이들의 아버지이시고, 우리는 모두 형제이니, 우리는 서로 나누어야 한다는 것을 말이지요."
 그러자 황제가 걸음을 멈추고 말했다.
 "네 말이 옳구나, 우리는 형제이니 서로 나누어야지."
 그리고는 거지에게 금화 한 닢을 주었다. 거지는 금화를 받아 들고 말했다.
 "폐하, 너무 적게 주시네요. 설마 형제끼리 이렇게 나누시는 건 아니겠지요? 공평하게 나누셔야지요. 폐하께서는 금화가 수없이 많은데, 저에게는 달랑 한 닢만 주시다니요."
 그러자 황제가 말했다.
 "내게 금화가 많은 것도 맞는 말이다. 그러나 내가 너에게 한 닢만 준 까닭은 나에겐 금화만큼이나 수없이 많은 형제들이 있기 때문이다."

장님과 우유

 태어날 때부터 한 번도 앞을 못 본 장님이 눈이 보이는 사람에게 물었다.
 "우유는 어떤 색입니까?"
 눈이 보이는 사람이 말했다.
 "우유의 색은 흰 종이 색과 같지요."
 장님이 물었다.
 "그러면, 그 색은 종이처럼 손으로 만지면 부스럭거립니까?"
 눈이 보이는 사람이 말했다.
 "아니요, 그 색은 밀가루처럼 하얗지요."
 장님이 물었다.
 "그러면, 그 색은 밀가루처럼 부드럽고 보슬거립니까?"
 눈이 보이는 사람이 말했다.
 "아니요, 그 색은 흰 토끼처럼 새하얗지요."
 장님이 물었다.

"그러면, 그 색은 토끼처럼 보드랍고 보송한가요?"
눈이 보이는 사람이 말했다.
"아니요, 그 색은 눈처럼 하얄 뿐이지요."
장님이 물었다.
"그러면, 그 색은 눈처럼 차가운가요?"
눈이 보이는 사람이 아무리 많은 예를 들어 설명해도, 장님은 끝내 우유의 흰색이 어떤 색인지 알 수 없었다.

숲멧토끼

숲멧토끼는 겨울이 되면 마을 근처로 내려와 살았다. 밤이 되자 토끼는 한 쪽 귀를 쫑긋 세워 귀를 기울이다가, 다음엔 다른 쪽 귀를 쫑긋 세우고 콧수염을 씰룩이며 냄새를 맡다가 뒷다리를 쪼그리고 앉았다. 그러다 녀석은 깊은 눈 속을 한 두 번 깡충깡충 뛰어가다 다시 뒷다리를 쪼그리고 앉아 주위를 살피기 시작했다. 사방에 보이는 것은 눈밖에 없었다. 켜켜이 쌓인 눈은 설탕 가루처럼 반짝였다. 그리고 토끼 머리 위로 서리 안개가 드리웠고, 그 사이로 크고 밝게 빛나는 별들이 보였다.

숲멧토끼가 늘 다니던 양곡 창고로 가려면 큰 길을 건너야 했다. 큰 길에는 썰매가 지나가는 소리, 말들이 푸르르 거리는 소리, 썰매 의자가 삐걱거리는 소리들이 들렸다.
녀석은 다시 길가에 멈춰 섰다.
카프탄 외투 깃을 세운 농부들이 썰매 옆에서 걷고 있었다. 그들의 얼굴이 얼핏얼핏 보였는데, 턱수염, 콧수염, 속눈썹에까지 하얗게 서리가 맺혀 있었고, 입과 코에서는 하얀 김이 나왔다. 말들은 땀에 젖어 있었고, 땀방울에 서리가 맺혀 있었다. 멍에를 쓴 말들이 울퉁불퉁 패인 길을 덜컹덜컹 지나갔다. 사내들은 앞서거니 뒤서거니 하며 채찍으로 말을 재촉했다. 노인 두 사람이 나란히 걸으며 한 노인이 다른 노인에게 자기가 말을 도둑맞았던 일을 이야기하고 있었다.
짐마차 대열이 지나가자, 토끼는 재빨리 길을 건너 천천히 양곡 창고로 향했다.
짐마차 대열을 지키던 개 한 마리가 토끼를 발견하고, 짖으며 달려들었다. 토끼는 양곡 창고를 향해 눈 쌓인 들판 위를 뛰어갔다. 토끼는 깊은 눈 위에서도 잘 뛰었지만, 개는 열댓 걸음 뛰다가 눈 속에 빠져 멈춰 서고 말았다. 그러자 토끼도 걸음을 멈추고, 뒷다리를 쪼그려 잠시 앉았다가 천천히 양곡 창고로 뛰어갔다. 가는 길에 녀석은 풀밭에서 토끼 두 마리를 만났다. 토끼들은 풀을 뜯으며 놀고 있었다. 녀석도 함께 어울려 놀았다. 얼어붙은 눈을 헤치고 그 아래 발아한 새싹을 뜯어먹고 다시 길을 갔다. 마을은 온통 고요했고, 불빛도 꺼져 있었다. 간간이 아기 울음소리만 담장 너머 들려왔고, 동나무로 지은 농가의 나무 기둥들이 추위에 얼어 타닥타닥 깨지는 소리만 들릴 뿐이었다. 토끼는 양곡 창고로 들어갔다. 그곳엔 다른 토끼들이 있었다. 녀석은 다른 토끼들과 함께 깨끗하게 치워 놓은 탈곡장에서 잠시 놀다가 아까 뜯어먹던 귀리 단을 조금 뜯어먹고, 눈 쌓인 지붕을 지나고 양곡 건조장을 지나 울타리 넘어 녀석이 사는 골짜기로 돌아갔다. 동쪽 하늘에 여명이 밝아오자 별들은 점점 희미해져갔고, 서리 안개는 더욱 짙게 땅 위로 피어올랐다. 인근 마을 아낙들이 잠에서 깨어 물을 길으러 가고 남자들은 양곡 창고에서 여물을 날랐다. 아이들은 소리를 지르고 울어댔다. 길에는 훨씬 더 많은 짐마차들이 오갔고, 남자들은 더 큰 소리로 얘기하고 있었다.

　녀석은 깡충깡충 길을 건너 자기가 살던 낡은 굴을 향해 가다가 좀 더 위쪽에 자리를 골라 눈을 파고 새로 굴을 만들었다. 녀석은 새 굴에 들어가 엎드려 귀를 뒤로 붙이고 눈은 뜬 채 잠이 들었다.

늑대와 활

 사냥꾼이 활과 화살을 들고 사냥을 나갔다가 염소 한 마리를 잡아 어깨에 둘러메고 가고 있었다. 길을 가던 사냥꾼은 멧돼지 한 마리를 발견했다. 그는 메고 있던 염소를 내려놓고 멧돼지를 향해 활을 쏘아 녀석을 맞췄다. 그러자 멧돼지가 냅다 사냥꾼에게 달려들어 사냥꾼을 물어 죽이고 녀석도 그 자리에 쓰러져 죽고 말았다. 잠시 후 늑대가 피 냄새를 맡고 염소와 멧돼지, 활을 든 사냥꾼이 쓰러져 있는 곳으로 왔다. 늑대는 너무나 기뻐하며 생각했다. '오호, 이제 한동안 배불리 먹을 수 있겠구나. 모든 걸 한 번에 다 먹지 말고 조금씩 아껴 먹어야겠다. 먼저 질긴 것을 먹고, 부드럽고 달콤한 것은 나중에 먹어야지.'

 늑대는 염소와 멧돼지, 사람의 냄새를 맡고 나서 말했다.

 "이 고기는 부드러우니 나중에 먹고, 먼저 활에 달려 있는 이 힘줄부터 먹어야겠다."

 늑대가 활에 달린 줄을 물어뜯자 활시위가 끊어지며 튕겨서 늑대의 배를 후려쳤다. 늑대는 그 자리에서 죽고 말았다. 이후 다른 늑대들이 사냥꾼과 염소와 멧돼지는 물론이고 죽은 늑대까지 모조리 먹어 치웠다.

농부는 거위를 어떻게 나누었을까?

어느 가난한 농부의 집에 곡식이 떨어지고 말았다. 농부는 지주를 찾아가 빵을 좀 달라고 부탁해야겠다고 생각했다. 농부는 지주에게 뭐라도 가셔가려고 거위 한 마리를 삽아 살 구워서 들고 갔다. 지주는 거위를 받으며 농부에게 말했다.

"이보게, 거위 참 고맙네. 다만 자네 거위를 어떻게 나누어야 할지 모르겠네. 우리 집엔 아내도 있고, 아들 둘에 딸 둘이 있는데. 어떻게 하면 모두가 기분 상하지 않게 이 거위를 나눌 수 있겠는가?"

농부가 말했다.

"그럼 제가 나누어 드리지요."

농부는 칼을 들고 거위의 머리를 잘라 지주에게 주며 말했다.

"나리께서는 집안의 가장이시니 머리를 드리지요."

다음에는 엉덩이를 잘라 지주의 아내에게 주며 말했다.

"마님께서는 집에 앉아 집안일을 돌보시니 엉덩이를 드리지요."

다음에는 거위의 발을 잘라 두 아들에게 나누어 주며 말했다.

"아드님들은 아버지의 길을 따라가시니, 발을 드리지요."

마지막으로 딸들에겐 날개를 주며 말했다.

"따님들은 곧 출가하여 떠나실 테니, 날개를 드리지요. 그리고 남은 것은 제가 갖겠습니다."

그러고는 거위 몸통을 자기가 가졌다.

이를 본 지주는 허허 웃으며 농부에게 빵에다 돈까지 내주었다.

마을의 한 부자 농부가 지주가 거위 구이를 가져온 가난한 농부에게 빵과 돈을 후하게 주었다는 소문을 듣고 자기도 거위 다섯 마리를 구워 지주를 찾아 갔다.

지주가 거위를 받으며 말했다.

"거위를 선물해 주어 고맙네. 그런데 우리 집엔 아내도 있고, 아들 둘에 딸 둘이 있어. 모두 여섯 식구라네. 어떻게 하면 자네가 선물해 준 거위를 공평하게 나눌 수 있겠는가?"

부자 농부는 아무리 생각해도 마땅한 방법이 떠오르질 않았다.

그러자 지주가 사람을 보내 가난한 농부를 오라고 한 뒤 그에게 거위를 나누라고 했다. 가난한 농부는 거위 한 마리를 지주와 지주의 아내에게 주면서 말했다.

"자, 이제 거위를 포함해서 나리님은 셋이 되었습니다."

또 한 마리는 아들들에게 주면서 말했다.

"이제 아드님들도 셋이 되었지요."

다른 한 마리는 딸들에게 주었다.

"이제 따님들도 셋이 되었습니다."

나머지 두 마리는 자기가 가지면서 말했다.

"이제, 거위를 포함해서 저도 셋이 되었으니, 모두에게 공평해졌습니다."

이를 본 지주는 한바탕 웃음을 터트리더니 가난한 농부에게는 빵과 돈을 더 얹어주고, 부자 농부는 내쫓아 버렸다.

모기와 사자

모기 한 마리가 사자에게 날아와 말했다.

"사자야, 너는 나보다 힘이 세다고 생각하지? 하지만 그렇지 않을걸! 네게 무슨 힘이 있어? 발톱으로 할퀴고 이빨로 물어뜯는 것은 여자들이 남자들하고 싸울 때나 하는 짓이지. 힘이야 내가 너보다 더 세지. 원한다면, 한판 붙어 보자구!"

모기는 앵앵거리며 사자의 볼과 코를 물어뜯기 시작했다. 사자는 얼굴을 앞발로 때리고 발톱으로 얼굴에 피가 나도록 긁다가 그만 지치고 말았다.

모기는 신나서 앵앵거리며 날아다녔다. 그러다 그만 거미줄에 걸리고 말았다. 거미가 모기를 잡아먹으러 다가오자 모기가 한탄하며 말했다.

"아, 사자처럼 힘센 맹수도 이겼는데 하잘것없는 거미 때문에 죽게 되었구나."

사과나무

나는 어린 사과나무를 200그루 심었다. 그리고 3년 동안 봄과 가을에 나무 주위를 파주었고, 겨울이면 토끼들이 파헤치지 못하게 짚으로 감싸 놓았다. 4년째 되는 해 눈이 녹자 나는 사과나무들을 살펴보러 갔다. 나무들은 겨울을 나며 더 굵어졌고, 껍질은 윤기가 나고 단단했다. 가지들도 부러진 데 없이 모두 온전했고, 가지 끝과 마디마다 완두콩처럼 동그란 꽃망울들이 맺혀 있었다. 어떤 것은 어느새 꽃망울을 터트려 선홍색 꽃잎의 끝이 살짝 드러나 있었다. 나는 곧 모든 꽃망울에서 꽃이 피어나 열매를 맺으리라는 생각에 사과나무를 보고 있으니 마음이 흐뭇했다. 그런데 첫 번째 사과나무를 감싸고 있던 짚을 헤쳐 보니 땅 위로 드러난 나무 밑동이 둥글게 껍질을 갉아 먹혀 하얀 나무 속살이 둥글게 드러나 있었다. 들쥐들 짓이었다. 나는 다른 나무들도 살펴보았다. 역시 마찬가지였다. 사과나무 200그루 중에 단 하나도 성한 것이 없었다. 나는 갉아 먹은 자리에 나무 진액과 밀랍을 발라 주었다. 그러나 사과나무에 꽃이 피어도 꽃들이 이내 떨어져 버렸다. 나뭇잎도 새싹이 나자마자 금세 시들해지며 말라버렸다. 나무껍질도 쭈글쭈글하면서 검게 변했다. 사과나무 200그루 중에 고작 아홉 그루만 살아남았다. 이 아홉 그루는 밑동의 나무껍질이 완전히 다 갉아 먹히지 않아 흰색 속살이 드러난 부분에 껍질 일부가 남아 있던 것이다. 껍질이 남아있던 자리와 나무껍질이 갈라졌던 자리에 작은 옹이들이 생겼고, 나무들이 좀 상하긴 했지만 다행히 계속 자랐다. 그 외에 나머지 사과나무들은 모두 죽었는데, 갉아 먹힌 자리 아래에서 새싹이 돋아났다. 모두 야생풀이었다.

  나무의 껍질은 사람의 혈관과 같다. 피가 혈관을 통해 사람의 온 몸을 흐르듯, 나무의 수액은 껍질을 통해 나무를 흐르며 가지와 잎, 꽃까지 올라간다. 나이 많은 버드나무에서 흔히 볼 수 있듯이 나무는 속을 다 파내도 껍질만 살아 있으면 죽지 않는다. 그러나 껍질이 상하게 되면 나무는 죽는다. 혈관을 자르면 사람이 죽는 이유는 첫째, 피가 몸 밖으로 흘러나오기 때문이고, 둘째, 피가 더 이상 몸속에 흐르지 못하기 때문이다.

 자작나무 역시 아이들이 수액을 마시려고 작은 구멍을 뚫으면 나무 수액이 다 빠져나와 결국 말라 죽는다.

 마찬가지로 사과나무도 들쥐들이 나무 밑동을 빙 둘러 껍질을 몽땅 갉아먹어는 바람에 수액이 뿌리에서 나뭇가지, 잎, 꽃으로 흐를 수가 없어 죽게 된 것이다.

말과 주인들

 과수원 주인에게 말이 한 마리 있었다. 과수원 주인은 말에게 일은 많이 시키면서 먹이는 조금밖에 주지 않았다. 그래서 말은 다른 주인에게 보내 달라고 하느님께 빌었다. 그러자 소원이 이루어졌다. 과수원 주인이 말을 그릇 만드는 도공에게 판 것이다. 말은 너무나 기뻤다. 그러나 도공이 이전 주인보다 일을 더 많이 시키는 게 아닌가. 그러자 말은 자기 팔자를 한탄하며 더 나은 주인에게 보내 달라고 또 빌었다. 그러자 소원이 이루어졌다. 도공이 말을 가죽 장수에게 판 것이다. 그런데 말이 가죽 장수네 집 마당에 걸려있는 말가죽을 보고는 통곡하며 말했다.

"아이고, 내 팔자야, 불쌍하기도 하지! 차라리 예전 주인들 집에 그냥 있을걸. 이제 보니 가죽 장수는 나를 일을 시키려고 산 게 아니라 가죽을 벗겨 팔려고 산 것이었구나."

빈대

나는 하룻밤을 묵으러 여인숙에 들었다. 그러고는 잠자리에 들기 전에 촛불을 들고 침대와 벽을 구석구석 살펴보았다. 사방에 온통 빈대가 바글거리는 걸 보고 나는 어떻게 하면 빈대에게 물리지 않고 밤을 보낼 수 있을까 궁리하기 시작했다.

내 침대는 접이식이었는데 침대를 방 한가운데로 옮겨놓아도 분명 빈대들이 벽에서 바닥으로 기어오거나 침대 다리를 타고 올라와 나를 물어뜯을 게 뻔했다. 나는 여인숙 주인에게 나무로 만든 그릇 네 개를 달라고 한 다음 그릇에 물을 가득 붓고 침대 다리를 각각 물이 담긴 그릇에 넣었다. 나는 방바닥에 촛불을 세워놓고 누워 빈대들이 어떻게 하는지 살펴보았다. 빈대는 엄청나게 많았고, 녀석들은 이미 내가 있다는 걸 감지했다. 나는 빈대들이 방바닥을 기어 그릇 가장자리로 기어오르는 것을 보았다. 그 중에 일부는 물속에 빠지고 일부는 되돌아갔다. 나는 '오호라, 내가 제대로 머리를 썼군, 이젠 빈대가 달려들지 않겠지' 하고 생각했다. 그러고는 촛불을 끄려는데 갑자기 무언가 나를 깨무는 것이 아닌가. 살펴보니 빈대였다. 녀석이 어떻게 여기까지 올 수 있었을까? 얼마 지나지 않아 나는 또 다른 빈대를 찾아냈다. 나는 빈대들이 어떻게 나에게까지 올 수 있었는지 알아내려 주변을 살피기 시작했다.

한참 동안 이유를 알아내지 못하다가 천장을 올려다보고서야 비로소 알게 되었다. 빈대가 천장을 올라 침대가 놓인 바로 위까지 기어간 다음 그 자리에서 내 위로 떨어지고 있었다. '도저히 이 녀석들을 피할 수가 없겠구나.' 하는 생각이 들자 나는 그 길로 외투를 걸치고 여인숙을 나왔다.

노인과 죽음

어느 날 나이 많은 노인이 장작을 잔뜩 팬 다음 짊어지고 갔다. 가야 할 길이 멀었다. 노인은 녹초가 되어 장작 다발을 내려놓으며 말했다.

"아이고 힘들다, 저승사자나 와 주면 좋겠구먼."

그러자 저승사자가 나타나 말했다.

"자, 내가 왔네. 그래 뭐가 필요한가?"

노인은 저승사자를 보자 기겁하여 말했다.

"아, 저 장작 다발 드는 거나 와서 도와주었으면 해서."

거위는 어떻게 로마를 구했을까?

기원전 390년 야만족 갈리아인들이 로마에 쳐들어 왔다. 로마인들은 갈리아인들에 맞서 싸울 수가 없었다. 그래서 어떤 이들은 도시를 떠나 아주 멀리 도망갔고, 어떤 이들은 성으로 들어가 성문을 걸어 잠갔다. 그 성은 카피톨리 성이었다. 도시에는 원로원 의원들만 남아 있었다. 갈리아인들은 도시로 진격해 들어와 원로원 의원들을 모두 죽이고 로마를 불태웠다. 이제 갈리아인들이 점령하지 못한 곳은 로마 한가운데에 있는 카피톨리 성 하나뿐이었다. 갈리아인들은 성 안에 금은보화가 많다는 것을 알고 성을 쳐들어가 약탈하고 싶었다. 그러나 카피톨리 성은 가파른 산 위에 있었다. 성의 한 쪽에는 성벽과 성문이 있었고, 다른 한 쪽에는 가파른 절벽이 있었다. 어느 날 밤, 갈리아인들이 절벽 아래에서 카피톨리 성을 향해 몰래 기어올랐다. 밑에서 서로를 받쳐 주고 창과 칼을 전달해 주었다.

갈리아인들이 은밀히 절벽을 기어오르고 있는데 성안의 개들은 단 한 마리도 그 소리를 듣지 못했다.

갈리아인들이 마침내 성벽을 넘으려는 순간 인기척을 느낀 거위들이 갑자기 꽥꽥거리며 날개를 푸드덕거렸다. 그 소리에 로마인 한 명이 잠에서 깨어 곧장 성벽으로 달려가 갈리아인 한 명을 쳐서 절벽 아래로 떨어뜨렸다. 그때 갈리아인이 떨어지면서 자기 밑에서 올라오던 다른 갈리아인들을 줄줄이 떨어뜨렸다. 그러자 로마인들이 달려 나와 절벽 아래로 통나무와 돌을 던져 수많은 갈리아인들을 죽였다. 나중에 로마에 지원군이 도착해 갈리아인들을 모조리 몰아냈다.

그 이후 로마인들은 이를 기념하기 위하여 이 날을 축일로 정했다. 이 날이 되면 예복을 차려 입은 제사장들이 도시를 행진한다. 제사장 중 한 명은 거위를 안고 가고, 그 뒤에 개를 밧줄에 묶어 끌고 간다. 그러면 사람들이 다가와 거위와 제사장에게는 절을 하고 선물을 바치는 반면 개는 죽을 때까지 몽둥이로 두들겨 팬다.

나무는 왜 추운 겨울에 갈라질까?

 나무에는 수액이 있는데 수액은 물처럼 날이 추우면 언다. 수액은 얼면 팽창하는데, 더 이상 팽창할 공간이 없으면 결국 나무를 갈라시게 한다.
 병에 물을 가득 채우고 영하의 날씨에 내놓으면 물이 얼면서 병이 깨진다.
 물이 얼음이 될 때 팽창하는 힘은 무쇠로 만든 대포에 물을 가득 채우고 얼리면 얼음 때문에 대포가 갈라질 정도로 강하다.
 쇠는 기온이 내려가면 수축하는데, 왜 물은 팽창하는 것일까? 그것은 물이 어는 과정에서 물 입자들이 쇠와는 다른 방식으로 결합하여 입자들 사이에 빈 공간이 더 많아지기 때문이다.
 왜 물은 얼면 수축하지 않는 것일까? 그것은 강과 호수의 물이 밑바닥까지 얼지 않도록 하기 위해서이다.
 얼음은 얼면서 부피가 팽창하기 때문에 물보다 가벼워져 물 위에 뜨게 된다. 기온이 내려가면 얼음이 물 밑으로 얼어 두께가 두꺼워지지만, 강바닥까지 얼지는 않는다. 만약 물이 얼 때 쇠처럼 수축한다고 가정해 보자. 그럴 경우 표면의 물이 얼면서 얼음이 물보다 무거워져 강바닥으로 가라앉게 될 것이다. 이후에도 계속해서 강 표면의 물이 얼어 물속으로 가라앉게 될 것이고, 결국에는 강과 호수가 밑바닥에서 수면까지 모두 얼어붙게 될 것이다.

습기 1

왜 거미는 어떨 때는 거미줄을 지어 둥지 한가운데 앉아 있기도 하고, 어떨 때는 둥지에서 나와 새 거미줄을 만들기도 하는 것일까?

거미는 지금과 앞으로의 날씨에 따라 거미줄을 만든다. 때문에 거미줄을 보면 날씨가 어떠할지 알 수 있다. 만약 거미가 거미줄 한가운데 가만히 앉아있다면, 그것은 곧 비가 온다는 뜻이다. 반대로 거미가 둥지에서 나와 새 거미줄을 치고 있다면, 그것은 날씨가 좋을 것이라는 뜻이다.

거미는 어떻게 날씨를 미리 알 수 있을까?

거미의 감각은 너무나 예민해서 대기 중의 습도를 감지할 수 있기 때문이다. 우리가 아직 날씨가 화창하다고 느끼는 습도에도 거미는 이미 비가 오고 있다고 느낄 정도이다.

옷을 벗은 사람이 옷을 입은 사람보다 습도에 더 민감하듯, 우리는 곧 비가 올 것 같다고 느낄 때 거미는 이미 비가 오고 있다고 느낀다.

습기 2

왜 가을과 겨울에는 문이 팽창해 잘 닫히지 않고, 여름에는 수축해 잘 닫히는 것일까?

가을과 겨울에는 나무가 스펀지처럼 대기 중의 수분을 흡수하여 팽창하기 때문에 문이 잘 닫히지 않고, 여름에는 수분이 증발해 나무가 바싹 말라 수축하기 때문이다.

왜 사시나무처럼 무른 나무는 더 잘 팽창하고 단단한 참나무는 덜 팽창하는 것일까?

참나무처럼 단단한 나무는 입자 사이에 빈 공간이 적어 수분을 흡수할 틈이 없다. 반면 사시나무처럼 무른 나무는 입자 사이에 빈 공간이 많아 수분을 흡수할 틈이 있다. 썩은 나무는 빈 공간이 훨씬 많기 때문에 나무 가운데 썩은 나무가 가장 많이 팽창하고 더 많이 내려앉는다.

벌통은 가장 무르고 썩은 나무로 만든다. 그 중에서도 최고는 썩은 버드나무로 만든 벌통이다. 왜 그럴까? 썩은 나무로 만든 벌통은 공기가 잘 통해서 벌들이 숨쉬기 좋기 때문이다.

왜 젖은 나무판은 마를 때 휘는 것일까?

그것은 나무가 고르게 마르지 않기 때문이다. 젖은 나무판을 한 쪽 면이 난로를 향하게 놓으면 난로를 향한 면만 수분이 증발하여 수축하면서 다른 면을 잡아당기게 된다. 반면 젖은 쪽은 아직 수분이 있어 수축할 수 없기 때문에 판자가 휘는 것이다.

마룻바닥이 휘지 않게 하려면 마른 나무판을 자른 다음 그 조각을 끓는 물에 넣고 삶는다. 삶은 나무에 수분이 다 증발할 때까지 계속 끓인 다음에 풀로 붙이면 마룻바닥(쪽마루)이 휘지 않는다.

입자의 다양한 결합

왜 짐수레의 밑 축과 바퀴 축을 참나무가 아닌 자작나무로 만드는 걸까? 짐수레 밑 축과 바퀴 축은 단단해야 하고 참나무는 자작나무보다 비싸지도 않은데 말이다. 그 까닭은 참나무는 잘 갈라지는 반면, 자작나무는 잘 갈라지지 않으면서도 전체적으로 물러지는 성질이 있기 때문이다. 즉, 참나무가 자작나무보다 더 단단하지만 잘 갈라지고, 자작나무는 무르지만 잘 갈라지지 않기 때문이다.

왜 썰매의 날과 바퀴를 참나무나 느릅나무로는 만들면서 자작나무나 보리수나무로는 만들지 않는 걸까? 그 까닭은 참나무나 느릅나무는 사우나에서 뜨거운 증기를 쐬면 부러지지 않고 잘 구부러지는 반면, 자작나무와 보리수나무는 힘없이 물러지기 때문이다.

이는 참나무와 자작나무는 입자의 결합 구조가 서로 다르기 때문이다.

사자와 여우

사자가 나이가 너무 많아 더 이상 사냥을 할 수 없게 되자 살기 위해 꾀를 하나 냈다. 사자는 동굴에 들어가 아픈 척하고 드러누웠다. 짐승들이 사자를 문병하러 찾아오자, 사자는 동굴로 찾아온 짐승들을 잡아먹었다. 여우가 이 사실을 눈치채고 동굴 입구에 서서 말했다.

"사자님, 몸은 좀 어떠신가요?"

사자가 말했다.

"안 좋아. 그런데 여우 너는 왜 들어오지 않고 거기 섰느냐?"

그러자 여우가 말했다.

"여기 발자국을 살펴보니 안으로 들어간 발자국은 많은데 밖으로 나온 자국은 없어서요."

공정한 재판관

알제리에 바우아카스라는 왕이 있었다. 그는 왕국의 어느 도시에 공정한 재판관이 있다는 얘기를 들었다. 사람들은 그 재판관이 단번에 진실을 알아내기 때문에 어떤 사기꾼도 재판관을 속일 수 없다고들 했다. 왕은 그 소문이 사실인지 알아보고 싶어 장사꾼으로 변장을 하고 말 위에 올라 그 재판관이 사는 도시로 갔다. 도시로 들어가는 길목에 몸이 성치 않은 거지가 바우아카스 왕에게 다가와 적선을 구했다. 왕은 그에게 돈을 주고 가던 길을 가려 했다. 그런데 거지가 왕의 옷을 잡고 매달렸다. 그러자 바우아카스 왕이 물었다.

"무엇이 더 필요한가? 내가 방금 적선을 하지 않았는가?"

불구 거지가 말했다.

"네, 하셨지요. 다만 한 번만 더 자비를 베푸셔서 제가 말이나 낙타에 밟히지 않도록 저를 광장까지 태워다 주시겠습니까?"

바우아카스 왕은 거지를 자기 뒤에 태우고 광장까지 데려다 주었다. 광장에 도착하자 왕이 말을 세웠다. 그런데 거지는 말에서 내리지 않았다. 왕이 거지에게 물었다.

"왜 가만히 있느냐? 광장에 도착했으니 그만 내리거라."

거지가 말했다.

"아니, 어째서 내리란 말이오. 이건 내 말이오. 순순히 말을 내놓지 않으려면, 재판관에게 갑시다."

사람들이 주변에 모여들어 두 사람이 다투는 소릴 듣더니 모두들 소리를 지르기 시작했다.

"그래, 재판관에게 가시오. 우리 재판관이 판결해 줄 것이요."

바우아카스 왕은 거지와 함께 재판관에게 갔다. 재판정에는 사람들이 있었고, 재판관은 순서에 따라 재판할 사람들을 불렀다. 바우아카스 왕이 차례를 기다리는 동안 재판관은 학자와 농부를 불렀다. 그들은 아내를 두고 다투고 있었다. 한 여인을 두고 농부와 학자가 서로 자신의 아내라고 주장했다.

재판관은 그들의 말을 다 듣고 나서 잠시 침묵하더니 말했다.
"일단 여인을 내게 맡기고 당신들은 내일 다시 오시오."
농부와 학자가 나가자 이번엔 고기 장수와 기름 장수가 들어왔다. 고기 장수는 온통 피범벅이었고, 기름 장수는 온통 기름 범벅이었다. 고기 장수는 손에 돈을 쥐고 있었고, 그 손을 기름 장수가 붙들고 있었다. 먼저 고기 장수가 말했다.
"제가 이 사람에게서 기름을 산 다음 계산을 하려고 지갑을 꺼냈는데, 이 자가 제 팔을 움켜잡더니 돈을 뺏으려고 했습니다. 그래서 이렇게 나리를 찾아왔습니다. 보다시피 저는 손에 지갑을 들고 있고, 이 자는 제 손을 붙잡고 있습니다. 하지만 이 돈은 제 돈이고, 이 자는 돈을 뺏으려는 도둑입니다."
그러자 기름 장수가 말했다.
"그건 사실이 아닙니다. 고기 장수가 제 가게에 기름을 사러 왔습니다. 제가 한 병 가득 기름을 부어주자 이 자가 저에게 금화를 바꿔 달라고 했습니다. 그래서 제가 금화를 돈으로 바꾸어 가판대 위에 놓았는데 이 자가 그 돈을 몽땅 갖고 달아나려 했습니다. 그래서 제가 이 자의 손을 붙들고 여기로 온 것입니다."
재판관은 잠시 침묵하더니 말했다.
"돈을 여기 두고 당신들은 내일 다시 오시오."

마침내 바우아카스 왕과 거지의 차례가 되었다. 바우아카스 왕이 자초지종을 설명했다. 재판관은 그의 말을 다 듣고 나서 거지에게 물었다. 그러자 거지가 말했다.

"그건 모두 사실이 아닙니다. 제가 말을 타고 도시를 지나가는데 저 자가 땅바닥에 앉아 있다가 저에게 말에 태워 달라고 부탁을 했습니다. 그래서 제가 저 자를 말에 태워 목적지까지 데려다 준 것입니다. 그런데 저 자가 내리지는 않고 말이 자기 말이라며 우겼습니다. 저 자의 말은 사실이 아닙니다."

재판관이 잠시 생각하더니 말했다.

"말을 내게 맡기고 당신들은 내일 오시오."

다음 날 재판관이 어떤 판결을 내리는지 보기 위해 많은 사람들이 모여들었다.

첫 번째로 학자와 농부가 나왔다. 재판관이 학자에게 말했다.

"당신은 부인을 데려가시오. 그리고 저 농부는 곤장 오십 대를 쳐라."

학자는 자기 부인을 데리고 갔고, 농부는 그 자리에서 벌을 받았다.

그 다음 재판관은 고기 장수를 불러서 말했다.

"이 돈은 당신 것이오."

그 다음 기름 장수를 가리키며 말했다.

"저 자에겐 곤장 오십 대를 쳐라."

이번엔 바우아카스 왕과 거지를 불렀다.

재판관이 바우아카스 왕에게 물었다.

"당신은 스무 마리 말 중에서 자기 말을 찾아낼 수 있소?"

"찾아낼 수 있습니다."

"그럼, 당신은?"

거지가 말했다.

"저도 찾아낼 수 있습니다."

재판관이 바우아카스 왕에게 말했다.

"나를 따라오시오"

두 사람은 마구간으로 갔다. 바우아카스 왕은 스무 마리 말들 중에서 바로 자기 말을 찾아냈다. 그 다음 재판관은 거지를 마구간으로 불러 말을 찾아보라고 했다. 거지도 말을 찾아내 가리켰다. 그러자 재판관이 자리로 돌아와 앉더니 바우아카스 왕에게 말했다.

"이 말은 당신 것이니 가져가시오. 그리고 저 거지에겐 곤장 오십 대를 쳐라."

재판이 끝나고 재판관이 집으로 가자 바우아카스 왕이 그의 뒤를 따라갔다. 그러자 재판관이 왕에게 물었다.

"왜 그러시오? 혹시 내 판결에 불만이라도 있소?"

바우아카스 왕이 말했다.

"아니, 만족합니다. 다만 궁금한 게 있습니다. 당신은 어떻게 그 여자가 농부가 아니라 학자의 아내이며, 돈이 기름 장수가 아니라 고기 장수의 것이며, 말이 거지가 아니라 내 말이라는 것을 알아냈습니까?"

"여자가 누구의 아내인지 알게 된 것은 아침에 여자를 불러 내 잉크병에 잉크를 부으라고 시켰소이다. 그러자 여자는 병을 가져가 능숙하고 재빠르게 씻더니 잉크를 가득 부어 가져왔소. 즉, 그 여자는 잉크 따르는 일에 익숙했던 것이오. 만약 농부의 아내였다면 그 일을 잘 하지 못했을 거요. 그러니 학자의 말이 옳다는 결론이 나왔소. 누구의 돈인지는 이렇게 해서 알게 되었소. 나는 물이 담긴 그릇에 돈을 넣어두었다가 오늘 아침에 물에 기름이 떠 있는지 살펴보았소. 만약 그 돈이 기름 장수의 것이라면 그의 손에 묻은 기름이 돈에도 묻어 있을 테니 말이오. 하지만 물에 기름이 뜨지 않았소. 이렇게 해서 고기 장수의 말이 옳았다는 것을 알게 되었소.

말 주인을 알아내기는 더 어려웠소. 그 거지도 당신과 마찬가지로 말 스무 마리 중에서 똑같이 말을 찾아냈던 것이오. 다만 내가 당신 두 사람을 마구간으로 데려간 것은 당신들이 말을 찾아내는가를 보기 위해서가 아니라 그 말이 당신 두 사람 중에 누구를 알아보는지 보기 위해서였소. 당신이 말에게 다가갔을 때는 말이 고개를 돌아보고 당신에게 다가왔소. 그런데 불구 거지가 말을 만졌을 때는 말이 귀를 바짝 세우고 앞발을 들어 올렸소. 그것을 보고 나는 당신이 진짜 주인임을 알게 되었소."

그러자 바우아카스 왕이 말했다.

"사실 나는 장사꾼이 아니라 이 나라의 왕 바우아카스일세. 나는 사람들이 자네에 대해 하는 말이 사실인지 알아보려고 여기까지 왔네. 이제 나는 자네가 정말 현명한 재판관이라는 것을 직접 보았네. 내 자네에게 상을 내릴 것이니 원하는 것을 말해 보게."

재판관이 말했다.

"폐하, 저는 상이 필요 없습니다. 왕께서 저를 치하해 주신 것만으로도 저는 이미 행복할 따름입니다."

사슴과 포도밭

사슴이 사냥꾼을 피해 포도밭으로 숨어들었다. 사냥꾼들이 사슴을 지나쳐가자 사슴은 포도나무 잎을 뜯어먹기 시작했다.
 그때 사냥꾼들이 포도밭 나뭇잎이 흔들리는 것을 보고 생각했다.
 "혹시 포도나무 덤불 속에 산짐승이 있는 게 아닐까?"
 사냥꾼들이 총을 쏘아 사슴을 맞혔다.
 사슴은 죽으면서 탄식했다.
 "나를 숨겨준 포도나무를 내가 뜯어먹었으니, 이게 다 나의 자업자득이다."

왕의 아들과 길동무들

 왕에게 두 명의 아들이 있었다. 왕은 큰아들을 더 예뻐하여 큰아들에게 나라 전체를 물려주었다. 왕비는 작은 아들을 불쌍히 여겨 왕에게 따졌다. 그러자 왕이 왕비에게 화를 냈다. 그 이후로 왕과 왕비는 이 문제로 날마다 다투었다. 그러자 둘째 왕자가 생각했다.
 '차라리 내가 어디론가 떠나는 게 낫겠다.'
 그는 왕과 왕비에게 작별인사를 하고 평범한 옷으로 갈아입고 길을 떠났다.

왕자는 길을 가다가 장사꾼을 만났다. 장사꾼은 자기가 예전에 부자였는데, 장사할 물건이 모두 바다에 침몰해 이제 행복을 찾아 다른 나라로 가는 길이라고 했다.

왕자는 장사꾼과 함께 길을 나섰다. 사흘째 되는 날 그들은 어떤 사람을 만나 이야기를 나누었다. 그 사람은 자기 집과 땅을 가지고 있던 농부였는데 전쟁이 나는 바람에 집은 불타고 땅은 폐허가 되어 더 이상 살아갈 길이 없게 되자 일을 찾아 다른 나라로 가는 길이라고 했다.

왕자와 장사꾼은 농부와 함께 길을 떠났다. 일행은 큰 도시 길목에 가까워지자 잠시 앉아 쉬었다. 그때 농부가 말했다.

"이보게 친구들, 우리가 도시에 왔으니, 도시를 돌아보며 각자 능력에 맞는 일을 해야 하지 않겠는가."

장사꾼이 말했다.

"나는 장사를 잘 하네. 나에게 돈이 조금만이라도 있다면, 장사를 크게 할 수 있을 것이오."

그러자 왕자가 말했다.

"나는 일도, 장사도 할 줄 모르지만, 나라를 다스리는 것만큼은 잘 할 수 있지. 나에게 왕국이 있다면 잘 다스릴 수 있을 것이오."

그러자 농부가 말했다.

"나는 돈도, 나라도 필요 없소. 그저 튼튼한 다리와 잘 돌아가는 팔만 있으면 되지. 내가 열심히 일을 해서 자네들도 먹여 살리겠소. 자네들이 돈이나 나라가 생기기를 기다리는 동안 굶어 죽을 수도 있을 테니 말이오."

그러자 왕자가 말했다.

"일을 하려면, 장사꾼에겐 돈이 필요하고, 나에겐 나라가 필요하고, 농부, 자네에겐 힘이 필요하지. 하지만 돈도, 나라도, 힘도 다 신께서 내려 주시는 거요. 신께서 원하시면, 나에게 나라를, 자네에게 힘을 주시겠지만, 원하지 않으면 그 어느 것도 주지 않을 것이오."

농부는 왕자의 말을 듣지 않고 시내로 가서 장작 나르는 일자리를 얻었다. 저녁이 되자 농부는 돈을 받았다. 농부는 돈을 가지고 와서 말했다.

"이보게, 자네가 나라를 다스릴 궁리를 하는 동안 나는 벌써 돈을 벌어 왔다네."

다음 날 장사꾼이 농부에게 돈을 빌려 시내로 갔다.

장사꾼은 시장에 가서 이 도시에 기름이 부족해 날마다 사람들이 기름을 실어오기를 기다린다는 사실을 알게 되었다. 장사꾼은 선착장으로 가서 배들을 살펴보았다. 때마침 기름을 실은 배가 들어왔다. 장사꾼은 누구보다 빨리 배에 올라 주인을 찾아 기름을 전부 사고 값을 치렀다. 그 다음 장사꾼은 시내로 와서 기름을 팔아 농부가 벌어 온 것보다 열 배나 많은 돈을 벌어 왔다.

그러자 왕자가 말했다.

"자, 이제 내가 도시에 갈 차례가 되었군. 자네들 둘 다 운이 좋아 일이 잘 되었으니, 나에게도 행운이 따르겠지. 신께서 농부 자네에게 일거리를 주고, 장사꾼 자네에게 돈을 벌게 해 주셨으니, 왕자인 나에게 나라를 주시는 것도 그리 어려운 일이 아닐 것이오."

그렇게 왕자는 시내로 갔다. 그런데 거리마다 사람들이 울고 있는 것을 보았다. 왕자는 왜 우느냐고 물어보았다. 그러자 사람들이 말했다.

"설마 모른단 말이오? 어젯밤에 왕께서 돌아가셨지 않소. 더 이상 그 분처럼 훌륭한 왕을 찾지는 못할 거요."

"왕께서는 왜 돌아가셨소?"

"분명 나쁜 놈들에게 독살 당했을 거요."

그러자 왕자가 웃음을 터트리며 말했다.

"설마, 그럴 리가 있겠소."

그때 한 사람이 왕자를 유심히 보고 있다가 왕자가 그 나라 말을 서투르게 하고 옷차림도 이 곳 사람들과 다르다는 것을 알아채고 큰 소리로 외쳤다.

"여러분! 이 자는 적들이 우리나라를 염탐하라고 보낸 첩자가 분명하오. 어쩌면 이 자가 우리 왕을 독살했는지도 모르오. 자, 보시오. 우리하고 말도 다르고, 우리는 모두 울고 있는데, 이 자 혼자 웃고 있지 않소. 어서 이 자를 잡아 감옥에 처넣읍시다."

사람들이 왕자를 붙잡아 감옥에 가두고 이틀 동안 먹을 것을 주지 않았다. 사흘째 되는 날 사람들이 왕자를 끌고 재판장으로 갔다. 왕자에게 어떤 판결이 내려지는지 보려고 사람들이 구름같이 모여들었다.

재판이 시작되자 왕자에게 그는 누구이며, 이 도시에는 왜 왔는지 물었다. 왕자가 말했다.

"나는 왕의 아들이오. 내 아버지께서 나라 전체를 큰 아들에게 물려주시자 어머니께서 내 편을 드시다가 나 때문에 아버지와 어머니가 다투게 되었소. 나는 그런 상황이 싫어 부모님과 작별하고 길을 떠났소. 길을 가다가 장사꾼과 농부를 만났고, 우리는 함께 이 도시로 오게 되었소. 우리가 도시 외곽에서 잠시 앉아 쉬고 있을 때, 농부가 각자 자기가 할 수 있는 일을 해야 한다고 했소. 장사꾼은 장사를 할 줄 아는데 돈이 없다고 했고, 나는 나라를 다스릴 줄 아는데 다스릴 나라가 없다고 했소. 그러자 농부는 돈이나 나라가 생기기만을 기다리다가 굶어 죽을 것이라며 자신은 팔다리에 힘이 있으니 자기가 우리를 먹여 살리겠다고 했소. 그렇게 농부는 시내로 가서 돈을 벌어 왔소. 장사꾼은 농부가 벌어온 돈으로 장사를 해서 열 배로 불려 왔소. 마지막으로 내가 시내로 온 것이오. 그런데 이렇게 사람들에게 붙잡혀 쓸데없이 감옥에 갇혀 이틀 동안 아무것도 못 먹고 처형을 당하게 되었소. 하지만 나는 하나도 두렵지 않소. 이 모든 것이 신의 뜻이라는 것을 알고 있기 때문이오. 신의 뜻이라면 당신들이 아무 죄도 없는 나를 처형할 수도 있고 나를 왕으로 만들 수도 있을 테니까."

왕자가 모든 것을 말하고 나자, 재판관은 무슨 말을 해야 할지 몰라 가만히 있었다. 그때 갑자기 사람들 무리에서 누가 외쳤다.

"신께서 우리에게 이 왕자를 보내신 모양이오! 우리가 더 훌륭한 왕을 찾지 못한다면, 이 사람을 우리의 왕으로 뽑읍시다!"

그러고는 모든 사람들이 왕자를 왕으로 선택했다.

왕자는 왕이 되자 신하를 보내 자신의 길동무들을 데려오라고 했다. 장사꾼과 농부는 왕이 찾는다는 말을 듣고 자기들이 도시에서 무슨 죄라도 지었나 싶어 깜짝 놀랐다. 하지만 도망갈 수도 없었다. 결국 그들은 왕 앞에 끌려갔다. 두 사람은 왕의 발아래 엎드렸다. 왕이 일어나라고 했다. 그러자 두 사람은 자신들의 길동무를 알아보았다. 왕은 그 동안 자기에게 있었던 일을 모두 얘기해 주고 이렇게 말했다.

"거 보게, 내 말이 맞지 않은가? 좋은 일이든 나쁜 일이든 모두 신의 뜻에 달려 있지. 신에게는 왕자에게 다스릴 나라를 주는 일이 장사꾼에게 돈을 벌게 해 주는 일이나 농부에게 일거리를 주는 일보다 어려운 일이 아니라네."

왕은 길동무들에게 후한 상을 내리고 자신의 나라에서 살게 해 주었다.

새끼 까마귀

한번은 속세를 떠나 은둔 수행을 하는 수도자가 숲 속에서 매 한 마리를 보았다. 매는 고깃덩어리를 물고 둥지로 날아가 조금씩 뜯어서 새끼 까마귀에게 먹여주고 있었다.

수도자는 매가 자기 새끼가 아닌 까마귀 새끼를 먹여 키우는 것을 보고 깜짝 놀랐다.

"새끼 까마귀가 죽지 않게 신께서 매에게 다른 새의 새끼를 키우도록 가르치셨구나. 신께서는 모든 생물을 굽어 살피시는데, 우리 인간은 항상 자기 생각만 하는구나. 이제부터는 나도 내 일만 걱정하거나 나 먹을 것만 찾지 않을 것이다. 신께서 모든 생물을 버리지 않으시듯, 나도 굶어 죽게 두지 않으시겠지."

그렇게 수도자는 숲 속에 자리를 잡고 앉아 그 자리에서 꼼짝 않고 신께 기도만 했다. 그는 사흘 낮과 사흘 밤을 먹지도 마시지도 않고 지냈다. 사흘째가 되자 수도자는 팔을 들어 올릴 힘조차 없었다. 그는 기운이 없어 잠이 들었다. 꿈속에 한 노인이 나타났다. 노인이 그에게 다가와 말했다.

"너는 어찌하여 자기가 먹을 음식도 구하지 않는 것이냐? 너는 신을 기쁘게 한다고 생각하겠지만, 오히려 죄를 짓고 있구나. 신께서는 모든 생물이 자기에게 필요한 것을 스스로 구하도록 세상을 창조하셨다. 신께서 매에게 새끼 까마귀를 먹여 키우라고 하신 것은, 새끼 까마귀가 매의 도움 없이는 살아남을 수 없기 때문이야. 하지만 너는 스스로 일을 할 수 있지 않느냐? 네가 신을 시험하려 한다면, 그것이야 말로 죄를 짓는 것이다. 자, 이제 잠에서 깨어나 예전처럼 열심히 일을 하거라."

수도자는 잠에서 깨어 다시 예전처럼 살았다.

나는 어떻게 말 타기를 배웠을까

도시에 살 때 우리는 평일에는 공부를 하고, 일요일이나 명절에만 형제들과 어울려 놀았다. 어느 날 아버지께서 말씀하셨다.

"큰 아이들은 말 타는 법을 배워야겠구나. 아이들을 승마 연습장에 보내야겠어."

형제들 중에서 가장 막내였던 내가 아버지께 물었다.

"그럼 저도 배울 수 있어요?"

아버지께서 말씀하셨다.

"너는 말에서 떨어질 거야."

하지만 나는 나도 가르쳐 달라고 아버지께 우는 소리로 애원했다. 결국 아버지께서 말씀하셨다.

"그래, 좋아, 너도 같이 배워라. 단, 말에서 떨어졌다고 울면 안 된다. 알았지? 말에서 떨어져보지 않고서 말 타기를 배울 수는 없는 거야."

수요일이 되자 우리 삼형제는 승마 연습장으로 갔다. 우리는 커다란 출입구 계단으로 들어가 다시 작은 현관을 지나 안으로 들어갔다. 작은 출입구 계단을 지나 아주 큰 홀이 있었다. 홀 바닥에는 마루 대신 모래가 깔려 있었다. 그곳에서 남자 어른들뿐만 아니라 우리와 같은 남자 아이들도 말을 타고 있었다. 그곳이 바로 승마 연습장이었다. 승마 연습장 안은 약간 어두웠고, 말 냄새가 났다. 채찍질 소리, 말에게 외치는 소리, 말이 발굽으로 나무 벽을 치는 소리가 들렸다. 처음에 나는 겁이 나서 아무것도 제대로 보지 못했다. 나중에 우리 삼촌이 조련사를 불러 말했다.

"이보게, 우리 아이들에게 말을 내오게. 승마를 배우러 왔다네."

조련사가 대답했다.

"알겠습니다."

잠시 후 조련사는 나를 힐끗 보더니 말했다.

"애는 너무 어린데요."

그러자 삼촌이 말했다.

"하지만 말에서 떨어져도 절대 울지 않겠다고 약속했다네."

그러자 조련사가 웃음을 터트리며 나갔다.

잠시 후 사람들이 안장을 얹은 말 세 마리를 끌고 왔다. 우리는 외투를 벗고 계단을 따라 승마 연습장으로 내려갔다. 조련사가 말고삐를 잡았고, 형들이 말에 올라타 둥글게 한 바퀴씩 돌았다.

형들은 처음에는 걷다가 나중엔 가볍게 뛰기 시작했다. 그 다음 작은 말 한 마리를 데리고 왔다. 녀석은 붉은 빛이 도는 갈색 암말이었는데, 꼬리가 잘려 있었다. 말 이름은 '체르본치크'였다. 조련사는 허허 웃으며 나에게 말했다.

"자, 꼬마 기사님, 앉으시죠."

나는 기쁘기도 하고 두렵기도 했다. 하지만 아무도 내 마음을 눈치 채지 못하게 하려고 무지 애썼다. 나는 등자에 발을 걸려고 한참 동안 애를 썼는데, 내 키가 너무 작아 발을 걸 수가 없었다. 그러자 조련사가 나를 두 팔로 안아 올려 말 등에 앉히며 말했다.

"도련님은 무겁지 않네요. 몸무게가 얼마 안 나가겠어요."

조련사는 처음에 내 손을 잡아주었다. 하지만 형들이 탈 때는 잡아주지 않은 걸 봐서 나도 손을 놓아 달라고 했다. 그러자 조련사가 물었다.

"무섭지 않겠어요?"

사실 나는 너무 무서웠지만, 무섭지 않다고 했다. 체르본치크가 내내 귀를 뒤로 딱 붙이고 있어서 더 무서웠다. 말이 나에게 화가 나서 그런다고 생각했다. 조련사가 내게 말했다.

"자, 떨어지지 않도록 조심하세요!"

그러고는 내 손을 놓았다. 처음에 체르본치크는 천천히 걸었다. 나는 자세를 똑바로 잘 잡았다. 그런데 안장이 미끄러워서 떨어질 것 같아 무서웠다. 조련사가 물었다.

"자, 어때요? 안장에서 자세를 잘 잡았어요?"

내가 말했다.

"잡았어."

"자, 그럼 조금 뛰어볼게요!"

그러고는 조련사가 혀 차는 소리를 냈다.

체르본치크가 가볍게 속도를 내어 뛰기 시작하자, 내 몸이 통통 튀기 시작했다. 하지만 난 아무 말 않고 옆으로 떨어지지 않으려고 애를 썼다. 조련사가 칭찬했다.

"아이고 꼬마 기사님, 잘 하시네요!"

그 말에 나는 무척 기뻤다.

그때 조련사에게 다른 조련사가 다가왔다. 조련사는 동료와 얘기하느라 내가 말 타는 걸 보지 않았다.

그런데 갑자기 내 몸이 안장 옆으로 살짝 미끄러지는 느낌을 받았다. 자세를 바로잡으려했는데 아무리 해도 되지 않았다. 조련사에게 말을 멈추라고 소리치고 싶었지만, 그러면 창피할 것 같아 아무 말 하지 않았다. 조련사는 계속 내 쪽을 보지 않았다. 체르본치크는 계속 달렸고, 나는 점점 더 옆으로 미끄러졌다. 나는 조련사 쪽을 보면서 이젠 날 도와주겠지 생각했는데, 그는 계속 동료와 얘기하느라 내 쪽은 쳐다보지도 않고 "도련님, 잘 타시네요!" 라는 말만 했다. 난 이미 말 옆구리로 완전히 미끄러졌고 너무나 당황했다. 이제 정말 떨어졌구나 생각했지만, 소리를 지르는 건 창피했다. 체르본치크가 한 번 더 움직이자, 나는 완전히 옆으로 미끄러져 땅바닥에 떨어지고 말았다. 그때 체르본치크가 멈춰 섰다. 그제야 조련사가 돌아보더니 말 위에 내가 없는 걸 보았다.

조련사가 말했다.

"어이쿠! 우리 기사님이 떨어지셨네."

그러고는 나에게 다가왔다. 내가 다치지 않았다고 하자, 조련사가 허허 웃으며 말했다.

"아이들은 몸이 부드러우니까요."

나는 울고 싶었다. 하지만 다시 말에 태워 달라고 했다. 조련사는 나를 다시 태워주었다. 그 후론 난 더 이상 말에서 떨어지지 않았다.

그렇게 우리 형제들은 일주일에 두 번씩 승마 연습장에 다녔다. 나는 금세 말 타기를 배웠고 더 이상 아무것도 무서워하지 않았다.

도끼와 톱

농부 두 사람이 숲에 나무를 하러 갔다. 한 사람은 도끼를, 다른 사람은 톱을 가지고 있었다. 둘은 어떤 나무를 벨지 고르고 나서 갑자기 다투기 시작했다. 한 사람은 나무를 도끼로 찍어야 한다고 했고 다른 사람은 톱으로 베어야 한다고 했다.

그때 다른 농부가 와서 말했다.

"이보게들, 내가 중재를 해 보겠네. 도끼날이 더 날카로우면 도끼로 찍는 게 낫고, 톱날이 더 날카로우면 톱으로 베는 게 낫겠네."

그러고는 먼저 도끼를 들어 나무를 찍었다. 그런데 도끼날이 너무 무뎌서 도저히 나무를 벨 수가 없었다.

다음엔 톱을 들었다. 그런데 톱날도 너무 무뎌서 전혀 나무를 벨 수가 없었다. 그러자 그 농부가 말했다.

"이보게들, 다투지 말게나. 자네들 도끼로도, 톱으로도 도저히 나무를 벨 수가 없다네. 우선 각자 도끼와 톱을 갈기나 하게. 싸움은 그 후에 해도 될 테니."

하지만 두 사람은 여전히 상대방 도끼가 무디다, 상대방 톱이 무디다며 쓸데없이 화를 내더니 치고받고 싸우기 시작했다.

군인의 삶

　우리 가족은 시골 변두리에서 가난하게 살았다. 식구는 나랑, 어머니, 누나랑 할머니 이렇게 넷이었다. 할머니는 낡은 저고리에 치마를 입었고 머리에는 낡은 두건을 두르고 목에 작은 주머니를 달았다. 할머니는 어머니보다 나를 더 사랑하셨고 또 가여워하셨다. 우리 아버지는 군대에 계셨다. 사람들 말이, 아버지가 술을 너무 많이 마셔서 군대에 보내버렸다고 한다. 나는 아버지가 휴가를 받아 집에 왔던 때가 어렴풋이 기억난다. 우리 집은 좁았다. 집안 가운데 높이 솟은 기둥이 있었는데, 내가 그 기둥을 기어오르다가 떨어져 긴 나무의자에 이마를 다쳤던 일이 기억난다. 그때 다친 상처가 아직도 이마에 남아 있다.

　우리 집에는 작은 창문이 두 개 있었는데, 그 중 하나는 항상 천으로 가리고 있었다. 우리 집 뜰은 좁았고 대문은 항상 열려 있었다. 뜰 한가운데에는 오래된 구유가 있었다. 우리 집에는 몸이 한쪽으로 기울어진 늙은 말 한 마리와 볼품없이 마른 암컷 양 두 마리, 새끼 양 한 마리가 있었다. 나는 늘 새끼 양이랑 같이 잤다. 우리 집에는 암소가 없었다. 우리는 우유가 없어서 빵을 물에 먹었다. 우리 집에는 일할 사람이 없었다. 어머니는 항상 배가 아프다고 했고, 할머니는 머리가 아파서 항상 난로 옆에 계셨다. 딱 한 사람 누나만 일을 했는데, 사실은 가족을 위해서가 자기를 위해서 일하는 거였다. 혼수를 장만해서 시집가려고 말이다.

어머니 배가 점점 아프기 시작하더니 나중에 사내 아기가 태어났던 일이 기억난다. 어머니는 방에 누워 있었고, 할머니가 이웃집에서 곡식을 빌려 왔다. 그러고는 네페드 삼촌을 보내 신부님을 모셔오게 했다. 누나는 세례식에 올 사람들을 부르러 갔다.

사람들은 둥글게 생긴 커다란 빵 세 개를 들고 왔다. 친척들이 탁자 여러 개를 이어 붙이고 식탁보를 깐 다음 의자들을 갖다 놨다. 그러고는 나무 물통에 물을 담아 왔다. 사람들이 모두 자리에 앉았다. 신부님이 도착하자 대부와 대모가 앞에 섰고, 그 뒤에 아쿨리나 숙모가 아기를 안고 섰다. 기도를 시작했다. 그 다음 아기를 포대에서 꺼내 신부님이 아기를 받아서 물속에 넣었다. 나는 깜짝 놀라 소리쳤다.

"안 돼요! 아기 이리 주세요!"

그러자 할머니가 화를 내며 말씀하셨다.

"조용히 해, 한 대 맞을 줄 알아."

신부님이 아기를 세 번 물에 담그고 나서 아쿨리나 숙모에게 안겨 주었다. 숙모는 아기를 천으로 싸서 방에 있는 어머니에게 데려다 주었다.

그리고 나자 사람들이 모두 식탁에 앉았다. 할머니는 두 그릇에 죽을 담아 위에 기름을 뿌리고 사람들에게 주셨다. 사람들은 음식을 다 먹고 식탁에서 일어나 할머니께 감사 인사를 하고 돌아갔다.

내가 어머니에게 가서 물었다.

"엄마, 아기 이름이 뭐야?"

어머니가 말했다.

"너랑 똑같단다."

아기는 무척 작았다. 팔과 다리가 가늘었고 계속 울기만 했다. 밤에 잠에서 깨어보면 아기는 항상 울고 있었다. 어머니는 아기를 달래면서 자장가를 불러 주었다. 어머니는 목이 다 쉬었는데도 계속해서 자장가를 불러주었다.

언젠가 한밤중에 잠에서 깨어보니 어머니가 우는 소리가 들렸다. 할머니가 일어나서 물으셨다.

"애야, 무슨 일이냐?"

어머니가 말했다.

"아기가 죽었어요."

할머니가 등잔에 불을 붙이고 아기를 씻긴 다음 깨끗한 옷을 입히고 허리띠를 두른 뒤 성화 아래 눕혔다. 날이 밝자 할머니는 네페드 삼촌을 부르러 가셨다. 삼촌은 낡은 판자 두 개를 가져와 자그마한 관을 만들기 시작했다. 자그마한 관이 다 완성되자 아기를 그곳에 넣었다. 어머니가 관 옆에 앉아 가느다란 소리로 흐느껴 우셨다. 어머니의 흐느낌은 나중에 통곡이 되었다. 잠시 후 네페드 삼촌이 관을 한쪽 옆구리에 들고 묻으러 나갔다.

우리 집에 기쁜 일이 있었던 건 누나가 시집을 갔을 때였다. 언젠가 남자들이 커다란 둥근 빵과 포도주를 가지고 우리 집에 왔다. 남자들은 가져온 포도주를 어머니에게 드렸다. 어머니가 포도주를 마셨다. 그러자 이반 아저씨가 빵을 잘라 어머니에게 주셨다. 그때 나는 식탁 옆에 서 있었는데 나도 그 빵이 먹고 싶었다. 그래서 어머니 귀에 대고 속삭였다. 어머니가 웃음을 터트리자 이반 아저씨가 말했다.

"요 녀석, 빵이 먹고 싶은 모양이구나?"

아저씨가 큰 조각을 하나 잘라주셨다. 나는 빵을 들고 다락방으로 갔다. 그런데 거기에 누나가 있었다. 누나는 나에게 이것저것 캐묻기 시작했다.

"지금 저기서 남자들이 무슨 얘길 하고 있니?"

내가 말했다.

"포도주 마시고 있어."

누나는 웃음을 터트리더니 말했다.

"내가 콘드라슈카와 결혼할 수 있게 구혼하는 거야."

그 후 결혼식을 준비하기 시작했다. 모두 아침 일찍 일어났다. 할머니는 난로에 불을 피우시고, 어머니는 파이 반죽을 만들고, 아쿨리나 숙모는 소고기를 씻었다.

누나는 새 털신을 신고 붉은색 사라판 원피스에 멋진 숄을 차려입고는 아무 일도 하지 않았다. 잠시 후 집안이 따뜻해지게 불을 피웠고, 어머니도 옷을 차려 입으셨다. 조금 있으니 많은 사람들이 우리 집으로 와서 집 안이 꽉 찼다.

잠시 후 쌍두마차 세 대가 방울을 딸랑거리며 우리 집으로 왔다. 신랑 콘드라슈카는 새로 맞춘 카프탄 외투를 입고 높은 모자를 쓰고 제일 뒤에 있는 마차에 앉아 있었다. 신랑이 마차에서 내려 집 안으로 들어왔다. 사람들이 누나에게 새 모피 코트를 입히고 신랑에게 데려갔다. 사람들이 신랑 신부를 식탁에 앉히자 동네 아주머니들이 축하해주었다. 그 다음엔 식탁에서 일어나 하느님께 기도를 드리고 마당으로 나갔다. 콘드라슈카가 누나를 마차에 태우고 자기는 다른 마차에 탔다. 다른 사람들도 모두 마차에 올라 성호를 긋고 출발했다. 나는 집으로 돌아와 창가에 앉아 결혼식이 다시 시작되기를 기다렸다. 어머니가 나에게 빵 한 조각을 주셨다. 빵을 먹고 잠깐 잠이 들었다. 얼마 지났을까 어머니가 "온다!" 하시며 나를 깨우셨다. 어머니는 내게 밀대를 주면서 식탁에 앉으라고 하셨다. 콘드라슈카가 누나와 함께 집 안으로 들어왔다. 그 뒤로 아까보다 더 많은 사람들이 따라 들어왔다. 길에도 사람들이 있었다. 다들 창문으로 우리 집을 들여다보고 있었다. 신랑의 들러리였던 게라심 아저씨가 나에게 오더니 말했다.

"비켜라."

내가 당황해서 우물쭈물 비켜주려고 하자, 할머니가 말씀하셨다.

"밀대를 보여주면서, 이게 뭔지 알아? 하고 말해라."

나는 할머니가 시키는 대로 했다. 그러자 게라심 아저씨가 컵에 돈을 넣고 포도주를 따라 나에게 주었다. 나는 컵을 받아 할머니에게 드렸다. 그러고 나서 우리가 자리를 비켜주자, 사람들이 들어와 앉았다.

잠시 뒤에 포도주랑 족편이랑 소고기를 가져왔다. 사람들은 노래를 부르고 춤을 추기 시작했다. 게라심 아저씨가 포도주를 들고 한 모금 마시더니 말했다.

"뭐야, 포도주가 쓰구나!"

그러자 누나가 콘드라슈카의 양쪽 귀를 잡고 입을 맞췄다.

그렇게 한동안 노래도 부르고 춤도 추며 즐겁게 잔치를 하고 나서 다들 집으로 돌아갔다. 신랑 콘드라슈카도 누나를 데리고 자기 집으로 갔다.

그 후에 우리 집은 더욱 가난해졌다. 늙은 말도 팔고, 남아 있던 양들도 모두 다 내다 팔았다. 우리 집에는 자주 먹을 게 떨어졌다. 어머니는 친척들에게 먹을 걸 빌리러 다니셨다. 그러고는 얼마 지나지 않아 할머니가 돌아가셨다. 그때 어머니가 슬피 우시던 모습이 아직도 생생하다.

"어머니, 사랑하는 내 어머니! 이제 누굴 의지해서 살라고 불쌍한 저를 남기고 가시나요? 도대체 누구에게 당신의 불쌍한 자식을 맡기고 떠나시나요? 이제 나는 누구에게 지혜를 얻어야 하나요? 앞으로 어떻게 살아가야 하나요?"

어머니는 그렇게 한참 동안 눈물을 흘리며 슬피 우셨다.

그 뒤 어느 날 나는 동네 아이들과 말을 치러 큰길로 나갔다가 어깨에 배낭을 메고 걸어오는 군인 아저씨를 보았다. 군인 아저씨는 우리 쪽으로 다가와 물었다.

"애들아, 너희는 어느 마을 아이들이니?"

"니콜스코예 마을요."

"그럼, 너희 마을에 마트료나 부인이라고 살고 있니?"

그러자 내가 말했다.

"네, 살아요. 우리 엄만데요."

그러자 군인 아저씨가 나를 보더니 말했다.

"얘야, 넌 아버지를 본 적이 있니?"

내가 말했다.

"우리 아빠는 군대에 있어서 본 적이 없어요."

군인 아저씨가 말했다.

"자, 가자. 나를 마트료나 부인에게 데려가 다오. 아버지 편지를 가지고 왔단다."

내가 물었다.

"무슨 편진데요?"

군인 아저씨가 말했다.

"가보면 알게 될 거야."

"네, 그럼 가요."

나는 군인 아저씨와 함께 집으로 갔다. 그런데 아저씨 걸음이 얼마나 빠른지 내가 뛰면서 가도 도무지 따라갈 수가 없었다. 그렇게 집에 도착했다. 군인 아저씨는 잠깐 기도를 드리고 나서 말했다.

"안녕하십니까!"

그러고는 외투를 벗고 창가에 앉아 집을 둘러보더니 말했다.

"아니, 집안에 식구가 왜 이리 없지?"

어머니는 깜짝 놀라 아무 말도 하지 못하고 그저 군인 아저씨를 쳐다보기만 했다. 아저씨가 물었다.

"어머니는 어디 계시오?"

그러고는 아저씨가 울음을 터트렸다. 그 분이 우리 아버지였다. 어머니가 아버지에게 달려가 입을 맞추었다. 나도 아버지 무릎에 매달려 두 손으로 만져보았다. 그러자 아버지가 울음을 멈추고 반갑게 웃었다.

잠시 후 사람들이 찾아와 아버지와 인사를 나누었다. 아버지는 이제 완전히 제대했다고 말했다.

사람들이 가축몰이를 마치고 돌아오자 누나도 와서 아버지께 인사했다. 아버지가 누나를 보고 말했다.

"이 젊은 아낙은 뉘 집 식구인가?"

어머니가 웃음을 터트리며 말했다.

"자기 딸도 못 알아보시나요."

아버지는 누나에게 가까이 오라고 불러 입을 맞추고 어떻게 지내는지 물어보셨다. 잠시 후 어머니가 계란을 삶으러 나가고, 누나는 포도주 심부름을 갔다. 잠시 후 누나가 종이로 틀어막은 작은 술 병을 가지고 와서 식탁에 놓았다. 그러자 아버지가 물으셨다.

"이게 뭐지?"

어머니가 말했다.

"당신 드릴 포도주예요."

아버지가 말했다.

"아니, 난 벌써 5년째 술 끊었어. 그냥 계란이나 가져오게."

아버지는 기도를 하고 식탁에 앉아 음식을 드시기 시작했다. 잠시 후 아버지가 말했다.

"내가 술을 끊지 않았더라면, 하사관이 되지 못했을 거야. 그럼 집에 아무것도 가져오지 못했을 거고. 술을 끊어서 천만 다행이야."

아버지는 가방에서 돈이 든 지갑을 꺼내 어머니에게 주셨다. 어머니는 몹시 기뻐하면서 서둘러 잘 두러 가져가셨다.

잠시 후 사람들이 모두 돌아가자 아버지는 나를 데리고 뒷방 침대로 가서 잠자리에 드셨다. 어머니는 우리 발치에 자리를 잡고 누웠다. 두 분은 밤늦도록 이야기를 나누셨다. 잠시 후 나는 잠이 들었다.

아침에 어머니가 말씀하셨다.

"이런, 집에 장작이 없네요!"

그러자 아버지가 말했다.

"도끼가 있소?"

"있긴 있는데 날이 무뎌서 잘 안 들어요."

아버지는 신발을 신고 도끼를 들고 마당으로 나갔다. 나도 아버지를 따라갔다. 아버지는 지붕에서 긴 나무를 끌어내려 통나무 받침에 올려놓고 도끼로 내리쳐 잘게 팬 다음 집안으로 들고 와 말씀하셨다.

"자, 여기 장작을 가져왔으니 난로에 불을 피워요. 난 지금 나가서 집 지을 나무를 살만 한 게 있나 알아봐야겠어. 암소도 한 마리 사야겠고."

어머니가 말했다.

"어머나, 그걸 다 사려면 돈이 많이 들잖아요."

아버지가 말했다.

"일을 할 거야. 여기 또 일꾼 하나가 자라고 있지 않소!"

그러면서 나를 가리키셨다.

아버지는 기도를 하고 나서 빵을 먹은 다음 옷을 입고 어머니에게 말했다.

"싱싱한 계란이 있으면 점심에 먹게 잿불에 구워 놓으시오."

그리고는 외출하셨다.

아버지는 한참 동안 돌아오지 않았다. 내가 나가서 아버지를 찾아보겠다고 했지만 어머니가 내보내주지 않았다. 나는 밖으로 나가겠다고 계속 우기다가 어머니께 한 대 맞고 난로 위에 앉아 훌쩍거렸다. 그때 아버지가 돌아오셨다.

"왜 울고 있니?"

"아버지를 찾으러 나가고 싶었는데 어머니가 날 보내주지는 않고 때렸어요."

그러고는 더 큰 소리로 서럽게 울었다.

그러자 아버지가 허허 웃음을 터트리더니 어머니에게 가서 때리는 시늉을 하며 말했다.

"우리 페드카는 때리지 마시오, 때리지 말라니까!"

어머니가 가짜로 우는 시늉을 하자 아버지가 웃으면서 말했다.

"페드카랑 당신은 어찌나 눈물이 많은지 금세 우는군 그래."

아버지는 식탁에 앉더니 나를 옆에 앉히며 큰 소리로 말씀하셨다.

"자, 어서 나랑 페드카에게 점심을 내오시오. 우린 배가 고프거든."

어머니가 죽과 계란을 내오자 우리는 먹기 시작했다. 어머니가 물으셨다.

"그래 어떻게 됐어요?"

아버지가 말했다.

"샀어. 은화 80루블 주고, 유리처럼 하얀 보리수나무로. 조금만 기다려요. 일꾼들에게 술을 사주면, 일요일에 갖다 줄 거요."

그 후로 우리는 잘 살게 되었다.

고양이와 쥐

어느 집에 쥐들이 들끓기 시작했다. 고양이를 집에 데려오자 고양이가 쥐를 잡기 시작했다. 쥐들은 상황이 심각하다는 걸 깨닫고 말했다.

"얘들아, 우리 더 이상 천장 아래로 내려가지 말자. 설마 고양이가 여기까지 올라오지는 못하겠지!"

그렇게 쥐들이 밑으로 다니지 않게 되자, 고양이는 어떻게 하면 쥐들을 속여 잡을 수 있을까 생각했다. 궁리 끝에 고양이는 한 발로 천장을 붙잡고 매달려 죽은 척했다. 그러자 쥐 한 마리가 고양이를 쳐다보며 말했다.

"이보게 고양이, 설령 쌀자루가 매달려 있다 해도 그리로는 얼씬도 하지 않을 거란다."

얼음, 물, 그리고 수증기

얼음은 돌처럼 단단하다. 만약 얼음 속에 막대가 박혀 있다면, 얼음을 녹이지 않고는 그 막대를 빼낼 수 없다. 얼음이 차가울 때는, 그 위로 짐마차가 다녀도 깨지지 않고 10푸드(약 160킬로그램)가 넘는 쇳덩이가 떨어져도 깨지지 않는다.

얼음은 차가우면 차가울수록 더 단단해진다. 반대로 얼음이 조금 따뜻해지면, 얼음은 흐물흐물해지면서 죽처럼 녹아 그 안에 박혀 있는 것을 손으로 빼낼 수 있다. 그런 얼음은 발로 밟으면 꺼지고, 1푼트 (약 400그램)밖에 안 나가는 쇳덩이도 지탱하지 못한다. 살짝 녹은 얼음이 좀 더 따뜻해지면, 얼음은 물이 된다. 물에서는 어떤 물건이든 쉽게 꺼낼 수 있다. 그리고 나무를 제외하고 어떤 것도 떠 있지 못한다. 다시 물이 조금 더 따뜻해지면, 그 물에서는 더욱 떠 있기 어려워진다. 차가운 물에서 수영하는 것이 따뜻한 물에서 수영하는 것보다 더 쉬운 것도 이와 같은 이치이다. 그래서 뜨거운 물에서는 나무도 뜨지 못하고 가라앉는다.

따뜻한 물에 더 열을 가하면 물은 결국 수증기가 되어 날아간다. 수증기에서는 아무것도 떠 있을 수 없고, 수증기 자체가 공기 중으로 흩어진다.

냄비에 뚜껑을 덮고 물을 끓이면 물이 끓으면서 뚜껑 안에 물방울이 맺혔다가 아래로 흘러내려 다시 물이 된다. 이 물을 모아 영하의 온도에 내다 놓으면 다시 얼음이 된다.
 물은 끓이면 수증기가 되고, 얼리면 얼음이 된다. 즉 물은 끓이면 공기 중으로 날아가고, 얼리면 단단해진다.
 얼음 속에는 열이 없고, 물에는 조금 있으며, 수증기에는 아주 많다.
 얼음에 얼음을 대면, 얼음은 더 차가워지지도 더 따뜻해지지도 않는다.
 반면 물을 얼음에 부으면 얼음은 따뜻해지고 물은 더 차가워진다. 이 때 물이 더 많으면 얼음이 녹게 되고 반대로 얼음이 많으면 물이 얼게 된다.
 얼음에 수증기를 쏘이면 얼음은 따뜻해지고 수증기는 차가워지면서 얼음은 녹아 물이 되고, 수증기도 차갑게 식어 물이 된다.
 물도 차갑고 공기도 차갑다면, 물이 따뜻해지지도 공기가 차가워지지도 않는다. 하지만 공기는 따뜻하고 물은 차가우면 어떻게 될까? 공기의 열이 물로 이동할 것이다. 결국 물과 공기는 서로의 온도가 같아질 때까지 물은 점점 따뜻해지고 공기는 점점 차가워질 것이다.

만약 공기가 물보다 더 따뜻하다면, 물은 더 따뜻해지고 공기는 차가워질 것이다. 반대로 물이 더 따뜻하면 공기가 점점 따뜻해지고 물은 점점 차가워질 것이다.

만약 물이 얼음이 된다면, 그것은 물이 공기보다 더 따뜻하여, 물은 차가워지고 공기는 따뜻해졌다는 것을 의미한다.

만약 공기 중의 수증기가 물이 된다면, 그것은 수증기가 공기보다 더 따뜻하여, 수증기는 차가워지고 공기는 따뜻해졌다는 것을 의미한다.

만약 얼음이 녹아 물이 된다면, 그것은 공기가 얼음보다 따뜻하여 공기는 차가워지고 얼음은 따뜻해졌다는 것을 의미한다.

만약 물이 수증기가 된다면, 물이 증발한 것이다. 이는 공기가 물보다 따뜻하여 공기는 차가워지고 물은 따뜻해졌다는 것을 의미한다.

얼음으로 따뜻하게 데울 수는 없지만, 물이나 수증기로는 따뜻하게 데울 수 있다.

불 없이 물로 집안을 따뜻하게 하는 방법은 다음과 같다. 먼저 추운 집 안에 물을 갖다 놓는다. 물이 얼면 얼음을 밖으로 가지고 나간다. 다시 집 안에 물을 얼린다, 다시 밖으로 내간다. 이런 식으로 계속 하면 집 안이 따뜻해져 물이 더 이상 얼지 않게 될 것이다. 어째서 이렇게 되는 것일까? 그 원리는 물이 어는 과정에서 열을 공기 중으로 방출하기 때문이다. 물이 열을 계속 방출하면 물의 온도가 조금씩 떨어지면서 물이 어는 것이다.

수증기로 따뜻하게 하는 방법은 다음과 같다. 먼저 추운 집 안에 수증기를 가한다. 그러면 수증기가 차가워지면서 방울방울 밑으로 흘러내려 물이 된다. 이렇게 물을 밖으로 계속 내가면 집 안이 따뜻해진다. 왜 그런 것일까? 그 원리는 수증기가 물이 되는 과정에서 열을 공기 중으로 방출하기 때문이다.

수증기가 물이 되고 물이 얼음이 될 때 수증기와 물에서 공기 중으로 열이 방출되기 때문에 공기는 따뜻해진다. 반면 얼음이 물이 되고 물이 수증기가 될 때는 얼음과 물이 공기 중의 열을 빼앗기 때문에 공기가 차가워진다.

따뜻한 헛간을 시원하게 하고 싶다면 얼음을 가져와서 녹이면 된다. 왜 그럴까? 그것은 얼음이 녹아 물이 되면서 공기 중의 열을 빼앗기 때문이다.

차갑게 식히고 싶다면 물을 부어 그것을 증발시키면 된다. 왜 그런 것일까? 그것은 물이 수증기가 되기 때문이다. 물이 수증기가 되면서, 공기 중의 열을 많이 빼앗기 때문이다.

이러한 원리로 비가 올 때는 기온이 내려가고, 비가 내리기 직전에는 기온이 올라간다. 비가 내릴 때는 물이 증발하면서 공기 중의 열을 흡수하는 반면 비가 내리기 직전에는 공기 중에 수증기가 돌아다니며 공기 중에 열을 방출하여 차가워지면서 구름이 되기 때문이다. 때문에, 사람들은 '푹푹 찐다'고 하는 것이다.

엄마 메추리와 새끼 메추리들

농부들이 풀을 베고 있었다. 그런데 목초지 언덕 아래에 메추리 둥지가 있었다.

엄마 메추리가 먹이를 물고 둥지로 날아오면서 보니 주변의 풀이 모두 베어져 있었다. 엄마 메추리가 새끼들에게 말했다.

"얘들아, 큰일 났구나! 이제부터 떠들지 말고 꼼짝 말아야 한다. 안 그랬다간 다 죽을지도 몰라. 저녁에 너희들을 다른 곳으로 옮겨 줄 테니 조용히 있으렴."

그러나 새끼 메추리들은 풀을 베어낸 목초지가 훤해지자 오히려 좋아하며 말했다.

"우리가 즐거워하는 걸 싫어하는 걸 보니 엄마는 늙었나봐."

그러고는 짹짹거리며 시끄럽게 지저귀기 시작했다.

잠시 후 아이들이 풀베기 하는 농부들의 점심을 가지고 오다가 새끼 메추리들 소리를 듣고 와서 메추리들 목을 모두 부러트려 버렸다.

사냥개 불카

 나에게 모르다쉬 품종의 사냥개 한 마리가 있었다. 이름은 불카였다. 녀석은 온통 새까만 색에 앞발만 흰색이었다.
 사냥개들은 보통 아래턱이 위턱보다 나와서 윗니가 아랫니보다 들어가 있다. 그런데 불카는 아래턱이 너무 앞으로 나와 윗니와 아랫니 사이에 손가락이 들어갈 정도였다. 불카는 얼굴이 넙적했고 까만 눈은 크고 반짝였다. 하얀 이빨과 송곳니가 항상 바깥으로 삐져나와 있었다. 녀석은 아랍사람을 닮았다. 불카는 순해서 물지 않았지만 힘이 매우 세고 고집이 있었다. 일단 녀석은 뭐라도 한번 물었다 하면, 이빨로 꽉 물고 걸레처럼 대롱대롱 매달려서 진드기처럼 여간해선 떼어낼 수가 없었다.
 한번은 곰 사냥을 할 때 불카를 풀어주었다. 녀석은 곰의 귀를 물고는 거머리처럼 달라붙어 놔주질 않았다. 곰이 불카를 앞발로 치고, 잡아당기고, 이리저리 내던지는데도 떼어낼 수가 없었다. 곰이 불카를 누르려고 앞으로 숙였다. 그래도 불카는 차가운 물을 들이부을 때까지 곰을 물고 놔주지 않았다.

나는 불카가 새끼였을 때 데리고 와서 키웠다. 캅카스로 복무하러 갈 때, 난 불카를 데려가려 하지 않았다. 그래서 녀석이 못 나오게 문을 잠그라고 하고 조용히 집을 떠나왔다. 첫 번째 역에서 다른 역마차로 갈아타려는데, 순간 길에 어떤 검은 물체가 반짝이며 달려오는 게 보였다. 바로 구리로 만든 개목걸이를 하고 있는 불카였다. 녀석은 날개라도 단 듯 역을 향해 쏜살같이 달려왔다. 그러고는 나에게 달려들어 내 손을 핥고는, 역마차 그늘 아래 드러누웠다. 혀를 손바닥만큼이나 길게 늘어트렸다. 녀석은 침을 삼킬 때 혀를 집어넣었다가 다시 손바닥만큼 내놓았다. 얼마나 급히 달려왔는지 숨이 차서 계속 옆구리를 들썩였다. 불카는 이쪽저쪽 돌아누우며 꼬리로 땅을 탁탁 쳤다.

나중에 알고 보니, 녀석은 내가 떠난 뒤 창틀을 부수고 창문을 뛰어나와 내 냄새를 따라 길을 달렸다. 그 무더운 더위에 거의 20 베르스타(약 21킬로미터)나 달려온 것이다.

불카와 멧돼지

 한번은 캅카스에서 동료들과 함께 멧돼지 사냥을 간 적이 있었다. 그때 불카도 나와 함께 갔다. 사냥개들이 사냥감을 쫓기 시작하자, 불카가 그 소리를 듣고 숲 속으로 달려갔다. 당시 11월이었는데, 이때가 돼지가 한창 살이 오르는 시기이다.
 캅카스 숲에는 멧돼지들이 좋아하는 산딸기, 사과, 배, 블랙베리, 도토리, 산사나무 열매 등 맛있는 열매가 많다. 게다가 이 열매들이 익어 서리가 내리기 시작하면, 멧돼지들이 열매를 실컷 먹어 토실토실 살이 올라 있다.
 이때는 멧돼지가 얼마나 살이 찌는지 사냥개들이 쫓아와도 얼마 달리지 못할 정도이다. 그래서 멧돼지를 한두 시간만 쫓으면 지친 녀석이 무성한 풀숲으로 들어가 멈춰 선다. 그러면 사냥꾼들이 녀석이 숨어 있는 곳으로 달려가 총을 쏜다. 개들이 짖는 소리로 멧돼지가 숨어 어디 있는지, 아니면 도망치고 있는지 알 수 있다. 멧돼지가 달리고 있을 땐 개들은 누가 때리기라고 하는 듯 낑낑 소리를 내고, 멧돼지가 서 있으면 사람을 부르기라도 하는 듯 울부짖는다.
 이번 사냥에서 나는 한참 동안 숲 속을 뛰어 다녔지만 멧돼지는커녕 멧돼지 발자국도 찾지 못하고 있었다. 그러다 마침

내 저 멀리서 개들이 길게 울부짖는 소리가 들렸다. 나는 그곳으로 달려갔다. 멧돼지가 아주 가까이 있는 게 틀림없었다. 수풀에서 타닥타닥 가지 꺾이는 소리가 들렸다. 멧돼지와 개들이 이리저리 움직이는 소리였다. 개 짖는 소리로 보아 개들이 아직 멧돼지를 잡지는 못하고 그 주위를 돌고 있는 것 같았다. 갑자기 뒤에서 부스럭하는 소리가 나서 돌아보니 불카였다. 녀석은 숲에서 다른 개들을 놓치고 헤매다가 개들이 짖는 소리를 듣고 이쪽으로 달려온 모양이었다. 불카는 길게 자라난 풀숲 사이를 달리고 있었고, 내 눈에는 불카의 검은 머리와 흰 이빨 속에서 출렁거리는 혀만 보였다. 나는 큰 소리로 불카를 불렀다. 하지만 녀석은 눈길 한번 주지 않고 그냥 나를 지나쳐 수풀 속으로 사라져 버렸다. 나는 녀석 뒤를 쫓아갔지만 가면 갈수록 숲이 너무 울창해 나뭇가지에 자꾸 모자가 걸리고, 얼굴도 긁히고, 산사나무 가시에 옷자락이 걸려 좀처럼 앞으로 나아가기가 힘들었다. 나는 겨우 개 짖는 소리가 곧 가까이 왔지만, 주위에 아무것도 보이지 않았다.

갑자기 사냥개들이 더 큰 소리로 짖기 시작하는 소리가 나더니, 뭔가 우두둑 부러지는 소리가 나면서 멧돼지가 헐떡거리며 쉭쉭거리는 소리가 들렸다. 그 소리에 나는 불카가 멧돼지에게 달려들어 싸우고 있다고 생각했다. 나는 젖 먹던 힘을 다해 수풀을 헤치고 그곳으로 달려갔다. 초목이 무성한 곳에 얼룩무늬 사냥개 한 마리가 보였다. 녀석은 한 자리에 서서 짖고 있었고 세 걸음쯤 떨어진 곳에서 뭔가 거무스름한 형체가 뒹굴고 있었다.

좀 더 가까이 가서 보니 멧돼지가 보였다. 그러고는 불카가 날카롭게 낑낑대는 소리가 들렸다. 멧돼지가 컹컹거리며 사냥개에게 머리를 들이밀자 사냥개가 꼬리를 말고 옆으로 비켜났다. 그때 내 눈에 멧돼지 머리와 옆구리가 보였다. 나는 옆구리를 조준하고 총을 쐈다. 녀석이 쓰러지는 걸 보았다. 멧돼지는 컹컹 거리며 우거진 수풀 속으로 달아났다. 사냥개들이 사납게 짖으며 멧돼지 흔적을 따라 갔다. 나도 그 뒤를 따라 수풀을 뛰어가려는데, 갑자기 발밑에서 무슨 소리가 났다. 내려다보니 불카였다. 불카는 옆으로 누워 낑낑대고 있었다. 녀석 몸 아래는 피가 흥건했다. 순간 불카가 죽었다고 생각했다. 하지만 불카를 챙길 여유가 없었다. 일단 앞으로 달려갔다. 바로 멧돼지를 발견했다. 개들이 녀석을 뒤에서 물고 늘어졌고, 멧돼지는 몸을 이리 돌렸다 저리 돌렸다 하고 있었다. 멧돼지는 나를 발견하자 내 쪽으로 달려들었다. 바로 그때 다시 총을 쐈다. 거의 코앞이어서 총 맞은 부위의 멧돼지 털이 탔다. 녀석은 꽥꽥 비명을 지르며 몸을 비틀거리더니 쿵 하고 땅에 쓰러졌다.

다가가서 보니 멧돼지는 이미 죽어 있었고, 몸 이곳저곳이 부풀고 경련을 일으키고 있었다. 사냥개들은 털을 바짝 세우고 멧돼지의 배와 다리를 물어뜯고 상처에서 흐르는 피를 핥고 있었다.

그때 번쩍 불카 생각이 났다. 나는 서둘러 불카를 찾으러 갔다. 불카는 내가 있는 쪽으로 기어오면서 신음 소리를 내고 있었다. 까이 다가가 상처를 보았다. 녀석의 배가 찢어져서 창자가 통째로 빠져 나와 마른 나뭇잎 위에 질질 끌리고 있었다. 동료들이 내가 있는 곳으로 오자, 우리는 불카의 창자를 다시 집어넣고 배를 꿰매 주었다. 상처를 꿰매는 동안 불카는 내 손을 계속 핥았다.

멧돼지를 숲에서 끌고 나오기 위해 말꼬리에 묶었고, 불카는 말 위에 태워 집으로 데려왔다. 그 후 불카는 한 달 반 정도 앓았지만 다시 건강을 되찾았다.

꿩

캅카스에서는 야생 닭을 꿩이라 부른다. 그곳에는 꿩이 워낙 많아 집에서 키우는 닭보다 더 싸다. 캅카스에서는 꿩을 '가리개'로 잡기도 하고, 나무에 앉은 꿩을 잡기도 하고, 사냥개로 잡기도 한다.

'가리개'로 꿩을 잡는 방법은 다음과 같다. 먼저 두껍고 질긴 천을 준비하고, 틀에 그 천을 씌운다. 틀 중간에 가로로 횡목을 끼우고 천 가운데 구멍을 뚫는다. 이렇게 만든 틀을 가리켜 '가리개'라고 부른다. 사냥꾼들은 새벽에 가리개와 총을 가지고 숲으로 간다. 가리개를 앞에 들고 가면서 뚫어 놓은 구멍으로 꿩을 살핀다. 꿩들은 새벽에 숲에서 먹이를 먹는데, 어쩌다 운이 좋으면 새끼를 거느린 암꿩이나 암수 한 쌍, 수꿩 여러 마리가 함께 있는 무리를 발견할 수도 있다.

가리개를 사용하면 꿩들이 사람을 보지 못하고 천을 씌운 가리개는 두려워하지 않기 때문에 가까이 다가가도 도망가지 않는다. 그때 사냥꾼이 가리개를 땅에 세운 다음 가운데 구멍에 총구를 넣고 총을 쏘아 꿩을 잡는다.

나무에 앉은 꿩을 사냥하는 방법은 다음과 같다. 먼저 숲에 개를 풀어 놓고 그 뒤를 따라간다. 개가 꿩을 발견하면 바로 달려들 것이다. 그러면 꿩이 나무 위로 날아오른다. 개는 나무에 앉은 꿩을 향해 짖기 시작한다. 사냥꾼이 개가 짖는 곳으로 가서 나무 위에 앉아 있는 꿩을 총으로 쏘면 되는 것이다. 만약 주변이 탁 트인 곳이면 나무에 앉아 있는 꿩이 눈에 잘 보여 사냥이 훨씬 수월할 것이다. 하지만 꿩들은 언제나 울창한 수풀 속에 잎이 무성한 나무에 앉아있을 뿐 아니라 사냥꾼이 보이면 얼른 나뭇가지 사이로 몸을 숨긴다. 그래서 울창한 숲을 헤치고 꿩이 앉아 있는 나무까지 가는 것도 어려울 뿐만 아니라, 그 속에서 녀석을 찾아내기도 어렵다. 개가 혼자서 꿩을 향해 짖고 있을 때 꿩은 개를 두려워하지 않기 때문에 나뭇가지에 앉아 거드름을 피우며 날개를 퍼덕인다. 그러다 사람이 보이면 얼른 나뭇가지에 몸을 숨기기 때문에, 능숙한 사냥꾼이라면 녀석을 찾아낼 수 있겠지만 미숙한 사냥꾼은 꿩이 바로 옆에 있어도 찾아내지 못한다.

카자크인들은 꿩이 있는 쪽으로 갈 때 모자를 깊이 눌러 써서 얼굴을 가리고 절대 고개를 들지 않는다. 왜냐하면 꿩은 총을 든 사람을 무서워하는데, 꿩에게 그보다 더 무서운 것이 사람의 눈이기 때문이다.

마지막으로, 개를 풀어 사냥하는 방법은 다음과 같다. 먼저 사냥개를 풀어 놓고 숲 속을 그 뒤를 따라 간다. 개들은 예민한 청각과 후각으로 새벽녘에 꿩들이 이동하는 소리, 먹이 먹는 소리가 나는 곳을 알고 그 흔적을 찾아낸다. 꿩들이 아무리 꾀를 부려도 훌륭한 사냥개는 꿩들이 어디서 먹이를 먹고 어디로 이동했는지 그 흔적을 항상 찾아낸다. 개가 꿩의 흔적을 따라 가까이 갈수록 꿩 냄새가 더욱 강해지기 때문에, 마침내 꿩이 풀밭에 앉아 있거나 돌아다니는 장소를 찾아가게 된다. 가까이 가면 개는 바로 자기 앞에 꿩이 있다는 걸 감지하면서도 꿩이 놀라지 않도록 조심조심 다가간다. 그러고는 단번에 뛰어올라 잡을 수 있을 정도로 가까이 가서야 멈춰 선다. 그러다 개가 더 가까이 오면 꿩이 파다닥 날아오르는데, 바로 그때 사냥꾼이 총을 쏜다.

사냥개 밀튼과 불카

나는 꿩 사냥을 하려고 사냥개 한 마리를 데려왔다. 녀석의 이름은 밀튼이었다. 밀튼은 키가 크고 날씬하며 주둥이와 귀가 길고 회색 얼룩이 있는 힘 좋고 영리한 개였다. 녀석은 불카와 싸우거나 하지 않았다. 사실 그 어떤 개도 불카에게는 절대 덤비지 못 했다. 불카가 이빨만 드러내도 다른 개들은 꼬리를 말고 도망갔다. 한번은 내가 밀튼을 데리고 꿩 사냥을 갔다. 그런데 갑자기 불카가 나를 따라 숲으로 달려왔다. 나는 녀석을 떼어 놓고 싶었지만 도저히 떨어지질 않았다. 게다가 녀석을 집에 데려다 놓고 오자니 너무 멀었다. 나는 녀석이 방해하지 않을 거라 생각하고 그냥 계속 갔다. 그런데 밀튼이 풀 속에서 꿩 냄새를 맡고 찾기 시작하자 불카가 앞으로 달려가 사방을 뒤지기 시작했다. 자기가 밀튼보다 먼저 꿩을 나무 위로 쫓고 싶었던 것이다. 불카는 풀 속에서 무슨 소리를 들었는지 펄쩍 뛰고 빙빙 돌았다. 하지만 녀석은 후각이 좋지 않아 혼자서는 꿩의 흔적을 찾지 못하고 밀튼을 쳐다보더니 밀튼이 가는 방향으로 달려갔다. 밀튼이 꿩의 흔적을 찾아내면 바로 불카가 앞으로 달려갔다. 나는 녀석을 불러 한 대 때리기도 했지만 녀석을 말릴 수가 없었다. 밀튼이 꿩을 찾으려고 시작만 해도 불카가 그 앞으로 달려가 방해를 했다. 나는 그날 사냥은 망쳤다 생각하고 그냥 집에 돌아가려 했다. 그런데 밀튼이 나보다 영리하게 불카를 속일 방법을 생각해냈다. 밀튼의 방법은 이랬다. 불카가 자기 앞으로 달려가면 밀튼은 그쪽을 포기하고 다른 곳으로 방향을 바꿔 찾는 척했다. 그때 불카가 다시 밀튼이 가는 쪽으로 달려오면 밀튼은 나를 슬쩍 보면서 꼬리를 살랑 흔들고는 다시 꿩의 진자 흔적을 찾아간다. 그러다 불카가 또 밀튼에게 달려와 그 앞으로 뛰어가면 밀튼은 아무것도 없는 옆으로 몇 걸음 방향을 바꿔 불카를 속인 다음 다시 나를 꿩이 있는 곳으로 안내했다. 밀튼은 이런 식으로 사냥하는 내내 불카를 속이며 녀석이 사냥을 망치지 못하게 했다.

거북

한번은 밀튼을 데리고 사냥을 나갔다. 숲 근처에서 밀튼이 탐색을 시작했다. 녀석은 꼬리를 길게 뻗고 귀를 쫑긋 세워 냄새를 맡았다. 나는 총을 준비하고 녀석을 따라갔다. 나는 밀튼이 자고새, 꿩, 토끼를 찾고 있다고 생각했다. 그런데 녀석이 숲으로 가지 않고 들로 가는 게 아닌가. 나는 그 뒤를 따라가면서 앞을 살폈다. 그때 나는 녀석이 찾고 있던 것을 보았다. 밀튼 앞에 모자 정도 크기의 자그마한 거북 한 마리가 기어가고 있었다. 거북이 내민 기다란 목과 짙은 회색 머리는 마치 절굿공이 같았다. 거북은 네 발로 엉금엉금 기어가고 있었고 등은 전체가 껍데기로 덮여 있었다.

거북은 개를 보자 머리와 발을 감추고 풀 속으로 숨어 등껍질만 보였다. 밀튼이 녀석을 붙잡고 이빨로 물었지만, 거북의 배와 등이 모두 껍데기로 덮여 있어 물어뜯을 수가 없었다. 그저 앞에도, 양 옆에도, 뒤에도 머리와 발, 꼬리를 내미는 구멍뿐이었다.

  나는 밀튼에게서 거북을 빼앗아 녀석의 등 무늬가 어떻고, 등껍질은 어떻게 생겼으며, 또 몸은 어떻게 감추는지 자세히 살펴보았다. 거북을 손에 들고 등껍질 속을 들여다보니 마치 동굴 같았고 살아있는 검은색 뭔가가 보였다. 나는 거북을 풀밭에 던져 주고 가던 길을 계속 갔는데, 밀튼은 거북을 두고 가기 싫었던 모양인지 거북을 이빨로 물고 내 뒤를 따라왔다. 그런데 갑자기 밀튼이 끼깅거리더니 녀석을 놓아 주었다. 녀석의 입에 물려 있던 거북이 발을 내밀어 밀튼의 주둥이를 할퀸 것이다. 밀튼은 단단히 화가 나 마구 짖어 대더니 다시 입에 물고 내 뒤를 따라왔다. 내가 다시 밀튼에게 놔 주라고 했는데도 밀튼은 말을 듣지 않았다. 그래서 나는 녀석에게서 거북을 뺏어 던져 버렸다. 하지만 밀튼은 녀석을 가만 두지 않았다. 밀튼은 앞발로 거북 주위에 구덩이를 파기 시작했다. 구덩이를 다 파내자 그 속에 거북을 밀어 넣고 흙으로 덮었다.

  거북은 뱀이나 개구리처럼 땅 위에서도 살 수 있고 물속에서도 살 수 있다. 거북은 새끼를 알로 낳는데, 알을 흙에 낳은 다음 품지 않는다. 거북 알은 물고기 알처럼 스스로 부화해 새끼 거북들로 태어난다. 새끼 거북은 크기가 컵받침보다 작은 것도 있고 길이가 3 아르신(약 2미터)에 무게가 20푸드(약

300킬로그램)가 넘을 정도로 큰 것도 있다. 큰 거북은 바다에서 산다.

봄이 되면 거북 한 마리가 수백 개의 알을 낳는다. 거북의 등껍질은 늑골이다. 사람이나 다른 동물은 늑골이 갈라져 있지만, 거북은 늑골이 하나로 붙어 등껍질이 된 것이다. 중요한 차이는 모든 동물의 늑골은 몸 안에 있고 살이 늑골을 둘러싸고 있지만, 거북은 늑골이 몸 바깥에 있고 그 안에 살이 있다는 것이다.

사냥개 불카와 늑대

내가 캅카스를 떠나올 때, 그곳은 아직 전쟁 중이어서 호위대 없이 밤에 다니는 것은 위험했다.

나는 가능한 한 아침 일찍 떠나려고 아예 잠을 자지 않았다.

내 친구가 날 배웅하려고 찾아와 함께 밤새도록 내가 살던 농가 앞 카자흐 시골 길에 앉아 있었다.

안개가 낀 보름달 밤이었다. 비록 달이 보이지는 않았지만 책을 읽을 수 있을 정도로 환했다.

한밤중에 우리는 문득 길 건너 어느 집 뜰에서 돼지 잡는 소리를 들었다. 우리 중 한 명이 소리쳤다.

"늑대가 새끼돼지를 물어가나 봐"

나는 집안으로 뛰어가 총알이 장전된 총을 들고 길로 뛰어나왔다. 모두들 새끼 돼지 소리가 나는 집 대문 앞에서 나에게 "여기야"하고 외쳤다.

밀튼이 내 뒤를 따라왔다. 내가 총을 들고 있어서 사냥을 가는 거라 생각한 모양이다. 한편 불카는 짧은 귀를 쫑긋 세우고 누구를 잡아야 하느냐고 묻듯이 이리저리 서성였다. 울타리까지 달려갔을 때, 나는 뜰 저쪽에서 짐승 한 마리가 나를 향해 곧장 달려오는 걸 보았다. 늑대였다. 녀석은 울타리로 달려와 풀쩍 뛰어넘었다. 나는 옆으로 물러나 총을 겨누었다. 늑대가 나를 향해 울타리를 뛰어넘는 순간 바로 앞에서 방아쇠를 당겼다. 그런데 총이 '칙' 하더니 불발되었다. 늑대는 멈추지 않고 달려 길을 건너갔다. 밀튼과 불카가 녀석을 쫓아갔다. 밀튼은 늑대 가까이 가긴 갔지만 늑대 잡는 게 두려운 것 같았고, 반면 불카는 짧은 다리로 아무리 열심히 달려도 늑대를 따라잡지 못 했다. 우리는 있는 힘을 다해 늑대를 뒤쫓았지만, 늑대와 개들은 우리 시야에서 사라지고 말았다. 잠시 후 카자흐 마을 한쪽 구석에 있는 도랑에서 개 짖는 소리와 날카롭게 끼깅거리는 소리가 들렸다. 우리는 달안개 사이로 개들이 먼지를 일으키며 늑대와 싸우는 모습을 보았다. 우리가 도랑으로 달려갔을 땐 이미 늑대는 사라지고 없었고, 개 두 마리만 꼬리를 치켜들고 잔뜩 화난 얼굴로 우리에게 왔다. 불카가 으르렁거리며 머리로 나를 밀었다. 뭐라고 말하고 싶은데 하지 못하는 것 같아 보였다.

우리는 개들을 살피다가 불카의 머리에서 작은 상처를 발견했다. 아마도 녀석이 늑대를 도랑 앞까지 추격했다가 잡지는 못했고, 늑대가 녀석을 물고 도망간 것 같았다. 다행히 상처가 크지 않아서 위험할 정도는 아니었다.

우리가 집으로 돌아와 그날 있었던 일에 대해 얘기를 나누었다. 난 총이 불발되어 화가 나 있었고, 모두들 만약 총이 발사되었더라면 그 자리에서 늑대를 잡았을 거라 생각했다. 내 친구는 늑대가 어떻게 마당으로 들어올 수 있었는지 놀랍다고 했다. 그러자 늙은 카자크인이 전혀 놀랄 일이 아니라며, 그건 늑대가 아니라 마녀이고, 그 마녀가 내 총에 주술을 부린 것이라고 했다. 우리는 그렇게 둘러 앉아 이야기를 나누고 있었다. 그런데 갑자기 개들이 달려 나갔다. 우리는 집 앞 길 가운데 다시 아까 그 늑대가 있는 걸 보았다. 이번엔 녀석이 우리의 고함 소리를 듣고 개들이 쫓을 틈도 없이 순식간에 달아나버렸다.

그 이후 늙은 카자크인은 그건 늑대가 아니라 마녀라고 완전히 굳게 믿고 있었다. 반면 나는 어쩌면 그 녀석이 광견병에 걸린 늑대가 아니었을까 생각했다. 왜냐하면 늑대는 한 번 쫓아내면 다시는 사람들 앞에 나타나지 않는다고 알고 있었기 때문이다.

나는 혹시나 싶어 불카의 상처에 화약을 뿌리고 불을 붙였다. 화약에 불꽃이 일면서 상처 부위를 태웠다.

내가 화약으로 상처를 태운 것은 혹시나 광견병에 걸린 늑대의 침이 불카의 피에 들어가지 않도록 침을 태우기 위한 것이다. 만약 감염된 침이 이미 불카의 피 속에 들어갔다면 침이 피를 타고 온몸으로 퍼져, 그때는 이미 치료할 수 없다는 것을 알고 있었다.

퍄티고르스크에서 불카에게 있었던 일

카자크 마을을 떠나온 나는 곧장 러시아로 가지 않고 먼저 퍄티고르스크에 들러 그곳에서 두 달 동안 지냈다. 떠나면서 밀튼은 카자크인 사냥꾼에게 선물로 주고 불카만 퍄티고르스크로 데려갔다.

'다섯 개의 산'이라는 뜻을 가진 퍄티고르스크라는 이름은 이 도시가 베슈타우 산 위에 위치하기 때문에 붙여졌다. 타타르어로 '베슈'는 다섯을, '타우'는 산을 의미하기 때문이다. 이 산에서는 뜨거운 유황물이 흐른다. 팔팔 끓는 물처럼 아주 뜨겁고, 산에서 유황물이 흐르는 곳에는 펄펄 끓는 사모바르 주전자 위처럼 항상 수증기가 피어오른다. 도시가 위치한 곳은 너무나 아름답다. 산에서는 뜨거운 온천이 흐르고, 산 아래에는 포드쿠목 강이 흐른다. 산을 따라 숲이 펼쳐지고 그 주위는 탁 트인 들판이다. 더 멀리에는 높이 솟은 캅카스 산맥이 항상 보인다. 캅카스 산맥에 쌓여 있는 눈은 절대 녹지 않으며 설탕처럼 하얗게 빛난다. 그 중에 높고 큰 엘브루스 산은 날씨가 좋은 날이면 어디에서나 설탕과 같은 하얀 머리처럼 보인다. 온천에는 사람들이 병을 치료하기 위해 찾아온다. 온천 위에는 정자나 파라솔이 세워져 있고, 그 주변에 정원과 산책로가 꾸며져 있다. 아침마다 음악을 연주하고, 사람들은 온천수를 마시거나 온천욕을 하고 산책을 한다.

  도시는 산 위에 있고, 산 밑에는 촌락이 있다. 나는 그 촌락에 있는 작은 집에서 살았다. 집은 마당 한가운데 있었고, 창문 앞에 정원이 있고, 정원에는 주인이 설치해 놓은 벌통들이 있었다. 벌통은 러시아의 네모난 모양이 아니라 둥글게 꼬아 만든 바구니 모양이었다. 그곳의 벌들은 너무나 순해서, 나는 아침마다 불카를 데리고 뜰에 나가 벌통 사이에 앉아 있곤 했다.

불카는 벌통 사이를 돌아다니며 벌에 놀라기도 하고, 냄새를 맡거나, 벌들이 윙윙거리는 소리를 듣기도 했다. 하지만 녀석이 벌통 주위를 워낙 조심스럽게 다녀서 벌들을 방해하지 않았기 때문에 벌들도 불카를 공격하지는 않았다.

한번은 아침에 내가 온천욕을 마치고 집으로 돌아와 정원에 앉아 커피를 마시고 있었다. 그런데 불카가 목덜미를 긁다가 개목걸이를 건드려 딸랑거리는 소리를 냈다. 나는 그 소리에 벌들이 놀랄까봐 불카의 목걸이를 벗겨주었다. 그런데 잠시 후 산 위 도시에서 이상하고 끔찍한 소리가 들렸다. 개들이 짖고, 울며 낑낑거리고, 사람들이 고함을 지르는 소리였다. 그 소리는 산에서 들리더니 점점 내려와 우리 촌락 가까이 다가왔다. 불카는 긁기를 멈추고 넙적한 머리를 흰색 앞발 사이에 얹고 혀를 내민 채 얌전히 내 옆에 엎드려 있었다. 그런데 녀석이 그 시끄러운 소리를 듣자 그게 무슨 소리인지 알았다는 듯 귀를 쫑긋 세우고 이빨을 드러내며 벌떡 일어나 으르렁거리기 시작했다. 소리는 점점 가까이 다가왔다. 분명 동네 모든 개들이 날카롭게 울부짖고 낑낑거렸다. 나는 무슨 일인지 살펴보러 대문 쪽으로 나갔다. 집주인 여자도 따라 나왔다.

내가 물었다.

"이게 무슨 소립니까?"

집주인 여자가 말했다.

"감옥에서 나온 죄수들이 다니면서 개를 잡는 소리예요. 개가 너무 늘어서 시 당국이 도시에 있는 개를 모조리 잡으라는 명을 내렸다네요."

"어쩌나, 그럼 불카도 잡히면 죽이나요?"

"아니요. 목걸이를 한 개들은 죽이라고 하지 않았어요."

그런데 내가 말을 하고 있는 데 어느새 죄수들이 우리 집 마당 앞까지 왔다.

앞에는 군인들이 있었고, 그 뒤에 사슬에 묶인 죄수 넷이 따르고 있었다. 죄수 둘은 손에 긴 쇠갈고리를, 다른 죄수 둘은 몽둥이를 들고 있었다. 우리 집 대문 앞에서 죄수 한 사람이 집 지키는 개를 쇠갈고리로 걸어 길 한가운데로 집어던지자 다른 죄수가 녀석을 몽둥이로 패기 시작했다. 개가 끔찍한 소리를 내며 깽깽거렸고 죄수들은 뭐라고 소리를 지르면서 웃어댔다. 죄수 한 사람이 쇠갈고리로 개를 뒤집어 보고 죽은 것을 확인하고는 갈고리를 뽑아 또 다른 개가 없나 살피기 시작했다.

그때 불카가 곰에게 달려들 듯 순식간에 그 죄수에게 달려들었다. 그 순간 나는 불카가 목걸이를 하지 않고 있다는 사실을 떠올리고 외쳤다.

"불카, 돌아와!"

그러고는 죄수들이 불카를 때리지 못하게 고함을 쳤다.

그러나 죄수는 불카를 보자 킬킬거리며 웃더니 쇠갈고리를 능숙하게 휘둘러 불카의 넓적다리에 꽂았다. 불카는 달아나려 했지만 죄수가 불카를 잡아당기며 다른 죄수에게 말했다.

"때려잡아!"

다른 죄수가 몽둥이를 휘둘러 하마터면 불카가 죽을 뻔했지만 다행히 도망쳤다. 넓적다리 살이 찢어진 덕분이었다. 불카는 다리에 시뻘겋게 드러난 상처를 입은 채 꼬리를 말고 재빨리 쪽문을 통해 집 안으로 들어와 내 침대 밑에 숨었다.

쇠갈고리가 박혔던 부위에 살이 찢어진 덕분에 불카는 목숨을 구하게 된 것이다.

불카와 밀튼의 최후

불카와 밀튼은 같은 시기에 최후를 맞았다. 늙은 카자크인은 밀튼을 다룰 줄 몰랐다. 그는 밀튼을 새 사냥에만 데리고 갔어야 했는데 멧돼지 사냥에 데리고 간 것이다. 그러다 그 해 가을 멧돼지가 날카로운 송곳니로 밀튼을 물어뜯었다. 아무도 밀튼의 상처를 꿰맬 줄 몰라, 결국 녀석은 죽고 말았다.

불카 역시 죄수들로부터 목숨을 건지고 나서 오래 살지 못했다. 죄수들로부터 도망친 이후 불카는 울적해 하더니 아무 것이나 닥치는 대로 핥기 시작했다. 녀석은 내 손도 핥았다. 하지만 예전에 애교부리며 핥던 것과는 달랐다. 처음에는 혀로 누르며 오랫동안 핥더니 나중에는 이빨로 살짝살짝 물기 시작했다. 마치 내 손을 깨물어야만 하는데 그러고 싶어 하지 않는 것 같았다. 나는 더 이상 녀석에게 손을 내밀지 않았다. 그러자 불카는 내 장화와 책상 다리를 핥더니 나중에는 깨물기 시작했다. 그렇게 이틀 동안 계속하더니 사흘째 되는 날 녀석이 사라졌다. 그러고는 아무도 불카를 보지 못했고, 녀석에 대한 소식도 들을 수 없었다.

불카를 누가 몰래 데려가지는 못했을 테고, 또 녀석이 나에게서 도망친다는 것도 있을 수 없다. 불카가 사라진 것은 녀석이 늑대에게 물리고 나서 6주가 지났을 때였다. 그러니 그 늑대가 광견병에 걸린 늑대였던 게 틀림없었던 것이다.

불카는 광견병에 걸려 도망간 것이었다. 녀석은 사냥꾼들이 말하는 스테츠카라는 공격성이 없는 광견병에 걸린 것이다.

광견병에 걸리면 목에 경련이 생긴다고들 한다. 게다가 광견병에 걸린 짐승은 물을 마시고 싶어도 물만 보면 경련이 더 심해져 물을 마실 수가 없다. 이 때문에 녀석들은 갈증과 통증 때문에 정신이 나가 아무것이나 물어뜯기 시작한다. 분명 불카도 경련이 시작되어 처음에는 핥았다가, 나중에는 내 손과 책상 다리를 깨물기 시작한 것이다. 나는 인근 주변을 돌아다니며 불카를 본 적이 있는지 물어보았지만 녀석이 어디로 갔는지, 어떻게 죽었는지 알 수가 없었다. 만약 불카가 미친 개들처럼 여기저기 돌아다니며 사람들을 물었다면 녀석에 대한 소문을 들을 수 있었을 것이다. 때문에 녀석이 어딘가 깊은 산속으로 달아나 그곳에서 혼자 죽은 것이 분명했다. 사냥꾼들 말이 영리한 개는 스테츠카 광견병에 걸리면 들이나 숲으로 가서 그곳에서 필요한 약초를 찾고 이슬 위를 뒹굴면서 스스로 치료한다고 한다. 그러나 불카가 돌아오지 않고 자취를 감춘 것으로 보아 녀석은 광견병을 이기지 못한 것 같다.

새와 그물

사냥꾼이 호수 근처에 그물을 세워 놓았다가 무리지어 있던 여러 마리 새들을 덮쳤다. 그런데 새들이 워낙 커서, 그물을 덮어 쓴 채 그대로 들고 날아갔다. 사냥꾼은 새들을 쫓아갔다. 농부가 사냥꾼이 새를 쫓아 달려가는 것을 보고 물었다.

"어딜 그리 뛰어가시오? 그런 걸음으로 새를 따라잡을 수 있겠소?"

사냥꾼이 말했다.

"새가 한 마리였다면 따라잡을 수 없겠지만, 이번에는 잡을 수 있소이다."

그러고는 정말 그렇게 되었다. 밤이 되자 새들이 잠을 자러 각자 사방으로 흩어지려 했다. 어떤 새는 숲으로, 어떤 새는 습지로, 또 어떤 새는 들판으로 날아가려 했다. 그러나 모두들 그물을 쓰고 있어서 땅에 떨어지고 말았다. 그러자 사냥꾼이 가서 새들을 모두 잡았다.

후각

사람은 눈으로 보고, 귀로 듣고, 코로 냄새를 맡고, 혀로 맛을 보고, 손가락으로 감지한다. 그런데 어떤 사람은 시력이 좋고, 어떤 사람은 시력이 나쁘다. 어떤 사람은 멀리서도 잘 듣고, 어떤 사람은 귀가 안 들린다. 어떤 사람은 후각이 뛰어나서 멀리서도 나는 냄새도 맡을 수 있는데, 어떤 사람은 썩은 계란 냄새도 맡지 못한다. 어떤 사람은 손으로 만져보고 모든 사물을 구별할 수 있는데, 어떤 사람은 손으로 만져서 종이와 나무도 구별하지 못한다. 어떤 사람은 입에 갖다 대기만 해도 단맛을 느끼는데, 어떤 사람은 입안에 삼키고도 쓴맛과 단맛을 구별하지 못한다.

동물도 마찬가지로 각각 특별히 뛰어난 감각이 있다 그러나 동물들은 사람보다 후각이 훨씬 강하다.

사람은 물건을 알아내고 싶을 때 그것을 눈으로 보고, 소리가 나는지 들어보고, 때로는 냄새를 맡거나 맛을 보기도 한다. 하지만 물체를 알아내기 위해 사람에게 무엇보다 필요한 것은 촉각이다.

그러나 동물들이 물체를 알아내는 데 가장 필요한 것은 후각이다. 말이나 늑대, 개와 소, 곰은 냄새를 맡기 전에는 그 물체가 무엇인지 알지 못한다.

말은 무엇인가 두려우면, 냄새를 더 잘 맡기 위해 코로 푸르르 거리며 숨을 뱉어 콧속을 깨끗이 한 다음 냄새를 맡는다. 냄새를 맡고 나서야 안심을 한다.

개는 주로 냄새로 구별하여 주인을 찾아간다. 냄새를 맡지 못한 상태에서 주인을 보면 개는 두려워하고 눈에 보이는 존재를 알아보지 못하고 냄새를 맡아서 눈앞의 사람이 두려운 존재가 아니라 주인이라는 걸 알게 될 때까지 계속 짖는다.

수소들은 다른 소들이 매를 맞는 것을 보거나 도살장에서 울부짖는 소리를 들어도 그게 무슨 일인지 전혀 알지 못한다. 그런데 암소나 수소를 소의 피가 있는 곳으로 데려가 냄새를 맡게 하면 녀석들은 바로 알아채고 울부짖으며 녀석을 끌고 나갈 수 없을 정도로 발길질을 한다.

어느 영감의 마누라가 병에 걸렸다. 영감은 직접 우유를 짜러 갔다. 그런데 암소가 콧김을 내뿜으며 냄새를 맡더니 이내 주인 여자가 아닌 것을 알아채고 우유를 내주지 않는 것이었다. 그러자 주인 여자는 남편에게 자기 외투를 입고 머리에 두건을 쓰라고 시켰다. 그러자 암소는 우유를 잘 수 있게 해주었다. 그러다 영감이 옷자락을 풀어 헤치자 암소가 냄새를 맡더니 또 다시 우유를 내주지 않았다.

사냥개들은 냄새를 맡아 짐승을 쫓을 때 짐승의 냄새에서 스무 걸음 정도 옆으로 떨어져 쫓아간다. 이를 모르는 사냥꾼이 사냥감의 흔적을 쫓게 하려고 개의 코를 짐승 발자국에 바싹 갖다대면 개는 항상 한쪽으로 비켜난다. 개에게는 그 발자국 냄새가 너무 강해서 사냥감이 앞으로 갔는지 뒤로 갔는지 알 수가 없기 때문이다. 개는 한쪽으로 비켜나서야 비로소 어느 쪽에서 냄새가 더 강하게 나는지 알아채고 짐승을 쫓아간다. 개는 우리가 귀에 바싹 대고 크게 말할 때 하는 행동과 똑같이 한다. 너무 가까이 말고 좀 떨어져야 무슨 말을 하는지 알아들을 수 있는 것과 같다. 또는 어떤 물건이 눈앞에 너무 가까이에 있으면, 좀 물러나서 봐야 그것이 무엇인지 구별할 수 있는 것과 같은 이치이다.

개들끼리는 냄새로 서로를 알아보고 서로에게 신호를 보낸다.

곤충의 후각은 더욱 예민하다. 벌은 자신에게 필요한 꽃을 향해 똑바로 날아간다. 애벌레는 자신이 먹을 잎으로 기어간다. 빈대, 벼룩, 모기는 벼룩 걸음으로 수십만 걸음 떨어진 먼 거리에서도 사람 냄새를 맡을 수 있다.

물체에서 떨어져 우리 콧속으로 들어오는 입자들도 작은데, 곤충의 콧속으로 들어가는 입자는 대체 얼마나 작아야 할까!

개와 요리사

요리사가 저녁 식사를 준비하고 있었다. 개들은 부엌 문간에 누워 있었다. 요리사가 송아지를 잡아 내장을 빼서 마당에 던졌다. 그러자 개들이 달려들어 먹고 나서 말했다.

"참 좋은 요리사네! 음식을 잘 하는 걸."

잠시 후 요리사가 완두콩과 순무, 파를 다듬고 남은 부스러기를 마당에 던졌다. 그러자 개들이 달려들었다가 고개를 돌리며 말했다.

"요리사가 못 쓰게 되었군. 전에는 요리를 잘 하더니 이젠 아무짝에 쓸모가 없게 되었어."

하지만 요리사는 개들이 뭐라 하든 자기 방식대로 저녁 식사를 만들었다. 요리사의 음식을 먹고 칭찬한 이들은 개가 아니라 주인집 사람들이었다.

로마의 건국

한 황제가 있었다. 그에겐 누미토르와 아물리우스라는 두 아들이 있었다. 황제는 죽음을 앞두자 아들들에게 말했다.

"너희들은 유산을 어떻게 나누려고 하느냐? 누가 왕국을 갖고, 누가 재물을 가질 것이냐?"

누미토르가 왕국을 갖고, 아물리우스가 재물을 갖게 되었다. 아물리우스는 재물을 가지게 되자 형이 황제가 된 것에 질투가 났다. 아물리우스는 병사들에게 뇌물을 주면서 누미토르를 쫓아내고 자신을 황제로 세우라고 했다. 병사들은 그가 시키는 대로 하여 아물리우스가 황제가 되었다. 누미토르에게는 딸이 하나 있었는데, 그 딸이 아들 쌍둥이를 낳았다. 아이들은 둘 다 키도 크고 인물도 좋았다.

　아물리우스는 나중에 쌍둥이들이 크면 백성들이 그들을 좋아하여 황제로 삼을까 봐 걱정했다. 아물리우스는 자신의 시종 파우스티누스를 불러 말했다.

"그 아이들을 데려가서 강에 버려라."

　강 이름은 테베레 강이었다.

　파우스티누스는 아이들을 요람에 넣고 강기슭으로 데려가 그곳에 두었다. 파우스티누스는 거기 놔두면 아이들이 곧 죽을 것이라 생각했다. 그러나 테베레 강이 강기슭까지 물이 차올라 요람을 밀어 올려 높은 나무 위에 걸쳐 놓았다. 밤이 되자 암컷 늑대가 와서 쌍둥이들에게 젖을 먹였다.

　아이들은 잘생긴 데다 몸집도 크고 힘도 센 청년으로 자라났다. 아이들은 아물리우스가 사는 도시에서 멀지 않은 숲속에 살면서 짐승을 잡는 법을 배워 사냥하여 먹고살았다. 사람들은 점차 그들의 존재를 알게 되었고 잘 생긴 용모를 보고 그들을 좋아하게 되었다. 형의 이름은 로물루스였고, 동생의 이름은 레무스였다.

 한번은 누미토르의 목동들과 아물리우스의 목동들이 숲 근처에서 가축을 치다가 싸웠다. 아물리우스의 목동들이 누미토르의 가축을 빼앗은 것이다. 쌍둥이들이 그걸 보고 달려가 목동들을 모두 내쫓고 가축을 빼앗았다.

 그러자 누미토르의 목동들이 쌍둥이에게 화가 나서 형 로물루스가 없을 때를 골라 동생 레무스를 붙잡아 도시에 있는 누미토르 앞에 끌고 가서 말했다.

 "숲 속에 두 형제가 나타나서 가축들을 빼앗고 강도질을 일삼고 있습니다. 그래서 저희들이 한 놈을 붙잡아 데려왔습니다."

 누미토르는 레무스를 아물리우스 황제에게 데려가라고 했다. 그러자 황제 아물리우스가 말했다.

 "이 자들은 형님의 목동들을 욕보인 자들이니 형님이 직접 처벌하게 하라."

 레무스는 다시 누미토르에게 끌려왔다. 누미토르가 레무스를 가까이 불러 물었다.

 "넌 어디에서 왔느냐, 넌 누구냐?"

 레무스가 말했다.

 "우리는 형제는 우리가 어렸을 때 요람에 담긴 채 테베레 강기슭 나무 근처에 버려졌습니다. 그곳에 있던 들짐승과 새들이 우리를 먹여 키웠습니다. 그렇게 우리는 거기서 자랐지요. 우리가 누구인지 알려면 우리에게 남아 있는 요람을 보면 되지요. 그 요람에 구리 명판이 붙어있는데, 거기에 뭐라고 쓰여 있으니까요."

누미토르는 깜짝 놀라며 혹시나 이 자가 자신의 손자가 아닐까 생각했다. 그는 레무스를 자기 집에 묵게 한 다음 파우스티누스에게 물어보려고 사람을 보내 데려오게 했다.

그러는 사이 로물루스는 동생을 찾았지만 어디에서도 찾아낼 수가 없었다. 목동들이 레무스가 도시로 끌려갔다고 말해주자, 그는 요람을 들고 동생을 찾으러 도시로 갔다. 파우스티누스가 단번에 그 요람을 알아보고 사람들에게 이 쌍둥이는 누미토르의 손자이며, 아물리우스가 그들을 물에 빠뜨려 죽이려 했다고 사람들에게 말했다. 그러자 사람들이 분노하여 아물리우스를 죽이고 로물루스와 레무스를 황제로 선출했다. 그러나 로물루스와 레무스는 그 도시에서 살고 싶지 않았다. 그리하여 그 도시는 할아버지 누미토르가 통치하도록 맡기고 자신들은 테베레 강 인근, 암컷 늑대의 젖을 먹고 자란 나무 밑으로 돌아가 그곳에 새로운 도시 로마를 세웠다.

신은 진실을 알고 있지만, 바로 말해 주지 않는다.

블라디미르 도시에 악쇼노프라는 젊은 상인이 살고 있었다. 그에게는 가게 두 개와 집 한 채가 있었다.

악쇼노프는 옅은 갈색 곱슬머리에 잘생긴 미남에, 성격도 밝고 노래도 잘 불렀다. 악쇼노프는 젊은 시절부터 술을 많이 마셨는데, 술에 잔뜩 취하면 소란을 피웠지만, 결혼하고 나서는 술을 끊어, 소란을 피우는 일이 거의 없었다.

한번은 어느 여름날 악쇼노프가 니즈니 시의 장에 갔다. 장으로 떠나며 식구들과 인사를 할 때, 그의 아내가 말했다.

"여보, 오늘은 가지 마세요. 꿈에 당신이 나왔는데, 꿈자리가 영 좋지 않았답니다."

그러자 악쇼노프가 허허 웃으며 말했다.

"당신은 아직도 내가 시장에서 술주정이라도 부릴까 봐 걱정인 거야?"

아내가 말했다.

"뭐가 두려운 건지 나도 모르겠어요. 하지만 꿈자리가 좋지 않아요. 꿈에 보니 당신이 시내에서 돌아와 모자를 벗었는데 글쎄 당신의 머리가 하얗게 셌지 뭐예요."

악쇼노프가 껄껄 웃으며 말했다.

"에이, 그건 돈을 번다는 뜻이야. 내가 장사를 잘해서 비싼 선물을 잔뜩 사가지고 올 테니, 보라고."

그러고는 가족들과 인사하고 집을 나섰다.

중간쯤 갔을 때 그는 아는 장사꾼을 만나 함께 숙소에 들었다. 그들은 함께 차를 마시고 나란히 붙어 있는 방 두 개를 얻어 잠자리에 들었다. 악쇼노프는 잠을 많이 자는 걸 좋아하지 않아 한밤중에 눈을 떴다. 그러고는 서늘할 때 출발하는 게 좋겠다는 생각에 마부를 깨워 떠날 채비를 하라고 일렀다. 그런 다음 뒤채로 가서 주인에게 돈을 지불하고 떠났다.

그는 40 베르스타(약 42킬로미터)쯤 가서 식사를 하기 위해 마차를 세우고 어느 여인숙 마당 그늘에 앉아 잠시 쉰 다음, 점심을 먹으러 현관 계단으로 나와 사모바르에 물을 끓이라고 이르고는 기타를 꺼내 연주를 시작했다. 그런데 갑자기 마당으로 방울을 단 삼두마차가 들어오더니 관리가 병사 두 명과 함께 마차에서 내려 악쇼노프에게 다가와 어디서 온 누구냐고 물었다. 악쇼노프는 그들에게 있는 그대로 대답해 주고 함께 차나 한 잔 하겠느냐고 물었다. 그런데 관리가 계속해서 꼬치꼬치 캐묻는 것이었다.

"지난밤에 어디에서 잤는가? 혼자 잤는가 아니면 어떤 상인과 잤는가? 아침에 그 상인을 보았는가? 어째서 아침 일찍 여인숙을 떠났는가?"

악쇼노프는 왜 자신에게 그런 것을 자세히 묻는지 궁금했다. 그래서 있었던 일을 다 얘기해주고 나서 물었다.

"어째서 나에게 그리 캐묻는 것이오? 나는 도둑도 아니고 강도도 아니오. 내 볼 일이 있어 가는 길인데 나에게 물을 게 뭐가 있소."

그러자 관리가 소리를 질러 병사들을 부르며 말했다.

"난 경찰서장이다. 내가 너에게 물어본 까닭은 어젯밤에 너와 함께 숙소에 든 상인이 칼에 찔려 죽었기 때문이다. 당장 네 짐을 보여줘라. 병사들은 이 자의 몸을 뒤져라."

그들은 여인숙 안으로 들어가 악쇼노프의 짐가방과 보따리를 가지고 나와 풀어헤치고는 뒤지기 시작했다. 갑자기 경찰서장이 보따리에서 칼을 꺼내며 소리쳤다.

"이건 누구 칼이지?"

악쇼노프는 자신의 보따리에서 피 묻은 칼이 나온 것을 보고 깜짝 놀랐다.

"어째서 칼에 피가 묻어 있는 거지?"

악쇼노프는 대답하려 했지만 말이 나오질 않았다.

"나… 난 모르오… 나는… 칼을… 내… 내 것이 아닌…."

그러자 경찰서장이 말했다.

"아침녘 상인이 침대 위에서 칼에 찔려 죽은 채로 발견되었다. 너 외에는 아무도 이렇게 할 사람이 없었다. 여인숙은 안에서 잠겨 있었고, 건물 안에는 너 말고는 아무도 없었단 말이다. 게다가 피 묻은 칼이 네 보따리에 있는 데다 네놈 얼굴만 봐도 다 보인다. 자, 말해라. 그 자를 어떻게 죽였지? 돈은 얼마나 훔쳤느냐?"

악쇼노프는 하느님께 맹세코 자기가 한 짓이 아니라고 했다. 상인과 함께 차를 마시고 나서는 그를 본 적도 없고 돈도 자기가 가지고 있던 돈 8,000루블뿐인데다 칼도 자기 것이 아니라고 말했다. 그러나 그의 목소리는 자꾸 끊겼고, 얼굴은 창백했으며, 겁에 질려 죄라도 지은 사람처럼 온몸을 부들부들 떨었다.

경찰서장은 병사들을 불러 악쇼노프를 묶어서 마차에 태우라고 했다. 병사들이 악쇼노프의 다리를 묶어 마차로 들어 던지자 악쇼노프는 성호를 그으며 눈물을 터뜨렸다. 악쇼노프는 물품과 돈을 빼앗기고 인근 도시의 감옥으로 호송되었다. 악쇼노프가 어떤 사람이었는지 알아보기 위해 블라디미르로 사람이 파견되었다. 블라디미르 시 주민들과 상인들은 모두 악쇼노프가 젊었을 때 술을 마시고 놀기도 했지만 사람은 좋은 사람이라고 증언했다. 곧 재판이 시작되었다. 그는 랴잔에서 온 상인을 죽이고 2만 루블을 훔쳤다는 혐의로 재판을 받았다.

악쇼노프의 아내는 남편의 일로 몹시 괴로워 어떻게 해야 할지 몰랐다. 아이들은 아직 어린 데다 막내는 아직 젖먹이였다. 그녀는 아이들을 모두 데리고 남편이 수감되어 있는 도시로 갔다. 처음에는 면회를 허락하지 않았지만 그녀가 윗사람들에게 청을 넣자 남편을 만나게 해 주었다. 죄수복을 입고 사슬에 묶인 채 진짜 강도들과 함께 있는 남편을 보고 그녀는 땅에 쓰러져 한동안 정신을 차리지 못했다. 그 후 아내는 아이들을 주변에 데려다 놓고 남편과 마주 앉아 먼저 집안의 일들에 대해 이야기한 다음 남편에게 무슨 일이 있었는지 하나하나 물어보았다. 그는 모든 것을 아내에게 말해 주었다. 그러자 아내가 말했다.

"그럼 이제 어쩌면 좋죠?"

악쇼노프가 말했다.

"황제께 탄원을 올려야겠어. 죄를 짓지 않았는데 이렇게 죽을 순 없잖아!"

아내는 자신이 이미 황제에게 탄원서를 냈지만 탄원서가 황제에게까지 올라가지 못 했다고 말했다. 악쇼노프는 아무 말도 하지 않고 그저 멍하니 앉아 있었다. 그때 아내가 말했다.

"여보, 내가 그때 꿈에서 당신 머리가 하얗게 센 것을 봤다고 얘기한 것 기억하세요? 정말로 당신 머리가 슬픔으로 하얗게 셌어요. 그때 당신은 길을 떠나지 말았어야 했어요."

그러고는 남편의 머리카락을 쓰다듬으며 말했다.

"여보! 내 사랑, 난 아내잖아요. 내게는 진실을 말해 봐요. 정말 당신이 그런 게 아니죠?"

악쇼노프가 말했다.

"당신까지 나를 의심한단 말이오!"

그러고는 두 손으로 얼굴을 감싸고 흐느끼기 시작했다. 잠시 후 병사가 와서 부인과 아이들이 나가야 할 시간이 됐다고 말했다. 악쇼노프는 가족들과 마지막 인사를 나누었다.

아내가 떠난 뒤 악쇼노프는 아내와 나누었던 대화를 떠올려 보았다. 아내마저 자신을 의심하여 상인을 죽인 것 아니냐고 물었던 것을 떠올리고는 혼잣말로 이렇게 말했다.

"하느님 외에는 아무도 진실을 모르는 것 같군. 그러니 하느님께 기도를 드려서 자비를 빌어야겠다."

그 이후 악쇼노프는 탄원서를 보내는 것도 그만두고, 다른 희망도 포기한 채 오로지 하느님에게 기도만 올렸다.

악쇼노프는 태형과 징역형에 처해졌다. 그리고 그대로 집행되었다.

그는 채찍으로 맞았다. 그러고는 그 상처가 아물자 다른 죄수들과 함께 시베리아로 추방되었다.

시베리아 감옥에서 악쇼노프는 26년 동안 징역을 살았다. 머리카락은 눈처럼 하얗게 세어버렸고, 잿빛 턱수염이 가늘고 길게 자라났다. 쾌활했던 성격도 사라졌고, 허리는 굽고 걸음걸이는 조용조용 했으며, 말수도 줄어 절대 웃지도 않고 하느님께 기도를 자주했다.

악쇼노프는 감옥에서 구두 만드는 법을 배웠다. 그 일을 해서 번 돈으로 『순교전』이란 책을 사서 감방에 빛이 들어올 때마다 읽었다. 축일이 되면 감옥에 있는 교회에 가서 『사도행전』을 읽기도 하고, 성가대에서 찬송가를 부르기도 했다. 그의 목소리는 여전히 아름다웠다. 관리들은 악쇼노프의 온순한 성품을 좋아했고 동료 죄수들도 그를 존경하여 '할아버지'라고 부르거나 '하느님의 사람'이라고 불렀다. 감옥에서 부탁할 일이 생기면 죄수들은 항상 악쇼노프를 관리에게 보냈고, 죄수들 사이에 다툼이라도 생기면 언제나 악쇼노프에게 판정해 달라고 했다.

집에서 아무도 악쇼노프에게 편지를 쓰지 않아 그는 아내와 자식들이 살았는지 죽었는지 모르고 있었다.

어느 날 감옥에 죄수들이 새로 들어왔다. 밤이 되자 기존에 있던 죄수들이 새로 온 죄수들 주변으로 모여 그들에게 '어느 도시에서 왔느냐, 어느 마을 출신이냐, 무슨 죄를 지었느냐'고 물었다. 악쇼노프도 새 죄수들 옆 침상에 앉아 고개를 숙이고 그들이 하는 얘기를 들었다. 새로 온 죄수들 중 한 사람은 은빛 턱수염을 짧게 깎은 60대의 키가 크고 건장한 노인이었다. 그는 자신이 왜 잡혀 오게 되었는지 이렇게 말했다.

"그러니까, 이보게들, 난 잘못도 없이 이곳에 오게 되었소. 썰매에 매어 있던 마부의 말을 풀어서 끌고 갔을 뿐인데 나를 붙잡더니 말을 훔쳤다고 하는 거요. 그래서 내가 말했지. 나는 그저 좀 더 빨리 가고 싶어서 말을 끌고 간 것이라고 했지. 게다가 그 마부는 내 친구라고. 내 말이 맞지 않소? 그런데 아니라는 거요. 내가 훔쳤다는 거야. 도대체 내가 어디서 뭘 훔쳤는지 모르면서 말이오. 사실 난 이미 오래전에 여기 왔어야 했지. 죄를 지었거든. 그런데 아무도 날 잡지 못했어, 증거가 없었으니까. 그런데 지금은 내가 짓지도 않은 죄로 날 잡아 여기 가둔 거요. 뭐, 솔직히, 시베리아 감옥이 처음은 아니라오, 예전에 몇 번 짧게 감옥살이를 했었지."

죄수들 중 한 사람이 물었다.

"그런데 어디에서 왔소?"

"블라디미르에서 왔소. 그곳에서 장사를 했지. 이름은 마카르라 하고, 부칭*은 세묘노비치요."

악쇼노프가 고개를 들어 물었다.

"아 그럼, 세묘노비치, 혹시 블라디미르에서 악쇼노프 상인 집안에 대해 듣지 못했소? 살아있는지 어떤지?"

"어찌 못 들었겠소! 아주 부유한 상인 집안이지. 그 아버지가 억울하게 시베리아에 있지. 그러니 우리와 똑같은 신세일 거요. 그런데 영감, 당신은 무슨 죄를 지었소?"

악쇼노프는 자신의 불행한 인생사에 대해 말하기 싫었다. 그래서 그는 한숨을 쉬며 말했다.

"내가 지은 죄로 26년째 여기서 감옥살이를 하고 있소."

마카르 세묘노비치가 물었다.

"대체 무슨 죄를 지었기에?"

악쇼노프가 말했다.

"그럴 만한 일이 있었소이다."

악쇼노프는 더 이상은 말하고 싶지 않았다. 그런데 다른 죄수들이 대신 악쇼노프가 어떻게 해서 시베리아에 오게 되었는지 새로 온 죄수에게 얘기해 주었다. 장사를 하러 가던 길에 누군가 상인을 찔러 죽이고 그 칼을 악쇼노프의 보따리에 넣어, 그 때문에 악쇼노프가 억울하게 형을 살게 되었다고 얘

---

*아버지의 이름에 연유하여 짓는 이름이다. 러시아 이름은 이름+부칭+성 3가지로 이루어져 있다. (역자 주)

기해주었다.

마카르 세묘노비치가 그 얘기를 다 듣고 나자 악쇼노프를 쳐다보며 두 손으로 자신의 무릎을 치고는 말했다.

"세상에 이럴 수가! 세상에 이런 일이! 당신도 많이 늙었구려, 영감!"

다른 죄수들이 왜 그렇게 놀라는지, 어디서 악쇼노프를 본 적이 있는지 물었다. 그러나 마카르 세묘노비치는 묻는 말에 대답은 않고 그저 이 말만 했다.

"세상에, 이런 일이! 이런 데서 만나게 되다니!"

이 말에 악쇼노프는 이 자가 상인을 죽인 사람을 알고 있는지도 모른다는 생각이 들었다. 악쇼노프가 물었다.

"세묘노비치, 자네 혹시 이 사건에 대해 들은 얘기가 있거나 전에 날 본 적이 있소?"

"어떻게 못 들었겠소! 세상에 소문이 자자한데. 하지만 하도 오래 전 일이라, 들은 것도 다 잊어버렸소."

마카르 세묘노비치가 대답했다.

"혹시 누가 상인을 죽였는지 듣지 못했소?"

악쇼노프가 물었다.

마카르 세묘노비치가 웃음을 터트리더니 말했다.

"그게, 분명, 칼이 발견되었다는 보따리의 임자가 죽였겠지.

설령 누군가 당신 보따리에 칼을 넣었더라도, 잡히지 않으면 죄인이 아닌 거요. 게다가 어떻게 당신 보따리에 칼을 넣을 수 있었겠소? 보따리가 당신 머리맡에 놓여있지 않았소? 그러니 당신이 분명 무슨 소리라도 들었겠지."

그 말을 듣자 악쇼노프는 바로 이 자가 상인을 죽였다는 생각이 들었다. 그는 자리에서 일어나 다른 곳으로 갔다. 그날 밤, 악쇼노프는 잠이 오질 않았다. 우울한 마음에 휩싸여 이런저런 생각이 떠올랐다. 시장으로 가는 악쇼노프를 마지막으로 배웅해 주던 아내 모습이 떠올랐다. 마치 아내가 살아있는 듯 생생하게 보였고, 아내의 얼굴과 눈이 보였으며, 아내의 말소리와 웃음소리가 들렸다. 그 다음엔 당시 어렸던 아이들의 모습이 떠올랐다. 큰 아들은 털외투를 입고 있었고 둘째는 젖먹이였다. 악쇼노프는 쾌활하고 젊은 모습의 자신도 떠올렸다. 자신이 체포되었던 여인숙 현관 계단에 앉아 기타를 꺼내 연주했던 일, 그때 마음이 얼마나 즐거웠는지도 떠올랐다. 그는 또 자신을 채찍으로 처벌했던 장소, 태형 집행인들, 둘러싼 군중들, 쇠사슬, 죄수들, 26년의 감옥살이, 그리고 늙어버린 자신을 떠올렸다. 그러자 손으로 자신의 목을 조르고 싶을 정도로 우울함이 밀려왔다.

악쇼노프는 생각했다.

"이 모든 것이 저 나쁜 자식 때문이야!"

그러자 악쇼노프는 마카르 세묘노비치에 대한 증오심에 불타올라 자기 인생이 망가지더라도 그 자에게 복수하고 싶은 마음이 들었다. 악쇼노프는 밤새 기도서를 읽었지만 도저히 마음을 가라앉힐 수가 없었다. 낮에 그는 마카르 세묘노비치에게 가지도 않았고, 그를 쳐다보지도 않았다.

그렇게 두 주가 흘렀다. 악쇼노프는 밤마다 잠을 이룰 수가 없었고, 어떻게 해야 할지 모를 정도로 우울함에 휩싸였다.

한번은 악쇼노프가 밤에 감방 안을 어슬렁거리다가 어느 침상 밑에 흙이 떨어져 있는 것을 보았다. 그는 걸음을 멈추고 살펴보았다. 그때 갑자기 마카르 세묘노비치가 침상 밑에서 튀어나오더니 깜짝 놀란 얼굴로 악쇼노프를 쳐다보는 것이다. 악쇼노프는 그를 못 본 체하고 그냥 지나가려 했다. 그런데 마카르 세묘노비치가 악쇼노프의 팔을 잡더니 자기가 벽 아래 통로를 뚫었다며, 파낸 흙을 매일 장화 속에 넣어 밖으로 작업을 나갈 때 길에 내다 버린다고 얘기했다.

"그냥 입만 다물면 돼, 영감. 내 당신도 데리고 나가지. 허나 일러바치는 날엔, 나야 태형을 받겠지만, 당신을 가만두지 않을 거야, 죽여버릴거라구."

악쇼노프는 자신의 원수를 보자, 복수심에 온몸이 부들부들 떨렸다. 그는 손을 뿌리치며 말했다.

"나는 여기서 나가야 할 이유도 없고, 죽어야 할 이유도 없어. 당신은 이미 오래 전에 날 죽였거든. 내가 당신을 고발할지 말지는 하느님 마음이지."

다음 날 죄수들이 작업장에 나왔을 때 병사들이 마카르 세묘노비치가 내다버린 흙을 발견하고 감방 안을 뒤지기 시작했고 구멍을 찾아냈다. 교도관장이 감방에 와서 누가 구멍을 팠는지 죄수들에게 캐묻기 시작했다. 죄수들은 다들 모른다고 했다. 알고 있던 사람들도 마카르 세묘노비치의 이름을 대지 않았다. 그랬다간 마카르 세묘노비치가 죽을 때까지 태형을 당할 것임을 알고 있었기 때문이다. 그러자 교도관장이 악쇼노프에게 돌아보았다. 그는 악쇼노프가 거짓말을 할 사람이 아니라는 것을 알고 있었기에 이렇게 말했다.

"영감, 당신은 진실한 사람이오. 하느님 앞에서 누가 했는지 내게 말해주지 않겠소?"

마카르 세묘노비치는 마치 아무 일도 없었다는 듯 태연히 서서 교도관장을 쳐다보며 악쇼노프 쪽으로는 얼굴을 돌리지 않았다. 악쇼노프의 손과 입술이 부들부들 떨렸다. 그는 한참 동안 한 마디도 꺼낼 수가 없었다. 그는 생각했다. '내가 저놈의 잘못을 덮어준다면, 날 파멸시킨 자를 용서하는 것이 될 텐데? 아니, 내가 받은 고통에 대한 대가를 치르게 두자. 하지만 저 자가 그랬다고 말했다간 태형을 당하게 될 텐데. 하지만, 내가 쓸데없이 저 놈 걱정을 할 필요는 없잖아? 그렇지만, 과연 내 마음이 편해질까?'

교도관장이 다시 한 번 물었다.

"자, 영감, 사실을 말해보시오. 누가 팠소?"

악쇼노프는 마카르 세묘노비치를 힐끗 쳐다보고 말했다.

"저는 본 적이 없어서 모르겠습니다."

이리하여 누가 팠는지 끝내 알아내지 못했다.

다음날 밤 악쇼노프가 침상에 누워 막 잠이 들려고 하는데 누군가 어둠 속에서 다가와 그의 발치에 앉았다. 어둠 속에서 보니 마카르였다. 악쇼노프가 말했다.

"아직도 내게 뭐 필요한 게 있소? 여기서 지금 뭘 하는 거요?"

마카르 세묘노비치는 아무 말도 하지 않았다. 악쇼노프가 몸을 일으키며 말했다.

"무슨 일이오? 가시오! 안 그러면 소리를 질러 병사를 부르겠소."

마카르 세묘노비치가 몸을 숙여 악쇼노프 가까이 다가오더니 속삭이는 소리로 말했다.

"악쇼노프님, 나를 용서하시오!"

악쇼노프가 말했다.

"뭘 용서하란 말이오?"

"내가 상인을 죽였소. 게다가 칼도 당신 보따리에 넣었소. 당신도 죽이려 했지만, 마당에서 무슨 소리가 나는 바람에 당신 보따리에 칼을 집어넣고 창문으로 달아났소."

악쇼노프는 아무 말도 하지 않았다. 뭐라고 해야 할지 몰랐다. 마카르 세묘노비치가 침상에서 내려와 땅바닥에 엎드리며 말했다.

"악쇼노프님, 부디 나를 용서하시오. 하느님을 생각해 용서해주시오. 내가 상인을 죽였다고 자백하겠소. 그럼 당신을 풀어줄 것이오. 당신은 집으로 돌아가시오."

악쇼노프가 말했다.

"말이야 쉽겠지, 허나 내가 어떤 세월을 견뎠는지 알기나 하시오? 이제 내가 어디로 간단 말이오? 아내는 이미 죽었고, 아이들도 날 잊었소. 내겐 갈 곳이 없소."

마카르 세묘노비치가 바닥에 엎드린 채 바닥에 머리를 박으며 말했다.

"악쇼노프님, 용서하시오! 채찍으로 형벌을 받았을 때보다 당신을 보고 있는 지금이 나는 더 괴롭소…. 당신은 나를 불쌍히 여겨 아무 말도 하지 않았소. 제발 부탁이니 이 저주받은 죄인을, 나를 용서해 주시오!"

그러고는 흐느껴 울기 시작했다.

악쇼노프는 마카르 세묘노비치가 우는 모습을 보자 자신도 눈물을 흘리며 말했다.

"신께서 당신을 용서하실 것이오. 어쩌면 내가 당신보다 백 배 더 나쁜 놈일 수도 있소!"

그러자 갑자기 악쇼노프는 마음이 가벼워졌다. 그는 더 이상 집 걱정에 괴로워하지도 않았고 감옥에서 나가고 싶은 마음도 들지 않았으며, 오로지 자신의 최후에 대한 생각만 했다.

마카르 세묘노비치는 악쇼노프의 말을 듣지 않고 자기가 범인이라고 자백했다. 악쇼노프에게 석방 허가가 나왔을 때, 그때 그는 이미 죽은 뒤였다.

입자의 결정

물에 소금을 뿌리고 저으면 소금이 녹기 시작하다가 완전히 용해되어 소금이 보이지 않게 된다. 그러나 계속해서 소금을 넣으면 결국에는 소금이 더 이상 녹지 않게 되고, 아무리

저어도 물속에 하얀 소금 가루가 남게 된다. 물이 포화상태가 되어 소금이 더 이상 녹을 수 없는 것이다. 그러나 그 물을 데우면, 소금을 더 녹일 수 있다. 찬물에서는 녹지 않던 소금이 뜨거운 물에서는 녹는 것이다. 그러나 그 물에 소금을 계속 더 넣으면 아무리 뜨거운 물이라도 더 이상 소금이 녹지 않게 된다. 그리고 그 물을 계속해서 끓이면 물이 증발하면서 점점 많은 소금이 남게 된다. 이처럼 물의 온도에 따라 물이 용해시킬 수 있는 물질의 양에 한계가 있다. 물은 차가울 때보다 뜨거울 때 물질을 더 많이 녹일 수 있지만, 아무리 뜨거운 물이라도 한계에 다다르면 더 이상 녹일 수 없다. 그렇게 되면 물질은 그대로 남고, 물은 점점 증발하여 사라진다.

　물에 질산칼륨 가루를 잔뜩 넣어 녹인 다음, 질산칼륨 가루를 더 넣고 계속 가열한 후 젓지 않고 그냥 식게 놔두면, 질산칼륨은 처음의 가루 모양이 아닌 육각기둥 모양이 되어 용기의 바닥과 옆면에 들러붙는다. 물에 질산칼륨 가루를 잔뜩 녹인 다음 따뜻한 장소에 놓아두면 물은 증발하고, 육각기둥 모양의 질산칼륨이 남게 된다.

　물에 소금을 잔뜩 넣어 녹인 다음 물이 다 증발할 때까지 끓이면 가루 모양이 아니라 정육면체 모양의 결정체가 남게 된다. 만약 물에 질산칼륨과 소금을 같이 넣고 계속 녹이면 어느 정도 녹다가 질산칼륨과 소금이 더 이상 녹지 않고 각각 육각기둥 모양의 질산칼륨과 정육면체 모양의 소금 결정이 만들어진다.

물에 석회나 다른 종류의 소금이나 뭔가 다른 것을 계속 넣어 포화상태가 되게 한 다음 물을 증발시키면 삼각기둥, 팔각기둥, 직육면체, 별 모양 등 다양한 형태의 결정체가 만들어진다. 고체 물질은 각기 고유의 입자 형태를 가지고 있다. 그 중에는 땅 위의 돌처럼 손으로 잡기 어려울 정도로 아주 크기도 하고, 때론 눈으로는 구별할 수 없을 정도로 아주 작기도 하다.

물에 질산칼륨을 계속 넣어 포화상태가 되면, 용해되고 남은 질산칼륨은 물속에서 결정을 이루기 시작한다. 그때 바늘로 결정체 끝을 깨뜨리면 질산칼륨이 부서진 부위로 붙어 원래의 육각기둥 모양을 다시 만든다. 소금이나 다른 물질들도 마찬가지이다. 모든 입자들은 스스로 움직이면서 있어야 할 자리를 찾아 달라붙는다.

얼음이 얼 때도 마찬가지이다.

눈송이가 날릴 때는 눈송이 결정의 형태를 볼 수 없지만, 눈송이가 천이나 모피와 같은 뭔가 어둡고 차가운 물체에 내려앉으면 별 모양이나 육각기둥 모양 등을 볼 수 있다. 유리창 닿은 수증기는 아무렇게나 얼지 않고 별 모양을 만들면서 얼기 시작한다.

얼음이란 무엇인가? 얼음은 차가운 고체 형태의 물이다. 액체 상태의 물이 고체가 될 때 물은 모양을 형성하면서 열을 배출한다. 질산칼륨도 마찬가지다. 질산칼륨이 액체에서 고체로 바뀔 때 그 과정에서 열을 배출한다. 소금이나 불에 녹은 주철이 액체에서 고체가 될 때도 마찬가지이다. 모든 물질은 액체에서 고체로 바뀔 때 열을 배출하면서 형태를 이루고, 반대로 고체에서 액체로 바뀔 때는 냉기를 배출하고 열을 받아들이기 때문에 형태가 흩어지는 것이다.

쇳물을 가져와서 식게 놔둬 보라. 뜨거운 밀가루 반죽을 가져와 식혀 보라. 소석회를 가져와서 식혀 보라. 열이 날 것이다. 얼음을 가져와 녹여 보라. 그럼 차가워질 것이다. 질산칼륨, 소금 등 물에 녹는 물질을 물에 넣고 녹여 보라. 그럼 차가워질 것이다. 이런 원리를 이용하여 아이스크림을 얼리기 위해 물에 소금을 넣기도 한다.

늑대와 염소

늑대가 돌산 위에서 풀을 뜯고 있는 염소를 보았다. 하지만 늑대는 염소 쪽으로 다가갈 수가 없었다. 그러자 염소에게 말했다.

"염소야, 네가 아래로 내려오면 여긴 땅이 평평해서 더 맛있는 풀을 먹을 수 있을 거야."

그러자 염소가 말했다.

"늑대야, 네가 날 밑으로 내려오라고 하는 건 그 때문이 아니잖아. 내 먹이가 아니라 네 먹이를 얻기 위해서겠지."

사모스 섬의 왕 폴리크라테스

그리스에 폴리크라테스라는 왕이 있었다. 그는 모든 면에서 행복했다. 많은 도시를 점령해서 매우 부유한 왕이 되었다. 폴리크라테스는 자신의 행복한 생활을 편지에 써서 친구인 이집트 아마시스 왕에게 보냈다. 아마시스는 편지를 다 읽고 나서 폴리크라테스에게 답장을 썼다.

"친구가 성공했음을 알게 되는 건 기쁜 일이지. 하지만 자네의 행복이 마음에 들지 않는군. 내 생각엔 사람이 한 가지 일에 성공하면, 다른 일에는 실패도 해 보는 것이 더 나을 듯싶네. 내 말을 들어 이렇게 한번 해 보게. 자네에게 가장 소중 한 것을 인적이 닿지 않는 곳에 갖다 버리는 걸세. 그러면 자네에게 행복과 불행이 번갈아서 오게 될 것이네."

폴리크라테스는 그 편지를 읽고 친구의 말을 따랐다. 그에게는 값비싼 보석 반지가 있었는데, 그 반지를 가지고 나와 많은 사람들을 모이게 한 다음 함께 배에 올라탔다. 그런 다음 바다로 가라고 명했다. 섬에서 먼 바다로 나오자 폴리크라테스는 모든 사람들이 보는 앞에서 보석 반지를 바다에 던지고 집으로 돌아왔다.

닷새째 되는 날 어떤 어부가 크고 멋진 물고기를 잡았는데, 그는 이 물고기를 왕에게 선물하고 싶었다. 그래서 어부는 폴리크라테스를 찾아 궁전으로 왔다. 폴리크라테스가 나와서 맞아주자 어부가 말했다.

"폐하, 제가 이 물고기를 잡아서 폐하께 가지고 왔습니다. 이렇게 멋진 물고기는 오직 폐하만이 드실 수가 있기 때문입니다."

폴리크라테스는 어부에게 고맙다고 한 뒤 그를 식사에 초대했다. 어부는 물고기를 건네주고 왕을 따라갔다. 그런데 요리사들이 물고기의 배를 가르다 그 안에서 폴리크라테스가 바다에 던졌던 바로 그 보석 반지를 발견했다.

요리사들이 반지를 폴리크라테스에게 가져와서 어떻게 발견하게 되었는지 이야기했다. 폴리크라테스는 이집트 아마시스 왕에게 편지를 써서 보석 반지를 버렸다가 다시 찾은 일을 알렸다. 아마시스는 폴리크라테스의 편지를 읽고 나서 생각했다.

'이건 좋은 징조가 아니야. 운명은 피할 수가 없나 보구나. 이 친구로 인해 괴로워하지 않으려면 이 친구와 헤어지는 게 좋겠어.'

아마시스 왕은 폴리크라테스에게 사람을 보내 그들의 우정은 끝났다고 말했다.

그 당시 오로이테스라는 사람이 살고 있었다. 그는 폴리크라테스에게 화가 나서 폴리크라테스를 죽이고 싶었다. 마침 오로이테스는 폴리크라테스를 죽일 묘안을 생각해냈다. 그는 페르시아 왕 캄비세스가 자기를 모욕하고 죽이려 해서 그에게서 도망쳐 나온 것처럼 폴리크라테스에게 편지를 썼다. 오로이테스는 폴리크라테스에게 이렇게 썼다.

"제겐 재물이 많습니다. 허나 어디서 살아야 할지 모르겠습니다. 저의 재물과 함께 저를 받아들여 주신다면 폐하와 저는 세상에서 가장 강한 왕이 될 것입니다. 만약 저에게 많은 재물이 있다는 것을 믿지 못하신다면 누구든 보내 확인해 보시기 바랍니다."

폴리크라테스는 자기 시종을 보내 오로이테스가 그렇게 재물이 많다고 한 게 사실인지 알아보고 오라고 했다. 시종이 재물을 보러 오자 오로이테스는 시종을 속였다. 많은 배에 돌을 실어 놓고 그 돌들을 모두 황금으로 덮은 것이다.

폴리크라테스의 시종은 모든 배가 황금으로 가득 차 있는 것을 보고 폴리크라테스 왕에게 전했다.

그러자 폴리크라테스는 본인이 직접 오로이테스에게 가서 재물을 구경하고 싶었다. 그런데 바로 그날 밤 폴리크라테스의 딸이 아버지가 허공에 매달려 있는 것 같은 꿈을 꾸었다. 딸은 아버지에게 오로이테스에게 가지 말라고 애원했지만 폴리크라테스는 화를 내며 당장 입을 다물지 않으면 시집을 보내지 않겠다고 했다. 그러자 딸이 말했다.

"저는 평생 시집을 가지 않아도 좋으니 절대 오로이테스에게 가지 마세요. 아버지에게 안 좋은 일이 생길까 봐 두려워요."

폴리크라테스는 딸의 말을 듣지 않고 길을 떠났다. 그가 도착하자 오로이테스는 그를 붙잡아 목을 매달아 죽였다. 딸의 꿈대로 된 것이다.

그리하여 아마시스가 예견한 대로 폴리크라테스의 큰 행복은 큰 불행으로 끝나고 말았다.

용사 볼가

반짝반짝 작은 별들
하늘 가득 반짝이네,
크고 밝은 둥근 달이
높은 하늘 비춰주네,
태양 붉게 떠오르네.
우리 신성 러시아 땅
성스러운 루시 땅에
젊은 용사 태어났네,
빛의 용사 볼가 부슬라예비치.
용사 볼가 탄생하자,
어머니 땅 흔들리고,
푸른 파도 크게 일고,
물고기들 바다 깊이,
짐승들은 숲 속 깊이,
모두모두 숨었다네,
투르크 땅 흔들렸네.
볼가 자라 7세 되자,
지혜 많이 얻고 싶어,

현자에게 찾아가서,
가르침을 부탁했네.
모든 지혜 깨우쳤네,
용사 볼가 깨우쳤네.
그가 처음 배운 지혜
새로 변신 하는 거요,
두 번째로 배운 지혜
물고기로 변신하고,
세 번째로 배운 지혜
회색 늑대 변신하기.
볼가 나이 열다섯 살
친위대를 뽑았다네,
자기 군대 직접 뽑네.
한 명 빠진 삼십 명의
젊은이들 뽑은 다음,
볼가 포함 서른 명의
용사 군대 채워졌네.
볼가 군대 함께 섰네,
키예프의 높은 절벽,
말했다네, 우리 볼가,

볼가 부슬라예비치.
"너희 나의 군사들아,
한 명 빠진 삼십 명에
내가 합쳐 서른 되네.
대장 말을 잘 들어라,
대장 명령 잘 따르라,
비단 실로 그물 엮어,
푸른 강에 던져보라."
볼가 군대 그 말 듣고,
비단 실로 그물 엮어,
푸른 강에 던졌다네.
볼가 직접 변신했네,
물고기로 변신했네,
날카로운 이빨가진
창꼬치로 변신하여,
바다 깊이 헤엄쳐서,
붉은 생선 놀래키고,
물고기들 몰고 왔네,
그물 던진 그곳으로.
볼가 군대 함께 섰네,

키예프의 높은 절벽,
말했다네, 우리 볼가
볼가 부슬라예비치.
"너희 나의 군사들아,
한 명 빠진 삼십 명에
내가 합쳐 서른 되네.
대장 말을 잘 들어라,
대장 명령 잘 따르라,
명주실로 밧줄 꼬아,
짐승들의 길목마다,
숲속에다 놔 두어라."
볼가 군사 그 말 듣고,
명주실로 밧줄 꼬아,
짐승들의 길목마다,
숲속에다 놔두었네.
볼가 직접 변신했네,
다리가 긴 회색 늑대,
울창한 숲 뛰어다녀,
검은 담비 놀래키고,
올가미로 몰았다네.

볼가 군대 함께 섰네,
키예프의 높은 절벽,
말했다네, 우리 볼가
볼가 부슬라예비치.
"우리 모두 잡았다네,
깊고 푸른 강 물고기,
우리 모두 잡았다네,
울창한 숲 흑담비를.
어느 용사 갈 것인가?
투르크 땅 다녀올까?
그곳 황제 살탄 부케토비치
왕의 생각 알아보러."
볼가 병사 가기 싫어,
키 큰 병사 뒤에 숨고,
중간 병사 역시 숨고,
작은 병사 대답 않네.
말했다네, 우리 볼가,
볼가 부슬라예비치.
"그럼 내가 직접 가지."
볼가 새로 변하더니,

하늘 높이 날아올라,
투르크 땅 날아가서,
창문가에 내려앉네.
살탄 왕이 앉아 있네,
왕비 함께 앉아 있네,
둘이 함께 얘기하네,
살탄 왕이 말했다네.
"사랑하는 나의 아내,
나의 젊은 다비디예브나,
나 원하네, 싸우기를.
영광 도시 키예프와
루시 땅을 정복하리.
우리 아홉 아들에게,
루시 도시 하나씩을,
정복하여 나눠주리.
값나가는 흑담비 옷,
내가 가서 가져오리."
이에 왕비 말했다네.
"황제, 살탄 부케토비치!
러시아 땅 정복하는

헛된 준비 하는군요.
당신 아직 모르네요,
루시 지금 달라져서,
붉은 태양 떠올라서,
러시아 땅 축복하고,
젊은 용사 태어났죠,
용사 볼가 부슬라예비치.
용사 볼가 부슬라예비치,
우리 창가 옆에 앉아,
당신과 나 비밀 얘기,
모두 듣고 있답니다.
영광 도시 키예프는,
정복하지 못합니다.
우리 아홉 아들에게,
러시아의 도시들을,
선물하지 못 합니다.
나의 사랑 황제시여,
멸망하게 될 거예요.
젊은 용사 볼가 손에."
살탄 왕은 믿지 않네.

왕비에게 화를 내며,
그녀 하얀 얼굴 때려,
눈앞에서 내쫓았네.
용사 볼가 부슬라예비치,
흙담비로 변신하여,
궁전 지하 무기 창고,
명주 활 줄 물어뜯고,
쇠 화살촉 뽑아내어,
땅속 깊이 묻었다네.
용사 볼가 새로 변해,
키예프로 날아가서,
자기 군대 불러 모아,
투르크 땅 침공했네.
왕국 성벽 튼튼 돌 벽,
높은 돌담 둘러쌌네.
성벽에는 금을 칠한
강철 성문 닫혀있네.
동으로 된 성벽 빗장,
땅과 성문 틈새에는
바다코끼리 송곳니로,

빈틈없이 막혀있네,
작고 작은 틈새 사이
개미만이 지나가네.
볼가 군대 빙빙 도네.
"어찌 성벽 통과하나?
헛되이도 머리 잘려,
우리 군대 죽는 건가?
우리 볼가 부슬라예비치,
생각했네, 답을 찾네.
변신하네, 작은 개미,
군사들도 변신했네.
작은 개미 변신하여,
모두 함께 들어가네.
성문 아래 틈새 지나,
성 안으로 들어가자,
용사 볼가 군사 모두,
원래대로 돌아왔네.
말했다네, 우리 볼가
볼가 부슬라예비치.
"대장 말을 잘 들어라,

대장 명령 잘 따르라"
영광 왕국 투르크 땅,
노소 불문 다 죽여라,
뿌리 뽑아 씨 말려라,
가장 예쁜 아가씨들
서른 명만 남겨둬라."
군대 명령 들었다네.
영광 왕국 투르크 땅,
노소 불문 다 죽였네,
사람 씨가 다 말랐네,
가장 예쁜 아가씨들
서른 명만 남겨뒀네.
볼가 직접 황제 찾아,
석조 궁전 다 뒤졌네.
철제 빗장 굳게 걸려,
단단하게 닫혀 있네.
말했다네, 우리 볼가
볼가 부슬라예비치.
"나의 다리 부러져도,
나 반드시 전진하리!"

발로 철문 걷어차서,
걸린 빗장 부러트려,
영광스런 투르크 왕,
하얀 손을 붙잡았네.
말했다네, 우리 볼가
볼가 부슬라예비치.
"보통 왕은 고문 않고
처형하지 않는다지,
허나 나는 다르다네."
돌바닥에 황제 던져,
산산조각 내버렸네.
용사 볼가 군사들에
공평하게 나눠 주네.
천 필 말과 황금 자루,
아가씨도 한 명씩을,
공평하게 나눠 줬네.

러시아 독본 Ⅳ

황제와 셔츠

황제가 병에 걸렸다.

"내 병을 고치는 자에게는 이 왕국의 절반을 주겠노라."

황제의 말에 온 나라의 지혜로운 사람들이 모두 모여 어떻게 하면 황제의 병을 낫게 할 수 있을까 궁리하기 시작했다. 하지만 그 누구도 마땅한 방법을 찾아내지 못했다. 그러던 중 한 사람이 황제의 병을 고칠 수 있는 방법이라면서, 행복한 사람이 입고 있는 셔츠를 벗겨 황제에게 입히면 병이 나을 것이라 했다.

황제는 왕국 방방곳곳에 전령을 보내 행복한 사람을 찾도록 했다. 하지만 황제의 전령들이 온 나라를 샅샅이 돌아다니며 찾아도 행복한 사람을 찾을 수가 없었다. 모든 면에 만족하는 사람이 단 한 명도 없었던 것이다. 돈이 많은 사람은 몸이 아팠고, 건강한 사람은 가난했으며, 건강하고 돈도 많은 사람은 부인이 악처이거나 자식들이 말썽을 부려 다들 뭔가 한 가지씩 불만이 있었다. 그러던 어느 날 황제의 아들이 밤늦게 농가 근처를 지나가다 누군가 말하는 소리를 들었다.

"아, 다행이야. 열심히 일하고, 배불리 먹고, 잠자리에 드니 더 이상 바랄 게 없이 행복하구나!"

황제의 아들은 이 말을 듣고 뛸 듯이 기뻐하며, 원하는 만큼 후하게 사례를 하고 그 사람의 셔츠를 가져오라고 신하들에게 지시했다. 신하들은 셔츠를 얻으려 행복한 사람을 찾아갔다. 그러나 그 사람은 너무도 가난하여 몸에 걸칠 셔츠도 하나 없었다.

갈대와 올리브 나무

갈대와 올리브 나무가 누가 더 단단하고 힘이 센지 겨루고 있었다. 올리브 나무는 갈대에게 바람이 조금만 불어도 이리저리 휘청거린다며 비웃었다. 그러나 갈대는 아무 말도 하지 않았다. 얼마 후 폭풍우가 몰아쳤다. 갈대는 바람이 부는 대로 몸이 땅에 닿을 정도로 흔들리고 휘청거렸지만 무사히 살아남았다. 하지만 올리브 나무는 거센 바람에 맞서 가지에 잔뜩 힘을 주고 버티다가 그만 통째로 부러지고 말았다.

늑대와 농부

늑대가 사냥꾼들에게 쫓기고 있었다. 도망치던 늑대가 농부에게 뛰어왔다. 마침 농부는 헛간에서 도리깨와 자루를 옮기던 중이었다.

늑대가 농부에게 부탁했다.

"아저씨, 저를 좀 숨겨 주세요. 사냥꾼들이 쫓아오고 있답니다."

농부는 늑대를 불쌍히 여겨 자루에 넣어 숨기고 어깨에 둘러맸다. 잠시 후 사냥꾼들이 달려와 늑대를 보지 못했느냐고 물었다.

"아니오, 못 봤소이다."

그런데 사냥꾼들이 떠나자, 늑대가 자루 속에서 튀어나오더니, 농부를 잡아먹으려고 덮치는 게 아닌가. 화가 난 농부가 늑대에게 말했다.

"늑대, 이 놈, 정말이지 양심도 없구나. 내가 널 구해 주었는데 은혜도 모르고 날 잡아먹으려 한단 말이냐?"

그러자 늑대가 대답했다.

"오래 전에 대접받은 빵과 소금은 기억나지 않듯, 자기가 입은 은혜도 기억나지 않는 법이지."

"아니야, 오래 전에 대접받은 빵과 소금도 기억나고, 자기가 입은 은혜도 기억나는 법이야. 우리 둘 중에 누가 옳은지 한 번 가서 물어보자."

그러자 늑대가 대답했다.

"그럽시다. 같이 길을 가다가 제일 먼저 만나는 자에게 내가 옳은지 당신이 옳은지 물어봅시다. 만일 당신이 옳다고 하면, 내가 당신을 놓아주고, 아니라고 하면 잡아먹어 버리겠어."

농부와 늑대는 길을 가다 앞을 못 보는 늙은 암말을 만났다. 농부가 말에게 물었다.

"이 보게 암말, 누가 옳은 지 말 좀 해 보게. 자기가 입은 은혜를 기억해야 하는가, 아니면 잊어도 되는가?"

말이 대답했다.

"내 얘기 좀 들어보소. 나는 주인집에서 무려 12년을 살았소. 평생 주인을 위해 새끼를 열두 마리나 낳았고, 종일 밭을 갈고 무거운 짐도 날랐소. 그런데, 작년에 눈이 멀게 되니 주인이 나를 제분소로 보내 방아 돌리는 일을 하게 했소. 그러다 내가 요즘 들어 점점 방아 돌릴 힘마저 약해져서 그만 고꾸라지고 말았소. 그런데 주인이 와서 나를 죽도록 패더니 꼬리를 잡아 구덩이로 끌고 가서 내다 버리지 뭐요. 내 겨우 정신을 차리고 간신히 빠져나왔는데, 지금 어디로 가야 할지 나도 모르겠소."

그러자 늑대가 말했다.

"농부, 보았나? 인간도 자기가 입은 은혜를 기억하지 못하지 않소."

농부가 늑대에게 부탁했다.

"잠깐 기다려 주게, 한 번만 더 물어 보세."

둘은 계속 걸어가다가 늙은 개를 만났다. 개는 엉덩이를 질질 끌며 기어가고 있었다.

농부가 개에게 달려가 물었다.

"이봐 개야, 누가 옳은지 말 좀 해 주려무나. 자기가 입은 은혜를 기억해야 하느냐, 잊어도 되느냐?"

개가 대답했다.

"내 얘기 좀 들어보쇼. 나는 주인집에서 무려 15년을 살았소. 나는 집도 지키고, 낯선 이가 오면 짖어대고 물려고 달려들었지. 그러다 늙어서 이빨이 다 빠져버리게 되니, 나를 집에서 내쫓는 것도 모자라 수레의 채를 뽑아 엉덩이를 마구 패대는 거요. 내 지금 겨우 도망쳐 나왔는데, 어디로 가야 할지 모르겠소. 무작정 주인집에서 멀리 도망치는 중이라오."

그 말을 듣고 늑대가 말했다.

"거 보쇼, 뭐라고 하는지 들었지?"

농부가 다시 사정했다.

"잠깐만, 마지막으로 딱 한 번만 더 물어보세."

마침 길을 가던 여우를 만나자 농부가 물었다.

"이봐 여우야, 누가 옳은 지 말 좀 해 주려무나. 자기가 입은 은혜를 기억해야 하느냐, 잊어도 되느냐?"

그러자 여우가 물었다.

"그걸 왜 물으시죠?"

농부가 설명했다.

"그게 말이지, 사냥꾼에게 쫓기던 늑대가 나에게 도와 달라고 했지. 그래서 내가 자루 속에 숨겨서 살려주었는데, 이제 와서 이놈이 날 잡아먹으려고 하지 뭐냐."

여우가 놀라며 물었다.

"그럴 리가요, 설마 이렇게 큰 늑대가 그 자루에 들어갈 수 있단 말인가요? 내 눈으로 직접 보기 전에는 뭐라 말할 수 없겠는데요."

농부가 대답했다.

"완전히 들어갔다니까. 정, 못 믿겠으면 늑대에게 직접 물어보거라."

그러자 늑대가 대답했다.

"응 맞아, 사실이야."

그러자 여우가 말했다.

"내 눈으로 보기 전엔 믿을 수가 없어요. 늑대님이 직접 어떻게 자루에 들어갔는지 보여주세요."

그러자 늑대가 자루 속으로 머리를 집어넣으며 말했다.

"이렇게 들어갔지."

여우가 고개를 저으며 말했다.

"그 정도로는 못 믿겠는데요. 아까처럼 완전히 들어가 보세요."

그러자 늑대가 자루 속으로 완전히 들어갔다. 이때 여우가 농부에게 속삭였다.

"지금이에요, 어서 자루를 묶으세요."

농부가 서둘러 자루를 묶었다. 그러자 여우가 말했다.

"자, 그럼, 농부 아저씨, 이제 탈곡장에서 낟알을 어떻게 떨어내는지 보여주세요."

농부는 신이 나서 도리깨로 자루에 든 늑대를 내리치기 시작했다.

잠시 후 농부가 말했다.

"자, 여우야, 탈곡장에서 낟알을 어떻게 떨어내는지 잘 보거라."

그러고는 여우의 머리를 내리쳐 죽이고 농부가 말했다.

"자기가 입은 은혜는 기억나지 않는 법이지!"

두 친구

두 친구가 숲 속을 걸어가는데, 갑자기 곰 한 마리가 그들 앞으로 뛰쳐나왔다. 한 명은 냅다 뛰어 나무 위로 올라가 숨었지만, 다른 한 명은 미처 피하지 못했다. 피하지 못하고 서 있던 친구는 어쩔 도리가 없자 그대로 땅바닥에 쓰러져 죽은 척하고 누워 있었다.

잠시 후 곰이 다가오더니 누워있는 친구의 냄새를 맡기 시작했다. 그는 숨을 꾹 참았다.

곰은 그 자의 얼굴 여기저기 냄새를 맡더니, 죽었다고 생각했는지 그냥 가버렸다.

곰이 사라지자 나무 위에 올라가 있던 친구가 내려와 허허 웃으며 물었다.

"아까, 곰이 자네 귀에 대고 뭐라고 말하던가?"

"응, 곰이 그러는데, 위험이 닥쳤을 때 친구를 버리고 도망가는 자는 인간도 아니라더군."

다이빙 점프

배 한 척이 세상을 돌아 마침내 고향으로 돌아오고 있었다. 날씨는 바람 없이 잔잔했고, 배에 타고 있던 사람들은 모두 갑판에 나와 있었다. 사람들 사이에 커다란 원숭이 한 마리가 재주를 넘으며 사람들을 흥겹게 하고 있었다. 원숭이는 몸을 뒹굴기도 하고 뛰어오르기도 하고, 우스운 표정을 짓기도 하고, 사람들 흉내를 내기도 했다. 보아 하니 원숭이도 사람들이 자기를 보며 즐거워하는 걸 아는지 점점 더 심하게 장난을 치며 놀았다.

그러다가 원숭이가 열 두 살짜리 선장 아들에게 뛰어올라 소년의 머리에서 모자를 낚아채 자기 머리에 쓰고는 재빠르게 돛대 위로 기어 올라갔다. 사람들이 다들 웃음을 터뜨렸다. 하지만 모자를 빼앗긴 소년은 웃어야 할지 울어야 할지 몰랐다.

돛대로 올라간 원숭이는 돛의 첫 번째 횡목에 걸터앉아 모자를 벗어들더니 이빨과 발톱으로 물어뜯기 시작했다. 원숭이는 소년을 놀리기라도 하듯 소년을 가리키며 얼굴을 찡그리기도 했다. 그러자 소년이 원숭이를 위협하며 소리를 질렀다. 그러나 원숭이는 더욱 약을 올리며 모자를 잡아 뜯었다. 선원들은 더 큰 소리로 깔깔 웃어댔다. 하지만 소년은 얼굴이 벌게지더니 입고 있던 윗도리를 벗어 던지고 원숭이를 잡으러 돛대 위로 올라갔다. 소년은 금세 밧줄을 타고 원숭이가 앉아 있던 첫 번째 횡목으로 올라갔다. 하지만 소년이 모자를 잡아챘다고 생각한 순간 원숭이는 소년보다 더 능숙하고 재빠르게 더 높은 곳으로 올라갔다.

"그런다고 네가 도망칠 수 있을 것 같아?"

소년은 고함을 지르며 더 높이 기어올랐다. 원숭이는 또 다시 소년을 유인하면서 더 높은 곳으로 올라갔고, 소년은 잔뜩 약이 올라 계속 따라붙었다. 그렇게 원숭이와 소년은 순식간에 돛대 꼭대기까지 올라갔다. 제일 높은 꼭대기에 이르자 원숭이는 몸을 최대한 길게 뻗어 뒷발로 밧줄을 잡고 제일 높은 횡목 끝에다 모자를 걸어 놓고 자기는 돛대 꼭대기로 올라가 몸을 쪼그리고 앉아 이빨을 드러내 보이며 좋아했다. 돛대 중앙에서 모자가 걸려있는 횡목의 끝까지 거리가 약 1.5미터 정도 되었기에 돛대와 밧줄을 잡고서는 모자를 집을 수가 없었다.

소년은 머리끝까지 화가 나 돛대의 횡목에 올라서서 모자가 걸려 있는 쪽으로 한 걸음 한 걸음 옮기기 시작했다. 갑판 위에서는 사람들이 원숭이와 선장 아들의 추격전을 구경하면서 깔깔거리며 웃었는데, 소년이 밧줄을 놓고 돛대 횡목 위에 서서 팔을 흔들며 균형을 잡고 움직이기 시작하자, 모두가 두려움에 휩싸여 얼어붙고 말았다.

한 발짝이라도 삐끗하면, 아이는 갑판으로 떨어져 산산조각 날 수도 있었다. 또 다행히 발을 헛디디지 않고 끝까지 도달해서 모자를 되찾는다 하더라도, 다시 돌아오는 것 역시 위험천만이었다. 다들 숨을 죽이며 무슨 일이라도 벌어질까 조마조마하게 바라보고 있었다.

갑자기 사람들 중에 누군가 공포에 질려 악!—하고 비명을 질렀다. 소년은 그 소리에 놀라 아래를 내려다보다 비틀거리기 시작했다.

그때 소년의 아버지, 선장이 선실에서 나왔다. 선장은 갈매기를 잡으려고 총을 들고 있었는데, 돛대 위에 서 있는 아들을 보자 아들을 향해 총을 겨누며 외쳤다.

"물로 뛰어내려! 당장 뛰어! 안 그러면 쏜다!"

비틀거리는 소년은 무슨 말인지 제대로 알아듣질 못했다.

"뛰어, 안 그러면 쏜다! 하나, 둘…."

아버지가 '셋' 외치는 순간 소년이 아래로 팔을 휘저으며 뛰어내렸다.

소년의 몸이 대포알처럼 바다로 첨벙 하고 떨어졌다. 그러자 파도가 소년을 덮치기 전에 젊은 선원 스무 명이 서둘러 바다로 뛰어들었다. 40여 초 지났을까 너무나도 길게 느껴졌던 시간이 지나고 소년의 몸이 물 위로 떠올랐다. 사람들은 아이를 잡아 배 위로 끌어올렸다. 몇 분 후 입과 코에서 물을 토해내더니 소년이 드디어 숨을 쉬기 시작했다.

선장은 이 모습을 지켜보다가 갑자기 가슴이 막힌 듯 소리를 지르며 선장실로 뛰어 들어가 아무도 없는 곳에서 울음을 터트렸다.

참나무와 개암나무

늙은 참나무가 개암나무 수풀 아래로 도토리 열매를 떨어뜨렸다. 그러자 개암나무가 참나무에게 말했다.

"이 보게, 설마 자네 나무 밑에 빈자리가 없어서 그러는 건 아니겠지? 자네 씨를 그 아래 넓은 땅에다 떨어뜨리면 될 텐데, 왜 내 씨도 싹트기에 비좁은 내 밑에다 떨어뜨리는가? 심지어 나는 여기가 너무 비좁아서 내 개암 열매를 땅에 뿌리지도 않고 사람들에게 나눠 준단 말일세."

참나무가 대답했다.

"나는 이백 년을 살았네. 그러니 내가 뿌린 도토리 열매도 참나무로 자라 그만큼 오래 살 것이네."

그러자 개암나무가 버럭 화를 내며 말했다.

"그렇단 말이지. 내가 자네의 어린 싹이 사흘도 버티지 못하고 시들도록 만들겠네."

하지만 참나무는 아무 대꾸도 하지 않고 도토리 열매에서 어서 빨리 어린 싹이 자라기를 바랐다.

개암나무 그늘 아래 떨어진 도토리 열매는 습기를 머금고 싹을 틔우더니 땅으로 뿌리를 단단히 내리고 위로는 싹을 냈다.

개암나무는 참나무 새싹이 햇빛을 보지 못하게 가렸다. 하지만 참나무는 계속 위로 쑥쑥 뻗어 올랐고 개암나무 그늘에서 더욱 강하게 자랐다. 이후 백 년이 흘렀다. 개암나무는 이미 오래 전에 말라 죽었지만, 도토리에서 자라 난 참나무는 하늘 높이 솟아올라 사방으로 가지를 쭉 뻗었다.

해로운 공기

니콜스키 마을에 축일이 되었다. 사람들이 교회에 갔다. 지주의 집에는 가축지기 여인과 관리인, 그리고 마필 관리사만 남아 있었다. 가축지기 여인이 물을 길러 우물로 갔다. 우물은 집안 뜰에 있었다. 여인이 두레박을 끌어올리다가 그만 실수로 놓치고 말았다. 그 바람에 두레박이 떨어지면서 우물 벽에 부딪혀 그만 줄이 끊어져 버렸다. 가축지기 여인은 집 안으로 달려가 관리인에게 말했다.

"알렉산드르! 아저씨가 우물 속으로 좀 내려가 주세요. 제가 두레박을 우물에 빠트렸답니다."

관리인이 말했다.

"당신이 빠트렸으니 당신이 꺼내시오."

가축지기 여인은 정 그러면 관리인이 위에서 자기를 내려주면 자기가 직접 꺼내오겠다고 했다.

그러자 관리인이 허허 웃더니 말했다.

"그럼, 갑시다. 지금은 당신이 뱃속이 비어 있어서 내가 잡아줄 수 있지만, 점심을 먹고 나면 무거워서 잡아줄 수 없을 테니."

관리인은 밧줄에 나무막대를 묶었다. 가축지기 여인은 막대에 올라타 밧줄을 잡고 우물 속으로 내려가기 시작했다. 관리인은 도르래를 이용해 밧줄을 밑으로 내려 보냈다. 우물 깊이는 6 아르신(약 4미터)이 넘었고, 물은 겨우 1 아르신(약 0.7미터)만 차 있었다. 관리인은 도르래로 천천히 내려주면서 계속 물었다.

"아직 더 남았나?"

그러면 가축지기 여인이 우물 속에서 소리쳤다.

"조금만 더요!"

그런데 갑자기 관리인은 밧줄이 느슨해지는 걸 느꼈다. 그는 큰 소리로 가축지기 여인을 불렀다. 그런데 대답이 없었다. 관리인이 우물 속을 내려다보니 여인이 고꾸라진 채 머리를 물에 박고 고꾸라져 있는 게 아닌가! 관리인이 크게 외치며 사람들을 불렀지만, 아무도 오지 않았다. 단 한 사람 마필 관리사만 왔다. 관리인은 마필 관리사에게 도르래를 꽉 잡으라 이르고, 밧줄을 끌어올려 자기가 직접 나무막대에 올라타 우물 속으로 내려갔다.

마필 관리사가 관리인을 물이 있는 지점까지 내려주자 그에게도 똑같은 일이 벌어지고 말았다. 관리인이 밧줄을 놓치더니 가축지기 여인 쪽 아래로 머리를 처박고 고꾸라진 것이다. 마필 관리사는 소리를 지르며 사람들을 부르러 교회로 달려갔다. 마침 예배가 끝나 사람들이 교회에서 몰려나오고 있었다. 사고 소식을 들은 사람들이 남녀노소 할 것 없이 우물로 달려왔다. 사람들은 우물가에 모여 각자 자신의 의견을 큰 소리로 떠들었지만, 그 누구도 어떻게 해야 할지 몰랐다. 그때 젊은 목수 이반이 군중들 사이를 비집고 나와 밧줄을 잡고 나무막대에 올라타며 자기를 내려 보내 달라고 했다. 그는 허리띠로 몸을 밧줄에 단단히 고정시켰다. 남자 두 명이 그를 밑으로 내려 주었고 다른 사람들은 이반에게 무슨 일이 생길까 계속 우물 속을 내려다보았다. 이반이 물이 있는 지점에 다다르자 갑자기 잡고 있던 밧줄을 놓치더니 아래로 고꾸라질 뻔했는데 다행히 허리띠가 그의 몸을 잡아 주었다. 사람들이 그 모습을 보자 소리치기 시작했다.

"다시 끌어 올려!"

사람들이 이반을 끌어 올렸다.

이반은 죽은 사람처럼 허리띠에 매달려 머리를 늘어트린 채 우물 벽에 탁탁 부딪히며 올라왔다. 얼굴은 시퍼런 보랏빛이었다. 사람들이 이반을 우물에서 꺼내 밧줄을 풀어 바닥에 뉘었다. 다들 그가 죽었다고 생각했다. 그런데 갑자기 이반이 힘겹게 숨을 들이쉬더니 켁켁 기침을 하며 살아났다.

다시 사람들이 우물로 내려가려고 했다. 그러자 나이 많은 농부가 말렸다. 우물 속에 나쁜 공기가 있어 그 공기 때문에 사람들이 죽는 것이라며 절대 내려가서는 안 된다고 했다. 남자들이 그 말을 듣고 달려가 쇠갈고리를 가져와서 갈고리로 우물 속에 빠진 관리인과 여인을 끌어올리기 시작했다. 관리인의 아내와 어머니가 우물가에서 흐느끼고 있었고, 다른 사람들은 그들을 위로하고 있었다. 남자들은 쇠갈고리로 우물에 빠진 사람들을 끌어 올리고 있었다. 두 차례에 걸쳐 관리인의 옷에 갈고리를 걸고 우물 중간까지 끌어 올렸는데 관리인이 너무 무거워 옷이 찢어지면서 다시 밑으로 떨어지고 말았다. 결국 쇠갈고리 두 개를 써서 관리인을 끌어올렸다. 그 다음엔 가축치기 여인도 끌어 올렸다. 관리인과 가축치기 여인은 이미 죽은 상태였기 때문에 다시 살릴 수가 없었다.

나중에 이 우물을 조사했더니 우물 밑에 정말로 나쁜 공기가 있다는 것을 알게 되었다.

나쁜 공기

나쁜 공기는 너무 탁해서 사람이나 동물이 살 수 없는 공기를 말한다.

지하에는 그런 공기가 모이는 곳이 있는데, 그런 곳에 있으면 바로 죽게 된다. 바로 이런 이유로 광산에서는 석유램프를 사용한다. 사람이 아래로 내려가기 전에 석유램프에 불을 붙여 먼저 내려 보내는 것이다. 만약 램프 심지의 불이 꺼지면 사람이 들어가서는 안 된다는 신호이다. 그럴 때는 램프의 불이 꺼지지 않도록 신선한 공기를 들여보낸다.

나폴리 근처에 이런 동굴이 하나 있다. 그 동굴의 위쪽 공기는 괜찮지만, 지면에서 1 아르신(약 0.7미터) 밑으로는 공기가 좋지 않다. 어른 키 정도의 사람이라면 이 동굴에서 걸어다녀도 아무 문제가 없지만, 만약 개가 이 동굴에 들어간다면 바로 질식해서 죽을 것이다.

그럼 이런 나쁜 공기는 어디서 오는 것일까? 바로 우리가 숨 쉬는 공기에서 만들어지는 것이다. 예를 들어 많은 사람들을 한 곳에 모아 놓고 신선한 공기가 통과할 수 없도록 모든 문과 창문을 막아버리면 우물 속과 같이 나쁜 공기가 점점 많아지면서 결국엔 사람들이 죽게 될 것이다.

백 년 전쯤 인디언들이 전투에서 영국인 146명을 포로로 잡은 적이 있었다. 인디언들은 포로들을 공기가 통하지 않는 지하 동굴 속에 가두었다.

몇 시간 후 동굴에 있던 영국인 포로들이 숨을 헐떡이기 시작했다. 이튿날 새벽녘에 146명 중 123명이 죽었고, 나머지도 질식해서 거의 죽기 직전에 동굴을 나왔다. 이렇게 된 이유는 무엇일까? 처음에는 동굴 속에 공기가 좋았지만 새로운 공기가 들어오지 않는 상태에서 포로들이 좋은 공기를 들이마시면서 그 안의 공기가 우물 속 공기처럼 나빠져 포로들이 죽게 된 것이다. 그렇다면, 사람들이 많이 모이면 왜 좋은 공기가 나쁜 공기로 되는 것일까? 그것은 사람들이 숨을 쉴 때 좋은 공기는 들이마시고 나쁜 공기를 내뱉기 때문이다.

늑대와 새끼 양

늑대가 강에서 물을 마시고 있는 새끼 양 한 마리를 보았다.
늑대는 새끼 양을 잡아먹고 싶어 녀석에게 트집을 잡기 시작했다.
"이 녀석, 네가 물을 흐려 놓는 바람에 마실 수가 없구나."
새끼 양이 말했다.
"어머, 늑대 아저씨, 제가 어떻게 아저씨 물을 흐릴 수가 있겠어요? 이렇게 저는 아저씨보다 강 아래쪽에 있는 데다 입술 끝으로 홀짝홀짝 마시는 걸요."

그러자 늑대가 말했다.

"그래, 너는 왜 지난여름에 내 아버지를 욕했지?"

새끼 양이 대답했다.

"늑대 아저씨, 전 지난여름에 태어나지도 않았는걸요."

그러자 잔뜩 짜증이 난 늑대가 버럭 화를 내며 말했다.

"요 녀석, 말로는 이길 수가 없구나. 어쨌거나 난 지금 몹시 배가 고프니, 당장 널 잡아먹어야겠다."

비중

그리스 시라쿠사 왕국의 히에론 왕이 금세공사 드미트리에게 순금 12파운드를 주면서 제우스 신전에 바칠 황금 왕관을 만들라고 주문하였다. 며칠 후 드미트리가 왕관을 만들어 가져왔다. 왕이 그 왕관의 무게를 재어보니 정확하게 12파운드였다. 그런데 얼마 지나지 않아 왕은 드미트리가 왕이 준 황금을 빼돌리고 은을 섞어 왕관을 만들었다는 소문을 듣게 되었다. 왕은 왕관에 은을 얼마나 많이 섞었는지 알아보고 싶어 신하들에게 왕관을 녹이라고 했다. 그러자 왕의 친척이자 뛰어난 학자였던 아르키메데스가 나서 왕에게 말했다.

"폐하, 왕관을 녹이라는 명을 거두십시오. 제가 애써 만든 왕관을 녹이지 않고도 그 안에 은이 얼마나 들었고 금은 얼마나 들었는지 알아내도록 하겠습니다."

왕은 아르키메데스에게 그렇게 하라고 했다. 아르키메데스는 다음과 같이 했다.

그는 금 1파운드와 은 1파운드를 저울에 달아 무게를 쟀다. 그 다음 물속에 넣어 보았다. 금은 1파운드를 물속에 넣자 저울 추 1개만큼 무게가 덜 나갔고, 은 1파운드는 저울 추 2개만큼 무게가 덜 나갔다.

그 다음 아르키메데스는 왕관 전체를 물속에 넣어 보고 왕을 불러 말했다.

"폐하, 순금 1파운드가 물속에 들어가면 저울 추 한 개만큼 무게가 덜 나가고, 은 1파운드는 저울 추 2개만큼 무게가 덜 나갑니다. 따라서 이 왕관이 전부 순금 12파운드로 만들어진 것이라면, 물속에 넣었을 때 저울 추 12개만큼 무게가 줄어들어야 합니다. 자, 한번 보시지요."

아르키메데스는 저울에 12파운드를 올려놓고 물속에서 왕관의 무게를 재어 보았다. 그런데 왕관의 무게가 12파운드에서 추 12개를 뺀 것보다도 더 가벼운 것이 아닌가! 아르키메데스는 다시 추를 몇 개 더 빼고 나서 말했다.

"폐하, 보시다시피, 지금 추가로 **빼낸** 저울추의 개수만큼 드미트리가 폐하를 속인 것입니다."

이렇게 해서 아르키메데스는 왕관에 은이 얼마나 섞였는지 정확하게 알아낼 수 있었다.

사자, 늑대, 그리고 여우

늙고 병든 사자가 동굴 속에 누워 있었다. 숲 속 동물들이 모두 사자에게 병문안을 왔는데, 여우만 찾아오지 않았다. 그러자 늑대가 이때다 싶어 사자 앞에서 여우를 헐뜯기 시작했다.

늑대가 말했다.

"사자님, 여우 이 녀석이 한 번도 찾아오지 않는 걸 보니 동물의 왕이신 사자님을 무시하는 것입니다."

마침 여우가 병문안을 왔다가 늑대가 하는 말을 들었다.

'요 늑대 녀석, 어디 두고 보자. 내 반드시 복수하고 말겠어.'

사자가 뒤늦게 찾아온 여우에게 으르렁거리며 화를 내자 여우가 말했다.

"사자님, 저를 벌하시기 전에 한 말씀만 드릴 기회를 주십시오. 사실은 제가 너무 바빠서 오지 못한 것입니다. 제가 세상을 돌아다니며 의원들에게 사자님 병을 고칠 약을 알아보고 왔기 때문이랍니다. 이제야 그 방법을 알아내어 이리 부리나케 달려왔답니다."

그 말을 듣고 사자가 물었다.

"그래, 그게 무슨 약이냐?"

"바로 이렇게 하시면 됩니다. 살아있는 늑대의 가죽을 벗겨서 따뜻하게 두르시는 겁니다."

그 말에 사자가 늑대에게 달려들었다. 그러자 여우가 웃으며 말했다.

"이 보게 친구, 윗사람에게는 기분 좋은 말만 하고 기분 나쁜 말은 하지 말아야 하는 거라네."

벌거벗은 임금님

유난히 옷을 좋아하는 왕이 있었다. 왕은 어떻게 하면 더 멋지게 차려입을까, 그 생각만 하느라 나랏일에는 관심도 없었다. 그러던 어느 날 재단사 두 명이 왕을 찾아와 말했다.

"폐하, 저희는 세상에 그 누구도 입어 보지 않은 멋진 옷을 만들 수 있답니다. 그 옷은 직위에 어울리지 않게 어리석은 사람의 눈에는 보이지 않는 특별한 옷이랍니다. 오직 똑똑한 사람만 볼 수 있지요. 어리석은 사람은 옆에 서 있어도 우리가 만든 옷을 볼 수가 없습니다."

왕은 재단사들의 말을 듣고 크게 기뻐하며 그들에게 자신이 입을 옷을 만들도록 했다. 그러고는 재단사들에게 궁궐의 방도 내어 주고 벨벳이며, 비단이며, 황금까지 옷을 만드는 데 필요한 것은 모두 갖다 주었다.

일주일이 지나자 왕은 새 옷이 어떻게 되어 가는지 알아보고 오라고 대신을 보냈다. 대신이 찾아와 묻자 재단사들은 옷이 다 되었다며 대신에게 허공을 가리켜 보였다. 그러자 대신은 자기가 직책에 어울리지 않게 어리석어서 옷이 안 보이는 거라 생각하고 옷이 보이는 척하며 아주 잘 만들었다고 칭찬했다. 드디어 왕이 새 옷을 가져오라고 명했다. 재단사들이 들어와 새로 만든 옷이라며 허공을 보여 주었다. 왕 역시 자기 눈에 새 옷이 보이는 척하며 입고 있던 옷을 벗고 새 옷을 입히라고 명했다. 드디어 새 옷을 차려 입은 왕이 시내로 산책을 나갔다. 모든 사람들이 아무것도 안 입고 있는 왕의 모습을 보았지만, 어리석은 사람에게는 새 옷이 보이지 않는다는 소문을 들었기에 옷이 보이지 않는다는 말을 하기가 두려웠다. 그래서 다들 속으로 자기 눈에는 안 보여도 남들 눈에는 잘 보이는 것이겠지 생각했다. 그래서 왕이 시내로 행차를 나오자, 모두들 왕의 새 옷이 멋있다며 칭송했다. 그런데 갑자기 바보가 소리쳤다.

"헤헤 저기 보세요. 임금님이 벌거벗고 시내를 돌아다닌대요!"

그제야 왕은 자신이 벌거벗고 있다는 걸 깨닫고 부끄러워졌다. 사람들도 그제야 왕이 아무것도 걸치지 않은 것을 알게 되었다.

여우의 꼬리

어떤 사람이 여우를 잡고 물었다.

"여우야, 누가 너희 여우들에게 꼬리를 움직여 사냥개를 속이라고 가르쳐 주었느냐?"

여우가 물었다.

"속이다니요? 우리는 속이는 게 아니라, 그저 개들한테 잡히지 않으려고 있는 힘을 다해 도망치는 거랍니다."

사람이 말했다.

"아니야, 너희 여우들이 꼬리로 속이는 게 분명해. 사냥개들이 너희를 쫓아와 잡으려고 하면, 그 순간 너희들이 꼬리를 한 쪽 방향으로 틀지. 개들이 그쪽으로 꼬리를 따라 가면 너희들은 반대 방향으로 달아나잖아."

그 말에 여우가 웃음을 터트리며 말했다.

"아, 그건 개를 속이려고 하는 게 아니라 방향을 틀기 위한 거랍니다. 사냥개들이 쫓아오는데 더 이상 앞으로 도망칠 수 없으면, 우리는 오른쪽이나 왼쪽으로 도망쳐야 하거든요. 그런데 우리가 오른쪽으로 가려면, 꼬리를 왼쪽으로, 왼쪽으로 가려면 꼬리를 오른쪽으로 틀어야 한답니다. 사람들이 달릴 때 방향을 바꾸려면 손을 그 반대 방향으로 움직이는 것처럼 말이죠. 사실 이 방법은 우리가 생각해 낸 것이 아니랍니다. 신이 우리를 창조하실 때 생각해 낸 방법이지요. 사냥개들이 여우를 몽땅 잡아가지 못하게 말이죠."

누에

우리 집 정원에는 오래된 뽕나무들이 있었다. 오래 전에 우리 할아버지가 심어놓은 나무들이었다. 어느 해 가을 사람들이 나에게 누에알을 1 졸로트니크(약 4.3그램)를 주었다. 그

알들을 누에로 잘 키워서 명주실을 뽑아보라고 했다. 누에알은 짙은 회색이었고 너무나 작아서 세어 보니 1 졸로트니크에 5,835개나 되는 알이 들어 있었다. 누에알은 가장 가느다란 바늘의 귀보다도 더 작았다. 얼핏 보면 완전히 죽은 것 같은데 꾹 누르면 '톡' 하고 터진다.

나는 받은 누에알을 책상 위에 대충 던져 놓고는 까맣게 잊고 있었다.

그러다 어느 봄날 정원에 나갔다가 뽕나무에 돋아났던 새싹이 햇살을 받아 어느새 잎으로 자라나 있었다. 순간 책상에 던져두었던 누에알이 생각나 얼른 집으로 들어가 누에알을 살펴보며 하나하나 넓게 펼쳐 놓았다. 어느새 대부분의 알들이 예전의 짙은 회색이 아니라 어떤 것은 밝은 회색이거나 어떤 것은 우유 빛깔보다 더 밝은 색으로 변해 있었다.

다음 날 아침 일찍 알을 살펴보니 어떤 알에서는 이미 누에가 부화해 있었고, 어떤 알은 부풀어 올라 완전히 영글어 있었다. 녀석들은 알 껍데기 속에서도 자기가 먹을 뽕나무 잎이 자라고 있는 걸 느끼는 것만 같았다.

알에서 부화한 누에는 검은색인데 털이 나 있었고 너무나 작아서 살펴보기 힘들 정도였다. 나는 돋보기로 녀석들을 들여다보았다. 누에는 알 속에 고리 모양으로 몸을 말고 있다가 알에서 빠져 나올 때 몸을 폈다. 나는 뽕잎을 따러 정원으로 나갔다. 뽕잎을 세 줌 정도 따서 내 방으로 들어와 책상 위에 올려놓았다. 그러고는 예전에 배운 대로 종이로 누에가 뽕잎을 먹을 자리를 만들어 주었다.

내가 종이를 준비하는 동안 책상 위에 있던 누에들이 먹이 냄새를 맡고 뽕잎 쪽으로 기어 왔다. 나는 녀석들을 살짝 밀어내고 뽕잎으로 서서히 유혹하기 시작했다. 그러자 마치 개가 고기 냄새를 맡고 달려들 듯 누에들이 책상보를 타고, 연필이랑 가위랑 종이를 타고 넘어 뽕잎 쪽으로 기어 왔다. 나는 가위로 종이를 잘라 구멍을 내고 그 위에 뽕잎을 가득 올려놓은 다음 누에 위에 덮었다. 그러자 누에들이 구멍 사이로 기어 나와 뽕잎 위로 올라가 갉아먹기 시작했다.

갓 태어난 다른 누에들도 내가 뽕잎이 놓인 종이를 덮어 주자 구멍 사이로 기어 나와 먹기 시작했다. 누에들은 뽕잎을 가장자리부터 먹었다. 그러고는 누에들은 뽕잎을 다 먹고 나자 종이 위를 기어 다니며 새 먹이를 찾기 시작했다.

내가 다시 구멍을 뚫은 종이 위에 뽕잎을 놓고 덮어 주자 누에들이 새 먹이를 먹으러 기어 나왔다.

녀석들은 내 방 선반 위에 놓여 있었다. 누에들은 뽕잎을 다 먹고 나면, 선반을 따라 기어 다녔고 선반 제일 끝 가장자리까지 기어가기도 했다. 누에들은 앞을 보지 못하는데도 절대 밑으로 떨어지는 일이 없었다. 녀석들은 선반 끝에 다다르면 밑으로 내려가기 전에 입에서 실을 뽑아 그 실을 타고 내려가기도 하고 매달려 있기도 하다가 주위를 둘러보고 다시 내려가고 싶으면 줄을 타고 내려가고 올라가고 싶으면 그 줄을 타고 올라갔다.

누에들이 하루 종일 먹기만 했다. 뽕잎도 점점 더 많이 가져다주어야 했다. 싱싱한 뽕잎을 먹으러 누에들이 달려들면 잎에서 빗방울 떨어지는 소리가 났다. 녀석들이 잎을 갉아먹는 소리였다.

먼저 알에서 부화한 누에들은 그렇게 닷새를 살았다. 녀석들은 어느 새 많이 자라 전보다 열 배 이상 더 많이 먹었다. 나는 닷새째가 되면 녀석들이 잠을 자야 한다는 걸 알고 있었다. 그래서 어떻게 되나 보려고 계속 기다렸다. 닷새째 저녁 무렵이 되자 먼저 부화한 누에 중 딱 한 마리가 종이에 달라붙더니 먹지도 않고 꼼짝도 하지 않았다.

다음 날 나는 하루 종일 그 녀석을 지켜보았다. 나는 누에들이 자라면서 새 허물로 갈아입어야 하기 때문에 여러 차례 허물을 벗는다는 걸 알고 있었다.

나는 친구랑 서로 돌아가며 누에를 지켜보았다. 저녁 무렵 친구가 외쳤다.

"허물을 벗기 시작했어. 어서 와 봐!"

가서 보니 아까 그 종이에 달라붙어 있던 누에가 입 주변에 구멍을 뚫고 그 구멍으로 머리를 내밀어 온몸을 비틀면서 헌 껍질에서 빠져나오려 애를 쓰고 있었다. 헌 껍질은 녀석을 놓아주지 않았다. 나는 녀석이 빠져나오려 애를 쓰는 모습을 한참 동안 지켜보다가 녀석을 도와주고 싶은 마음에 손톱으로 살짝 건드려주었다. 그러고는 이내 내가 바보 같은 짓을 했다는 걸 깨달았다. 그때 손톱 밑에 뭔가 끈끈한 액체가 묻었는데 누에가 더 이상 움직이질 않았다. 나는 그 액체가 누에의 피라고 생각했는데, 나중에 그게 껍질에서 쉽게 빠져나오게 하는 누에의 윤활유 같은 것임을 되었다. 그 누에는 허물을 빠져나오긴 했지만 금방 죽어버렸다. 아마도 내가 손톱으로 누에의 새 허물을 망가트린 모양이었다.

그 이후 다른 누에들은 절대로 건드리지 않았다. 녀석들도 다들 그렇게 허물을 벗었다. 그 중에 몇 마리는 실패했고 나머지는 한참 동안 고생하긴 했지만, 결국 허물을 빠져나오는 데 성공했다.

새 허물로 갈아입은 누에들은 전보다 먹이를 훨씬 많이 먹어서 뽕잎도 훨씬 많이 필요했다. 나흘이 지나자 누에들은 다시 잠 들었다가 또 허물을 벗기 시작했다. 그러자 더욱더 많은 뽕잎이 필요했다. 어느새 녀석들은 크기가 8분의 1 베르쇽(약 4.8센티미터)으로 자랐다. 그 이후 엿새가 지나자 누에들은 또 잠이 들었다가 허물을 벗고 새 허물로 갈아입었다. 녀석들은 어느새 몸집도 커지고 통통해져서 녀석들이 먹을 뽕잎을 대느라 힘들 정도였다.

아흐레째가 되자 먼저 부화한 누에들이 먹이 활동을 완전히 중단하고 선반과 기둥을 타고 위로 기어올랐다. 나는 녀석들을 한데 모아 신선한 뽕잎을 놓아 주었지만 녀석들은 먹이에서 머리를 돌려 다른 곳으로 기어갔다. 그제야 나는 누에들이 고치를 지을 때가 되면 더 이상 먹이를 먹지 않고 위로 기어오른다는 것을 떠올렸다.

나는 녀석들을 가만히 두고 어떻게 하나 지켜보기 시작했다.
먼저 부화한 누에들은 천장으로 기어올라 사방으로 흩어져 기어가다가 실을 하나씩 사방으로 뽑기 시작했다. 나는 그 중 한 마리를 자세히 살펴보았다. 녀석은 구석으로 가더니 사방으로 6 베르쇽(26-27센티미터)정도 되는 실을 뽑아 그 줄에 매달렸다. 그러고는 몸을 말발굽 모양으로 접어 구부린 다음 머리로 뱅글뱅글 돌면서 명주실을 뽑아 자기 몸을 감싸기 시작했다. 저녁이 되자 누에는 어느새 명주실에 싸여 마치 안개

속에 있는 것 같았다. 그때까지만 해도 안에 있는 녀석이 살짝 보였지만 다음 날 아침이 되자 명주실에 완전히 싸여 전혀 보이지 않았다. 누에는 계속해서 명주실을 뽑으며 몸을 감고 있었다.

사흘이 지나자 누에는 명주실 감는 걸 멈추고 꼼짝도 하지 않았다.

나중에 나는 그 사흘 동안 누에가 얼마나 실을 길게 뽑았는지 알게 되었다. 만약 그 실을 풀어본다면 1 베르쇽(약 1킬로미터)은 넘을 것이다. 그 보다 짧은 경우는 드물다. 누에가 실을 뽑던 사흘 동안 머리를 돌리며 회전한 수를 세어보면 삼십 만 번이나 된다. 즉, 누에는 일 초에 한 번씩 쉬지 않고 회전을 했다는 말이다. 이 과정이 끝난 다음 우리는 누에고치 몇 개를 떼어 부러트려보았다. 그 안에는 흰색 밀랍처럼 바싹 마른 번데기가 있었다.

나는 안에 들어있는 흰색 밀랍 모양의 번데기가 들어 있는 누에고치에서 나방이 나온다는 것을 알고 있었다. 그런데도 막상 누에고치를 보니 그게 믿기지가 않았다. 어쨌든 기다려보면 이십 일째 되는 날 녀석들에게 무슨 일이 생길지 알게 될 것이다.

이십 일째 되는 날 어떤 변화가 있을 것이라는 걸 난 알고 있었다. 하지만 아무것도 변한 게 없었다. 그러자 혹시 뭐라도 잘못된 게 아닌가 생각하고 있었는데 번데기 중 하나가 끝이 거무스름해지면서 촉촉해지는 것 같았다. 난 그 번데기가 상한 거라고 생각하고 내다 버리려 했다. 그러다 문득 이렇게 시작되는 것인가하는 생각이 들었다. 그래서 어떻게 되는지 살펴보기 시작했다. 분명 축축해진 부위에서 뭔가 움직이고 있었다.

나는 한동안 그것이 무엇인지 알지 못했다. 그런데 조금 있으니 수염이 달린 머리 비슷한 게 보였다. 수염이 꼬물거렸다. 잠시 후에 다리 하나가 구멍으로 빠져나오더니 조금 있으니 다른 다리가 나오고, 이어서 다른 다리들이 꼬물거리며 누에고치에서 빠져나오는 게 보였다. 그 다음에도 계속해서 무언가 빠져나오고 있었다. 그제야 난 그게 축축하게 젖은 나방이라는 걸 알게 되었다. 여섯 개의 다리가 모두 빠져나오자 나방은 엉덩이를 뽑으며 기어 나와 한동안 가만히 앉아 있었다. 그러다 녀석의 몸이 완전히 마르자 나방은 흰색으로 변하더니 날개를 활짝 펴고 날아올라 공중을 한 바퀴 돌고는 창문에 앉았다.

이틀 후에 녀석은 창문턱에 알을 줄줄이 쌓아 놓았다. 알은 노란색이었는데 나방 스물다섯 마리가 알을 낳았다. 그렇게 나는 오천 개나 되는 알을 모았다.

그 다음해에 나는 더 많은 누에를 키웠고 명주실도 더 많이 뽑을 수 있었다.

장님과 코끼리

인도의 왕이 나라의 모든 장님들이 모이도록 명했다. 장님들이 모두 모이자 왕은 장님들에게 코끼리들을 보여주라고 했다. 장님들은 코끼리 우리로 가서 코끼리들을 손으로 만져보기 시작했다. 어떤 장님은 코끼리의 다리를, 두 번째 장님은 꼬리털을, 세 번째 장님은 꼬리줄기를, 네 번째는 통통한 배를, 다섯 번째는 등을, 여섯 번째는 양쪽 귀를, 일곱 번째는 송곳니를, 여덟 번째는 코를 만져 보았다.

잠시 후 왕이 장님들을 불러 코끼리가 어떻게 생겼는지 물었다.

다리를 만져 본 첫 번째 장님이 말했다.

"폐하, 코끼리는 기둥처럼 생겼습니다."

꼬리털을 만져 본 장님이 말했다.

"폐하, 코끼리는 빗자루처럼 생겼습니다."

꼬리줄기를 만져 본 장님이 말했다.
"폐하, 코끼리는 나뭇가지처럼 생겼습니다."
배를 만져 본 장님이 말했다.
"폐하, 코끼리는 흙더미처럼 생겼습니다."
옆구리를 만져 본 장님이 말했다.
"폐하, 코끼리는 벽처럼 생겼습니다."
등을 만져 본 장님이 말했다.
"폐하, 코끼리는 산처럼 생겼습니다."
귀를 만져 본 장님이 말했다.
"폐하, 코끼리는 옷감처럼 생겼습니다."
머리를 만져 본 장님이 말했다.
"폐하, 코끼리는 절구통처럼 생겼습니다."
송곳니를 만져 본 장님이 말했다.
"폐하, 코끼리는 뿔처럼 생겼습니다."
코를 만져 본 장님이 말했다.
"폐하, 코끼리는 굵은 밧줄처럼 생겼습니다."
장님들은 서로 자기가 옳다고 우기며 싸우기 시작했다.

의지가 강하면 어떤 어려움도 극복할 수 있다

　우리는 곰 사냥을 하고 있었다. 친구가 곰을 향해 총을 쏘았는데 녀석의 엉덩이를 맞췄다. 곰은 눈 위에 핏자국을 남기고 달아나 버렸다.

　우리는 숲 속에 모여 당장 녀석을 찾으러 갈지, 아니면 곰이 지칠 때까지 사흘 정도 기다릴지 의논하기 시작했다.

　우리는 곰 전문 사냥꾼들에게 당장 그 녀석을 잡으러 가도 될지 물어보았다. 그러자 나이 많은 곰 사냥꾼이 말했다.

　"안 됩니다. 지금은 녀석이 진정할 수 있게 해야 하지요. 한 닷새 정도 지나면 녀석을 포위할 수 있을 겁니다. 지금은 녀석을 쫓아가 봐야 곰을 놀라게만 할 뿐 녀석이 가만히 누워있지 않을 겁니다."

　그러나 젊은 사냥꾼은 늙은 사냥꾼과 달리 당장 곰을 잡으러 가도 된다고 했다.

　"이 눈길로 갔다면 녀석은 지금 멀리 가지 못했을 겁니다. 게다가 살이 투실투실하게 오른 놈이니까요. 녀석이 지금쯤 자리를 잡고 누워 있을 겁니다. 설령 그렇지 않다 해도, 제가 스키를 타고 녀석을 따라잡을 수 있지요."

　그런데 내 친구는 당장 곰을 잡으러 가는 게 내키지 않으니 좀 기다리는 것이 좋겠다고 했다.

그러고는 내가 말했다.

"그럽시다. 서로 옳다 그르다 할 게 뭐가 있겠소? 자네들은 자네들 좋을 대로 하시고, 나는 데미안하고 같이 곰 발자국을 따라가겠소. 우리가 녀석을 찾아내면 다행이고, 아니라 해도 상관없지 뭐. 오늘은 할 일도 없는 데다 아직 그리 늦은 시간도 아니니 그렇게 합시다."

우리는 그렇게 했다.

내 친구와 늙은 사냥꾼 일행은 썰매를 타고 마을로 돌아가고, 나와 데미안은 먹을 걸 챙겨 숲 속에 남았다.

사람들이 모두 떠나자 나와 데미안은 총 상태를 살펴보고 털외투 자락을 허리춤에 밀어 넣고 곰 발자국을 따라 걷기 시작했다.

날씨는 좋았다. 추웠지만 바람 한 점 없었다. 하지만 스키를 신고 눈 위를 걷는 건 쉽지 않았다. 눈이 깊은 데다 전날 숲에 내린 눈이 아직 단단해지지 않아 발이 푹푹 빠졌다. 어젯밤에도 눈이 내려 어떤 곳에서는 스키가 체트베르티(18~19센티미터), 어떤 곳은 그 이상 푹푹 빠졌다.

곰의 흔적은 멀리서도 보였다. 곰이 걸어간 자국, 여기저기 배를 끌며 눈을 파헤친 흔적들이 보였다. 처음에 우리는 곰의 흔적을 따라 큰 숲으로 들어갔다. 그리고 잠시 후 작은 전나무 쪽으로 곰 발자국이 나 있었다. 데미안이 멈춰 서서 말했다.

"녀석의 흔적을 따라가면 안 되겠어요. 분명 여기 어딘가 누울 겁니다. 자리를 잡고 누우려고 한 흔적이 보여요. 이제 녀석의 발자국에서 떨어져 크게 한 바퀴 돌도록 하죠. 단, 최대한 조용히, 절대 소리를 지르거나 해서는 안 됩니다. 기침 소리도 내서는 안 돼요. 녀석이 놀라거든요."

우리는 곰이 남긴 자국에서 떨어져 왼쪽으로 돌았다. 한 오백 보쯤 걷다 보니 앞에 또 곰의 흔적이 나타났다. 우리는 다시 그 흔적을 따라 갔다. 그 흔적을 따라가다 보니 길이 나왔다. 우리는 걸음을 멈추고 길에 서서 곰이 어느 방향으로 갔는지 유심히 살피기 시작했다. 길을 따라 어느 지점에 곰 발자국이 보였다. 발바닥과 발가락 하나하나가 도장을 찍은 듯 뚜렷했다. 그런데 또 어느 곳에는 농부의 발자국들이 있었다. 녀석이 마을로 간 것 같았다.

우리는 길을 따라 걸었다. 잠시 후 데미안이 말했다.

"이제 길에 아무것도 살필 필요가 없겠는데요. 길에서 오른쪽으로 갈지 왼쪽으로 갈지 눈 위에 다 보일 테니까요. 마을로 가진 않았을 테니 분명 어디에선가 방향을 틀게 될 겁니다."

우리는 길을 따라 1 베르스타(1킬로미터) 정도 더 걸었다.

그러고는 앞에 길을 벗어난 곰의 흔적이 보였다. 자세히 살펴보니, 세상에 이런 일이! 곰의 발자국은 길에서 숲 쪽으로 나 있는 게 아니라 숲에서 길 쪽으로 나 있었던 것이다! 발가락이 길 쪽을 향해 있었다.

　내가 말했다.

"이건 다른 곰 같은데."

　데미안이 살펴보고 잠시 생각하더니 말했다.

"아뇨. 그 녀석이 맞습니다. 녀석이 우릴 속이고 있어요. 녀석은 뒷걸음질로 길에서 벗어난 거예요."

　우리는 곰 발자국을 따라 갔다. 역시 데미안 말이 맞았다. 보아하니, 곰이 길에서 뒷걸음질로 열 걸음 정도 간 다음 소나무 뒤로 가서 방향을 바꾸어 곧장 가버린 게 틀림없었다. 데미안이 걸음을 멈추고 말했다.

"이젠 분명 잡을 수 있을 겁니다. 이 늪지대 말고는 놈이 누울 만한 데가 없으니까요. 자, 빙 돌아보시죠."

　우리는 전나무가 우거진 숲을 따라 크게 돌았다. 어느새 나는 녹초가 되어 있었다. 스키를 신고 걷는 게 점점 힘들어졌다. 키 작은 노간주나무 덤불숲에서 스키를 신고 걸으니 나무에 걸려 넘어지기도 하고, 다리 사이에 나뭇가지가 끼기도 했다. 게다가 스키를 신고 걷는 게 미숙하다보니 두 발이 뒤엉키기도 하고 눈 밑이 있던 그루터기나 통나무에 부딪히기도 했다. 나는 완전히 지쳐갔다. 털외투를 벗으니 땀이 비 오듯 쏟아졌다. 반면 데미안은 마치 물 위로 배가 미끄러지듯 나아갔다. 마치 스키가 저절로 걸어가는 것 같았다. 어디에도 걸리지 않고 비틀거리지도 않았다. 내 털가죽 외투까지 어깨에 둘러메고도 전혀 힘든 기색 없이 계속해서 나를 재촉했다.

우리는 늪지대를 반경 3 베르스타(3킬로미터) 정도 크게 돌았다. 어느새 나는 뒤처지기 시작했다. 스키는 뒤엉키고 두 다리는 비틀거렸다. 그때 갑자기 앞서 가던 데미안이 걸음을 멈추더니 한 손을 흔들었다. 내가 다가갔다. 데미안은 허리를 숙여 한 곳을 가리키며 속삭였다.

"저기 까치가 나뭇가지에 앉아 울고 있는 게 보이죠? 까치가 멀리서 곰 냄새를 맡은 겁니다. 그 놈이에요."

우리는 멀리 떨어져 1 베르스타(1킬로미터) 쯤 더 걷다가 아까 봤던 곰 흔적을 다시 발견했다. 그렇다면 우리가 곰을 에워싸고 한 바퀴 돈 것이다. 녀석은 우리가 빙 돌아온 원 안에 있었다. 우리는 걸음을 멈췄다.

나는 모자도 벗고 옷의 단추도 모두 풀었다. 사우나실 안에 있는 듯 더웠고 물에 빠진 생쥐처럼 땀에 흠뻑 젖어 있었다. 데미안도 얼굴이 벌게져 소매로 얼굴을 닦고 있었다.

"자, 나리, 할 일을 다 했으니 이젠 좀 쉬어야 합니다."

어느새 숲속 나무들 사이로 저녁노을이 붉게 물들기 시작했다. 우리는 스키 위에 앉아 잠시 쉬었다. 배낭에서 빵과 소금을 꺼냈다. 나는 눈을 먼저 먹은 다음 빵을 먹었다. 아, 빵 맛이 어찌나 좋은지, 그렇게 맛있는 빵은 내 평생 처음 먹는 것 같았다. 우리는 그렇게 잠시 앉아 있었다. 어느새 날이 어두워지기 시작했다. 나는 데미안에게 마을까지 거리가 얼마나 되는지 물었다.

"아마, 한 12 베르스타(13킬로미터)쯤 될 겁니다! 한밤이 되어야 도착하겠네요. 일단 지금은 좀 쉬어야 합니다. 자, 나리, 외투를 입으세요, 감기 걸리시겠어요."

데미안이 전나무 가지를 잔뜩 꺾어다 눈을 탁탁 털어 바닥에 깔아 잠자리를 만들었다. 우리는 그 위에 나란히 누워 두 손을 머리 밑에 받쳤다. 그러고는 나도 모르게 잠이 들었다. 눈을 떴을 땐 두 시간 가량 지나 있었다. 뭔가 탁 부러지는 소리가 났다.

나는 어찌나 깊이 잠이 들었는지 눈을 떴을 때 내가 어디서 자고 있었는지도 잊고 있었다. 잠에서 깨어 둘러보았는데, 세상에 이런 일이! 난 지금 어디에 있는 거지? 내 위에 하얀 텐트 같은 게 있었고 하얀 기둥들이 있었다. 모든 게 반짝거리고 있었다. 위로 올려다보니 흰색으로 갈라져 있고 그 사이로 검은색 천장에서 형형색색의 불꽃이 타오르고 있었다. 난 멍하니 한참을 둘러보고 나서 마침내 우리가 숲에 있으며 눈과 서리에 덮인 나무들이 내게 텐트처럼 보였고 불빛은 나뭇가지 사이로 보이는 하늘의 별들이라는 것을 깨달았다.

밤이 되자 서리가 내렸다. 나뭇가지가 서리로 덮였고, 내 털외투도 데미안도 온통 서리로 덮였다. 세상 모든 게 서리로 덮여있었고 위에서도 서리가 쏟아지고 있었다. 나는 데미안을 깨웠다. 우리는 스키를 다시 신고 출발했다. 숲은 고요했다. 스키가 부드러운 눈 위를 스치는 소리만 들렸다. 간간히 어디선가 나무가 얼면서 타닥타닥 갈라지는 소리가 온 숲에 울려 퍼졌다. 한번은 어떤 동물이 우리 근처에서 바스락거리는 소리를 내더니 멀리 달아났다. 나는 그 녀석이 곰이라고 생각해 소리가 난 곳으로 가 보니 토끼 발자국이 보였다. 버드나무 밑동을 빙 둘러 갉아먹은 흔적이 보였다. 토끼들이 갉아먹은 모양이었다.

우리는 길로 나오자 스키를 벗어 끈으로 묶어 끌면서 길을 따라 걸었다. 걷기가 한결 편해졌다. 매끈한 길을 따라 걷는데 스키가 뒤에서 미끄러지기도 하고 덜컥거리기도 했다. 부츠를 신은 발아래에서 눈이 뽀드득거렸고 얼굴에는 차가운 서리가 솜털처럼 붙어 있었다. 별들이 나뭇가지를 따라 우리 앞으로 달려와 밝게 빛나다가 희미해져 갔다. 마치 하늘이 온통 휘청거리며 움직이는 것 같았다.

마을에 도착해 보니 친구는 자고 있었다. 나는 친구를 깨웠다. 우리는 곰의 위치를 어떻게 찾아냈는지 얘기해 주었고 숙소 주인에게는 아침까지 곰 몰이꾼들을 모아 달라고 얘기해 뒀다. 그러고는 저녁을 먹고 잠자리에 들었다.

나는 어찌나 피곤했는지 그냥 뒀더라면 점심 때까지도 잤을 정도였다. 하지만 친구가 날 깨웠다. 벌떡 일어나 보니 친구는 벌써 옷을 차려 입고 총을 이리저리 살피고 있었다.

"그런데 데미안은 어디 있나?""

"벌써 한참 전에 숲으로 갔어. 벌써 곰이 있는 위치를 확인하고 왔어. 방금 몰이꾼들을 데리고 오라고 했다네."

나는 서둘러 세수를 하고 옷을 입은 다음 내 총들을 장전하고 썰매에 올라 출발했다.

날은 몹시 추웠고 바람 없이 고요했다. 해는 보이지 않고 대지 위로 안개가 껴 있었고 서리가 내리고 있었다.

우리는 길을 따라 3 베르스타(3킬로미터) 정도 썰매를 타고 숲으로 갔다. 나지막한 곳에서 푸른 연기가 피어오르고 사람들이 서 있는 게 보였다. 몽둥이를 든 농부와 아낙들이었다.

우리는 썰매에서 내려 사람들 쪽으로 갔다. 농부들이 앉아 감자를 구우면서 아낙네들과 실실거리고 있었다.

데미안도 그들과 함께 있었다. 잠시 후 사람들이 자리에서 일어나자 데미안이 사람들에게 어제 나와 함께 돌았던 원을 따라 흩어지라고 시켰다. 사내들과 아낙들 서른 명이 줄을 맞춰 늘어섰다. 숲 속에 흩어진 사람들은 허리춤만 보였다. 다들 숲으로 들어가자 나도 친구와 함께 그 뒤를 따라갔다.

사람들이 눈을 발로 밟고 지나가면서 좁은 길이 났지만, 여전히 걷기가 힘들었다. 대신 양쪽으로 눈이 벽처럼 쌓여있어 넘어질 염려는 없었다.

우리는 그렇게 약 반 베르스타(약 500미터) 정도 갔다. 데미안이 저쪽에서 우리 쪽으로 스키를 타고 달려오면서 자기 쪽으로 오라고 손을 흔드는 게 보였다.

우리는 데미안에게 갔다. 그는 우리가 각자 서 있을 자리를 알려주었다. 나는 내 자리에 서서 주위를 둘러보았다.

내 왼쪽에는 키 큰 전나무 숲이 있었고 숲 사이로 멀리 보였다. 나무들 뒤로 몰이꾼 농부의 모습이 거뭇하니 보였다. 내 앞에는 사람 키 정도의 어린 전나무 숲이 있었다. 전나무 나뭇가지들이 눈에 덮여 축 늘어져 있었다. 숲 가운데 눈으로 덮인 좁은 오솔길이 있었다. 그 길은 내 앞으로 곧게 뻗어 있었다. 내 오른쪽에도 전나무 숲이 있었고 그 숲 끝에는 탁 트인 풀밭이 있었다. 바로 그 풀밭에 데미안이 내 친구를 세워 두는 것이 보였다.

나는 내 총 두 자루를 살펴보고 잠금 장치를 푼 다음 어디에 서 있는 것이 좋을지 생각했다. 내 뒤로 세 걸음 떨어진 곳에 커다란 소나무가 있었다. 나는 '저 소나무 옆에 서서 총 하나를 나무에 세워 놓아야겠다'고 생각했다. 그래서 무릎 위까지 푹푹 빠지는 눈을 헤치며 소나무 쪽으로 기어가 소나무 주위에 1.5 아르신(약 50센티미터) 폭으로 눈을 밟아 발이 빠지지 않게 다진 다음 그곳에 자리를 잡았다. 총 하나는 손에 들고 다른 총은 잠금 장치를 풀어 소나무에 세워 두었다. 난 단검도 꺼내어 필요한 경우 얼른 빼서 쓸 수 있도록 살펴본 다음 다시 집어넣었다.

내가 막 준비를 마치자 숲에서 데미안이 외치는 소리가 들렸다.

"간다! 그 쪽으로 갔어! 간다!"

데미안이 소리를 지르자 둥글게 서 있던 몰이꾼들이 다들 소리를 지르기 시작했다.

남자들은 "간다! 우-우-우!"하며 소리를 질렀고, 여자들은 날카로운 소리로 "어머! 아-앗!" 하고 비명을 질렀다.

곰은 둥글게 쳐 놓은 포위망 안에 있었다. 데미안이 녀석을 몰았다. 사방에서 사람들이 소리를 질렀는데 나와 내 친구만 아무 소리도 없이 가만히 서서 꼼짝 않고 곰을 기다렸다. 나는 가만히 서서 내 심장이 쿵쾅거리며 뛰는 소리를 듣고 있었다. 총을 꽉 쥐고 바짝 긴장하며 '자, 자, 곧 튀어나올 텐데, 그럼 총을 겨누고 탕 쏘면 쓰러지겠지' 하고 생각했다.

갑자기 왼쪽 방향으로 무엇인가 눈 속에 풀썩 쓰러지는 소리가 멀리서 들렸다. 나는 키 큰 전나무 숲 쪽을 보았다. 나무들 너머로 쉰 걸음쯤 떨어진 곳에 시커멓고 커다란 녀석이 서 있었다. 나는 녀석을 향해 총을 조준하고 기다렸다. 내 쪽으로 더 가까이 오지 않을지도 모른다고 생각했다. 녀석은 귀를 쫑긋거리더니 뒤로 돌아섰다. 곰의 옆모습이 보였다. 정말로 큰 놈이었다! 흥분한 나는 총을 쐈다. 탕! 총알이 나무에 퍽하고 박히는 소리가 들렸다. 총구의 연기 너머로 곰이 다시 포위망 안으로 돌아가 숲 속으로 숨어드는 게 보였다. 나는 일을 망쳤다고 생각했다. 이제 녀석은 내가 있는 쪽으로는 오지 않고, 내 친구가 있는 쪽으로 가서 총에 맞거나 아니면 몰이꾼들이 있는 쪽으로 갈 것이라 생각했다. 나는 자리에 서서 다시 총을 장전하고 귀를 기울였다. 사방에서 몰이꾼들이 소리를 지르고 있었다. 그때 내 친구와 가까운 곳에 있던 몰이꾼 아낙의 다급한 비명 소리가 오른쪽에서 들려왔다.
 "여기 있어요! 여기 있어요! 여기요! 이리 오세요! 이리요! 어머나! 어머! 아! 아! 앗!"
 곰이 바로 코앞에 있는 게 분명했다. 나는 곰이 내 쪽으로 오리라는 기대는 전혀 안 하고 오른쪽에 있는 친구를 보았다. 그때 데미안이 스키를 신지 않고 막대기를 들고 좁은 길을 따라 친구 쪽으로 달려오는 게 보였다. 데미안은 내 친구 옆에 앉더니 총을 겨누듯 막대기로 앞을 가리켰다. 친구는 총을 들어 데미안이 가리키는 쪽을 겨냥했다. 탕! 총소리가 났다. 나는 '곰을 잡았나 보다'하고 생각했다. 그런데 친구가 곰을 쫓아가지 않는 것이었다. '빗나갔거나 제대로 안 맞았나 보군. 곰이 뒤쪽으로 도망칠 텐데, 그럼 내 쪽으로는 오지 않겠군!' 하고 생각했다. 아, 그런데 이게 웬일인가? 내 앞에서 갑자기 무슨 소리가 들렸다. 뭔가 눈을 사방으로 날리며 가쁜 숨을 몰아쉬면서 질풍처럼 달려오는 게 아닌가! 앞을 보니 우거진 전나무 숲 사이 좁은 길을 따라 곰이 내 앞으로 전속력으로 달려오고 있었다. 녀석은 완전히 겁에 질려 제정신이 아니었다. 나와는 불과 대여섯 걸음 거리에 있어서 모든 게 또렷이 보였다. 녀석의 가슴은 검었고, 머리는 커다랗고 붉은색 털이 나 있었다. 곰은 곧바로 나를 향해 달려오며 사방에 눈덩이를 튀겼다. 눈을 보니 녀석은 지금 너무 놀라 내가 앞에 있는 것도 모르고 아무데로나 버둥대며 달려가고 있었다. 그런데 그게 하필 내가 서 있는 소나무 쪽이었던 것이다. 나는 얼른 총을 들어 쏘았다. 어느새 곰이 더 가까이 왔다. 총알이 빗나갔다. 곰은 총소리도 못 듣고 아무것도 못 본 채 그저 나를 향해 돌진하고 있었다. 일촉즉발의 순간 나는 총신을 살짝 내려 녀석의 머리를 향해 쐈다. 탕! 명중이었다. 그런데도 녀석은 죽지 않았다.

  곰은 머리를 치켜들어 귀를 쫑긋하더니 이빨을 드러내며 곧장 내게 달려들었다. 나는 다른 총을 집었다. 손으로 총을 잡는 순간 곰이 달려들어 내 다리를 쳐 눈 위에 쓰러트리더니 그대로 나를 타 넘고 도망가 버렸다. '휴, 녀석이 날 두고 갔구나, 다행이다' 하고 생각했다. 그러고는 일어서려는데 순간 무언가 나를 덮치더니 놔주질 않았다. 아까 녀석이 달려오다 속력을 이기지 못하고 나를 넘어트리고 지나갔다가 다시 돌아와 나를 가슴으로 누르기 시작한 것이다. 나는 무거운 것이 내 몸을 짓누르는 느낌을, 내 얼굴 위로 뭔가 뜨뜻한 느낌을, 그리고 녀석이 내 얼굴을 통째로 입에 넣으려는 걸 느꼈다. 내 코는 이미 녀석의 입 속에 들어가 있었다. 나는 녀석의 몸에서 뿜어져 나오는 열기와 피비린내를 맡았다. 곰이 두 발로 내 어깨를 짓누르고 있었기 때문에 나는 옴짝달싹 할 수가 없었다. 고작 할 수 있는 것이라곤 녀석의 입에 눈과 코가 들어가지 않게 머리를 곰의 가슴 쪽으로 숙이는 것뿐이었다. 그러자 녀석은 내 코와 눈을 할퀴려 했다. 그리고는 갑자기 녀석이 윗니를 머리카락이 흘러내린 내 이마에 아랫니를 눈 아래쪽 뼈에 대고 양 턱으로 조이기 시작했다. 머리가 칼로 베어내는 듯 아팠다. 몸부림을 쳐 빠져나오려 했지만 개가 물어뜯는 듯 녀석은 더욱 세게 물었다. 내가 간신히 고개를 돌리자 곰이 또 달려들었다. '아, 이젠 죽었구나!' 하고 생각하는 순간 갑자기 가벼워진 느낌이 들었다. 정신을 차리고 보니 녀석이 없었다. 곰이 도망간 것이었다.

내 친구와 데미안이 곰이 나를 눈 속에 쓰러트려 공격하는 걸 보고 달려왔다. 친구는 빨리 오려고 서두르다 눈 속에 빠져 넘어졌다. 친구가 눈에서 빠져나오는 동안 곰이 나를 물어뜯으려 했던 것이다. 데미안은 총도 없이 긴 나무막대만 들고 숲 속 좁은 길을 달려오면서 소리를 질러댔다.

"나리가 물렸다! 나리가 물렸어!"

데미안은 달려오면서 곰을 향해 소리를 질렀다.

"야 이놈! 이 미친놈! 무슨 짓이야! 저리 가! 저리 가!"

곰이 그 소릴 듣고 나를 두고 달아난 것이다. 일어나서 보니 양이라도 잡은 것처럼 눈 위에 피가 뿌려져 있었고 내 얼굴 한쪽 눈두덩의 살점이 찢어져 덜렁거리고 있었다. 하지만 어찌나 흥분했는지 하나도 아프지 않았다.

잠시 후 친구가 달려오고 사람들이 모여 내 상처를 살펴보고 눈으로 닦아주었다. 나는 상처가 난 것도 잊은 채 물었다.

"곰은 어디 있지? 어디로 갔어?"

그때 갑자기 "여기 있어요! 여기요!" 하는 소리가 들렸다. 곰이 다시 우리 쪽으로 달려오는 게 보였다. 우린 서둘러 총을 들었지만 녀석이 순식간에 달아나 버려 미처 쏘아볼 겨를도 없었다. 화가 난 곰이 나를 물어뜯으려 다시 왔는데 사람들이 모여 있는 걸 보고 겁을 먹은 것이었다. 우리는 녀석의 흔적을 보고 녀석의 머리에서 피가 나고 있다는 걸 알았다. 끝까지 곰을 쫓고 싶었지만 머리가 너무 아파 시내로 돌아와 의사를 찾아갔다.

의사가 상처를 실로 꿰매주었고, 상처는 차츰 아물기 시작했다.

한 달 후 우리는 다시 그 곰을 잡으러 나섰다. 하지만 나에겐 녀석을 잡을 운이 따라주질 않았어. 곰은 포위망에서 나오지 않고 계속 빙빙 돌면서 무서운 소리를 내며 울부짖었다. 결국 데미안이 녀석을 잡았다. 녀석은 내가 쏜 총에 맞아 아래턱이 부서지고 이빨 하나가 깨져 있었다.

그 곰은 엄청나게 컸고 녀석의 검은 색 털가죽은 정말 멋졌다.

나는 녀석의 가죽을 벗겨 우리 집 응접실에 깔아놓았다. 내 이마에 났던 상처는 완전히 나아 이젠 상처가 어디 있었는지 거의 보이지 않을 정도로 아물었다.

어미 닭과 병아리

암탉이 병아리들을 부화시켰다. 그런데 어미 닭은 새끼들을 어떻게 보살펴야 할지 몰랐다. 어느 날 암탉이 병아리들에게 말했다.

"애들아, 다시 알 속으로 들어가렴. 알 껍데기 속에 있으면 엄마가 예전처럼 너희들을 잘 품어서 보살펴 줄게."

병아리들은 어미 닭의 말을 듣고 알 껍데기 속으로 다시 들어가려 했지만 아무리 해도 들어갈 수는 없었고 오히려 껍질에 날개만 찌그러졌다. 그러자 병아리 한 마리가 어미 닭에게 말했다.

"엄마, 우리가 계속 알 속에 있어야 한다면, 우릴 부화시키지 않는 게 나았을 거예요."

기체 1

 공기는 언제나 투명해서 눈에 보이지 않지만 그 종류는 다양하다.
 물이 공기 중에서 증발하면 수증기가 되어 떠다닌다. 공기 중에 수분이 많으면 공기는 습해지고, 수분이 적으면 공기는 건조해진다. 밀폐된 공간에서 사람들이 숨을 쉬면 공기는 해로워지고 건강에 좋지 않다. 하지만 탁 트인 야외나 숲 속에서는 사람들이 숨을 쉬어도 공기는 신선하고 건강에 좋다. 그 이유는 닫힌 실내에서는 사람과 동물이 내뱉는 나쁜 공기가 흩어지지 못하고 공기 중에 점점 쌓이기 때문이다.
 따라서 공기에는 여러 가지 종류가 있지만 눈으로는 구별할 수가 없다. 모든 공기가 보통의 공기와 비슷해 보이기 때문이다. 다양한 물질과 다양한 기체들이 마치 물에 식초나 포도주를 탄 것처럼 공기 중에 섞여 있다. 물에 보드카를 부으면 물과 보드카가 섞여 물속에 보드카가 들어 있는지, 보드카가 많은지 적은지 눈으로는 알아낼 수가 없다. 하지만 냄새를 맡아보면 알 수 있다. 이처럼 공기 속에도 다양한 성분의 기체가 섞여 있지만 그것을 눈으로는 확인할 수가 없고, 오랫동안 숨을 쉬다보면 느낄 수 있다. 좋은 공기 속에서는 숨을 쉬면 건강에도 좋고 기분도 상쾌해지지만, 나쁜 공기 속에서는 숨 쉬기가 힘들 뿐만 아니라 때로는 건강에도 해롭다.

공기의 성분 중에 숨을 쉬는 데 가장 필요한 것은 산소라고 한다. 공기에서 산소만 따로 모아 그 안에 불씨를 넣으면 바로 불꽃이 생기며 타오르기 시작한다. 때문에 나무나 다른 물체는 산소로 인해 훨씬 강하게 탄다. 그런데 공기 중에 산소가 없으면, 불씨를 넣어도 그 불씨는 바로 꺼져버린다.

불을 피우기 위해서는 공기 중에 산소가 있어야 한다. 이 때문에 사람들이 불을 피우려고 불씨에 대고 입으로 후후 불거나 손으로 부채질을 하는 것이다. 반대로 타고 있는 불을 끄려면 뭔가로 불을 덮거나 사방을 꽉 틀어막으면 불이 꺼진다.

공기를 구성하는 또 다른 성분으로 질소가 있다. 질소만 있는 곳에서는 절대 숨을 쉬면 안 되고, 물건을 태울 수도 없다.

공기의 세 번째 성분으로 이산화탄소가 있다. 이산화탄소 역시 숨을 쉴 때나 불을 피울 때 도움이 되지 않는다. 이산화탄소는 공기 중에 많진 않지만 어디에나 있다. 또한 이산화탄소가 많아지면 다른 기체보다 무겁기 때문에 공기의 아래쪽으로 가라앉아 모이게 된다.

공기를 구성하는 네 번째 성분은 수증기이다.

우리가 숨을 들이쉬면 산소가 우리의 몸속으로 들어가고,

숨을 내쉬면 공기 중에 산소는 줄어들고 이산화탄소는 많아진다. 이로 인해 우리가 호흡을 할수록 공기는 점점 나빠진다.

나무와 풀 등 모든 식물도 역시 호흡을 한다. 다만, 식물들은 사람처럼 가슴으로 공기를 들이마시는 게 아니라 잎과 어린 껍질을 통해 공기를 흡입한다. 그리고 눈에 보이지는 않지만 모든 잎에서는 공기가 배출된다. 이 공기 역시 일반적인 공기와는 다르다. 그 안에는 이산화탄소는 적고 산소는 더 많다. 즉, 식물은 동물에게 해롭고 필요 없는 이산화탄소를 흡수하고 산소는 배출한다. 바로 이 때문에 숲 속의 공기는 이산화탄소가 적고 산소가 많아 건강에 좋은 것이다.

기체 2

물이 담긴 양동이에 돌과 코르크 마개, 지푸라기, 마른 나무와 젖은 나무 조각을 집어넣고, 모래와 진흙, 소금을 뿌리고, 거기에 다시 기름과 보드카를 부어서 모든 걸 함께 흔들어 섞은 다음 어떻게 되나 지켜보자. 돌과 진흙, 모래는 바닥에 가라앉고, 마른 나무와 지푸라기, 코르크 마개와 기름은 물 위로 떠오르며, 소금과 보드카는 물에 녹아서 보이지 않게 될 것이다. 처음에는 이 모든 재료들이 물속에서 빙빙 돌고, 움직이며, 서로 부딪히기도 하지만 시간이 지나면서 점차 자기 자리를 찾아 흩어진다. 무거운 것은 밑으로 가라앉고 가벼운 것은 위로 떠오른다.

지구의 공기도 이 양동이와 같아 그 안에 온갖 종류의 기체가 섞여 있다. 공기보다 무거운 기체는 밑으로 가라앉고, 공기보다 가벼운 기체는 위로 올라간다. 퍼질 수 있는 것은 공기 중으로 흩어진다.

만약 기체가 새로 만들어지지 않고, 다른 기체와 섞이지도 않고, 변하지도 않는다면, 공기는 양동이 속의 물처럼 대기 속에서 움직이지 않고 그대로 멈추어 있을 것이다. 하지만 지구상에는 새로운 기체들이 끊임없이 만들어지고, 기존의 기체들이 다른 물질들과 섞이고 있다.

모든 사람과 동물은 숨을 쉴 때 공기 중의 산소를 들이마시고 산소를 몸속의 다른 물질들과 결합시켜 완전히 다른 기체로 배출한다. 반대로 풀과 나무와 같은 모든 식물은 이산화탄소를 흡수하고 산소를 배출한다. 또 어떤 곳에서는 액체 상태의 물이 눈에 보이지 않는 기체 상태의 수증기가 되기도 하고, 어떤 곳에서는 수증기가 다시 액체 상태의 물이 되기도 한다. 이렇듯 공기 중에서는 언제나 다양한 기체가 움직이고 있다. 물을 담은 양동이 속의 다양한 물질처럼 가벼운 기체는 위로 올라가고 무거운 기체는 아래로 내려가며 끊임없이 움직인다. 그러나 공기가 흔들리며 이동하는 까닭은 공기가 따뜻한 곳에서 공기가 데워지면 위로 올라가고 식으면 아래로 내려가는 현상 때문이다. 날씨가 화창한 날 태양이 비스듬히 유리창을 비추면 태양광선 속에 미세한 먼지들이 빙그르르 돌며 아래위로 움직이는 것을 볼 수 있다. 바로 차가운 공기와 따뜻한 공기가 돌면서 공기 중에 있는 미세 먼지를 같이 움직이는 것이다.

사자, 당나귀, 그리고 여우

사자와 당나귀, 여우가 함께 먹이 사냥을 나갔다. 셋은 먹잇감을 잔뜩 사냥했다. 사자가 당나귀에게 사냥해 온 짐승을 나누라고 시켰다. 당나귀는 공평하게 삼등분으로 나누고 말했다.

"자, 이제 가져가세요!"

그러자 사자가 버럭 화를 내며 당나귀를 잡아먹어 버렸다. 그리고 나서 사자가 여우에게 다시 나누라고 시켰다. 여우는 모든 먹이를 사자 앞에 다 쌓아 놓고 자기 앞에는 부스러기만 조금 남겨 두었다. 사자가 이를 보고 흐뭇해하며 말했다.

"오, 녀석, 참 똑똑하구나! 누가 네게 이렇게 잘 나누라고 가르쳐 주었느냐?"

여우가 대답했다.

"방금 잡아먹힌 당나귀의 교훈이지요."

늙은 미루나무

우리 집 정원은 오 년 동안 방치되어 있었다. 나는 일꾼들을 고용해 도끼와 삽을 들고 그들과 함께 직접 정원을 손질하기 시작했다. 오랫동안 방치되어 황량해진 메마른 땅에서 여기저기 마구 자란 관목과 나무를 모두 베어내고 잘라냈다. 그 중에서도 미루나무와 귀룽나무는 유난히 무성하게 자라서 다른 나무들이 자라는 걸 방해하고 있었다. 미루나무는 뿌리만 살아 있으면 다시 자라기 때문에 녀석을 그냥 뽑아서는 안 되고 땅 속 뿌리까지 베어내야 한다.

연못 뒤에 둘레가 두 아름이나 되는 커다란 미루나무가 서 있었다. 나무 주변은 원래 풀밭이었는데 미루나무 뿌리에서 나온 어린 나무들이 무성하게 자라 있었다. 나는 어린 나무들을 전부 잘라내라고 시켰다. 풀밭을 말끔히 정리하고 싶었고, 그보다 중요한 이유는 어린 나무들이 커다란 늙은 미루나무에서 뻗어 나와 자라면서 큰 나무의 수액을 다 빨아먹고 있다고 생각했기 때문에 녀석들을 다 잘라내어 늙은 미루나무가 편히 자랄 수 있도록 하고 싶었다. 그런데 그 어린 미루나무들을 잘라내다 보니 땅 속에 즙이 많은 나무의 뿌리가 있었다. 그래서 그 뿌리를 뽑으려고 나와 일꾼 네 사람이 달려들었지만 아무리 당겨도 뽑히지 않았다. 어린 미루나무가 죽지 않으려고 온 힘을 다해 버티는 것만 같았다. 나는 '녀석들이 살겠다고 저렇게 기를 쓰고 버티는데 그냥 살려줘야 하는 게 아닐까'하는 생각도 했다. 하지만 일단 잘라 내기로 마음먹었으니 난 잘라냈다. 나중에 녀석들을 없앨 필요가 없었다는 것 알게 되었을 때는 이미 늦어버렸다.

나는 어린 나무들이 늙은 미루나무의 수액을 빨아먹는다고 생각했는데, 사실은 그 반대였다. 내가 어린 미루나무들을 잘라내고 있을 때, 늙은 미루나무는 이미 죽어가고 있었다. 나는 봄에 잎이 생길 때 미루나무의 다른 한 쪽 줄기가 잎이 없이 앙상한 것을 보았는데(나무는 두 개의 큰 줄기를 뻗고 있었다), 그 해 여름에 늙은 미루나무는 완전히 시들어 버렸다.

늙은 미루나무는 이미 오래전부터 자기가 죽어가고 있었고, 그걸 알고 뿌리를 뻗어 어린 나무들에게 자신의 생명을 전해 주고 있었던 것이다.

바로 그 덕분에 어린 미루나무들이 그렇게 빨리 자라났던 것인데, 나는 그것도 모르고 늙은 미루나무를 위한다는 생각으로 그만 녀석의 자식들을 모두 죽이고 말았다.

귀룽나무

개암나무들 사이로 난 오솔길 한 가운데 귀룽나무 한 그루가 크게 자라 개암나무 관목이 자라는 것을 방해하고 있었다. 나는 귀룽나무를 잘라낼지 말지 한참을 고민했다. 잘 자란 귀룽나무가 아까웠던 것이다. 귀룽나무는 키 작은 관목이 아니라 멋진 나무로 자라 있었다. 직경은 3 베르쇽(약 13센티미터) 정도였고, 키는 거의 4 사젠(10미터)이나 되었다. 나무의 줄기는 여러 갈래로 잘 뻗어 잎이 무성했을 뿐만 아니라 선명한 흰색 꽃들이 만발해 주위에 꽃향기를 퍼트리고 있었다. 멀리서도 그 꽃향기를 맡을 수 있을 정도였다. 나는 녀석을 베어내지 않으려고 했는데, 일꾼 중 한 명이 내가 없는 사이 귀룽나무를 베기 시작했다(사실 그 전에 내가 그 일꾼들에게 귀룽나무를 전부 베어 내라고 했었다). 내가 돌아왔을 땐 이미 나무를 1절반 정도 자른 상태였다. 나무를 베면서 내리친 자리에 도끼가 내리칠 때마다 수액이 질벅거리는 소리가 났다.

'어쩔 수 없군. 운명인가 보다.'

나는 이렇게 생각하며 도끼를 가져와 일꾼과 함께 나무를 베기 시작했다.

모든 일이 순조롭게 진행되었다. 도끼질도 즐거웠다. 도끼를 비스듬히 나무 깊숙이 내리친 다음 비스듬히 패인 부분을 똑바로 잘라내며 점점 깊이 신나게 나무를 베어 들어갔다.

나는 귀룽나무가 아깝다는 생각은 완전히 잊은 채 어떻게 하면 녀석을 빨리 넘어뜨릴까… 그 생각만 했다. 한참을 도끼질하다 숨이 차자 도끼를 내려놓고 일꾼과 함께 나무에 몸을 기대 녀석을 밀어서 쓰러뜨리려 했다.

우리가 나무를 흔들자, 나뭇잎들이 흔들리며 떨기 시작했고 우리 쪽으로 이슬방울이 떨어졌고 향기로운 흰색 꽃잎이 흩날리며 온통 뒤덮었다.

그때 마치 무언가 비명이라도 지르듯, 나무 중심부에서 찢어지는 소리가 났다. 우리가 세게 밀자 마치 울음을 터트리는 듯 나무가 중심에서 꺼억 꺼억 꺾이는 소리가 나더니 나무가 넘어갔다. 도끼로 찍힌 부분이 찢어지면서 흔들렸고 줄기와 꽃들이 풀밭 위로 떨어졌다. 나뭇가지와 꽃들은 떨어진 뒤에도 잠시 바르르 떨다가 가만히 멈추었다.

일꾼이 말했다.

"어휴! 정말 귀한 나무네요! 살아있는 게 아깝네요!"

하지만 나는 너무나 아쉬워 얼른 다른 일꾼들 쪽으로 가 버렸다.

나무는 어떻게 이동하는가?

언젠가 우리는 정원에 있는 연못 근처 낮은 언덕에 나무들이 무성하게 자란 오솔길을 깨끗이 정리한 적이 있었다. 우리는 들장미, 버드나무, 미루나무들을 싹 베어내고 그 다음 귀룽나무 차례가 되었다. 귀룽나무는 오솔길 한 복판에 자라고 있었는데 십 년은 넘게 자란 듯 굵고 나이 많은 나무였다. 나는 오 년 전에도 정원을 말끔하게 정리한 적이 있었기에 어떻게 이 자리에 이렇게 크고 나이 많은 귀룽나무가 자랄 수 있었는지 도저히 이해가 되질 않았다. 어쨌든 우리는 그 나무를 베어내고 계속 작업을 해 나갔다. 더 가다 보니 다른 수풀에 아까 그 나무와 똑같은데 좀 더 굵은 귀룽나무가 한 그루 자라고 있었다. 나는 녀석의 뿌리를 살펴보다가 그 나무가 늙은 보리수나무 밑에서 자랐다는 걸 알게 되었다. 보리수의 넓게 뻗은 줄기가 귀룽나무를 가리고 있었고, 귀룽나무는 줄기를 땅으로 5 아르신(약 3.5미터) 정도 옆으로 뻗고 있었다. 그러다 겨우 햇빛을 받으면 귀룽나무가 고개를 들고 꽃을 피우기 시작했다. 나는 그 귀룽나무의 뿌리를 베어내다가 뿌리가 썩어 있는 것을 보고 무척 놀랐다. 나무는 싱싱했기 때문이다. 나는 나무를 베어내고 나서 일꾼들과 함께 귀룽나무 밑동을 잡아당기기 시작했다. 그런데 아무리 잡아당겨도 꿈쩍 달싹 하질 않았다. 마치 어딘가에 붙어 있는 것만 같았다. 내가 일꾼들에게 말했다.

"좀 살펴보게, 어딘가 엉켜 있는 거 아닌가?"

그 말에 일꾼 한 명이 뿌리 밑으로 기어들어가 보고는 소리쳤다.

"네, 뿌리가 또 있어요. 저기 길 쪽으로요!"

가까이 가서 보니 그 말이 사실이었다.

귀룽나무는 보리수나무를 피해서 오솔길이 나 있는 방향으로 자기 뿌리를 3 아르신(2.5미터) 옮겨온 것이다. 내가 잘라냈던 뿌리는 썩어서 말라 있었는데, 새 뿌리는 싱싱했다. 귀룽나무가 보리수나무 밑에서는 살 수 없다는 걸 예감하고 땅 속으로 가지를 뻗어 가지에서 뿌리를 내린 다음 원래의 뿌리는 버린 것 같았다. 그제야 나는 첫 번째 귀룽나무가 어떻게 길 한가운데서 자라게 되었는지 이해할 수 있었다. 그 귀룽나무도 분명 이 나무와 같은 방법으로 한 것이다. 다만 처음에 있던 뿌리를 완전히 버린 뒤였기 때문에 내가 원래의 뿌리를 찾지 못했던 것이다.

뜸부기와 그의 아내

수컷 뜸부기가 뒤늦게 풀밭에 둥지를 틀었다. 때문에 풀베기 철이 되었는데도 암컷 뜸부기는 여전히 알을 품고 있었다. 이른 아침, 농부들은 카프탄 윗도리를 풀밭에 벗어 놓고 낫을 갈고 나란히 줄지어 풀을 베어 나란히 쌓아 놓았다. 수컷 뜸부기는 풀 베는 사람들이 뭘 하나 알아보려고 날아올랐다. 녀석은 한 농부가 낫을 휘두르다 뱀을 싹둑 반으로 자르는 것을 보고 기뻐하며 암컷 뜸부기에게 날아와 말했다.

"여보, 저 사람들을 두려워하지 말아요, 농부들은 뱀을 자르러 온 거야. 우리가 그 놈의 뱀들 때문에 살기 힘들었잖아."

그러자 암컷 뜸부기가 말했다.

"여보, 농부들은 풀을 베는 거예요. 풀을 베다가 낫에 걸리는 건 뱀이든 뜸부기 둥지든 뜸부기 머리든 상관없이 다 베어 버린 단 말이에요. 왠지 예감이 좋지 않아요. 하지만 지금 알들을 다른 곳으로 옮겼다간 알이 차가워질 텐데 둥지를 떠날 수도 없고 걱정이에요."

어느 덧 풀베기 일꾼들이 뜸부기 둥지가 있는 곳까지 다가왔다. 한 농부가 낫을 휘두르자 암컷 뜸부기 머리가 잘려나갔다. 농부는 둥지의 알은 품속에 넣어 두었다가 아이들에게 가지고 놀라고 주었다.

열기구는 어떻게 만들까?

공기를 잔뜩 불어넣은 주머니를 잡고 있다가 물속에서 놓아보자. 공기 주머니가 물 위로 솟아올라 물 위를 떠다닐 것이다. 마찬가지로 주전자에 물을 넣고 끓이면 불이 닿는 주전자 바닥의 물이 기포가 되어 방울방울 위로 올라간다. 마치 증기가 모이듯 작은 공기방울이 기포가 되어 위로 솟아오른다. 처음에는 기포 방울이 하나 둘 솟아오르다가 물 전체가 완전히 데워지면 기포들이 끊임없이 솟아오르게 되는데, 이를 가리켜 물이 '끓는다'고 한다.

공기를 불어넣은 주머니처럼 기포 방울이 물 위로 솟아오르는 것은 기포가 물보다 가볍기 때문이다. 마찬가지로 수소나 뜨거운 공기를 불어넣은 주머니가 대기 중에서 높은 곳으로 올라가는 이유도 뜨거운 공기가 차가운 공기보다 가볍고, 수소가 그 어떤 기체보다 가장 가볍기 때문이다.

하늘을 나는 기구는 수소나 더운 공기를 이용하여 만든다. 수소로 가스 기구를 만드는 방법은 다음과 같다. 먼저 커다란 주머니 모양의 풍선을 만든 다음 풍선을 밧줄로 연결해 말뚝에 매어 놓고 풍선 안에 수소를 채워 넣는다. 그 다음 밧줄을 풀면 공기주머니가 위로 떠오른다. 기구는 수소보다 무거운 공기가 없는 지점까지 계속 올라간다. 그러다 위로 솟아올라 가벼운 공기층에 다다르면 그때부터는 물 위를 떠다니는 공기주머니처럼 하늘을 떠다니기 시작한다.

뜨거운 공기로 열기구를 만드는 방법은 다음과 같다. 엎어 놓은 항아리처럼 아래쪽 입구가 좁은 커다란 풍선을 만들고 풍선 입구에 솜뭉치를 달아 놓는다. 그 다음 솜에 알코올을 흠뻑 적시고 불을 붙인다. 불로 인해 풍선 속의 차가웠던 공기가 데워진다. 공기는 뜨거워지면 점차 가벼워지기 시작한다. 그러면 물속에서 공기주머니가 솟아오르듯 풍선도 위로 솟아오르게 된다. 열기구는 위로 날아올라 풍선 속에 있는 뜨거운 공기보다 더 가벼운 공기 있는 지점까지 올라간다.

열기구는 백여 년 전 프랑스의 몽골피에 형제가 처음으로 고안했다. 그들은 처음에 종이를 덧댄 천으로 풍선을 만들어 그 안에 뜨거운 공기를 불어 넣었다. 그랬더니 풍선이 날아올랐다. 그러자 몽골피에 형제는 더 큰 풍선을 만들어 풍선 아래 양과 수탉, 오리를 매달아 날려 보았다. 풍선은 하늘 높이 올라갔다가 무사히 내려왔다. 그 다음에는 풍선 아래에 작은 배 모양의 바스켓을 달고 그 안에 사람을 태웠다. 풍선은 높이 날아올라 시야에서 완전히 사라졌다가 비행을 마치고 무사히 땅으로 내려왔다. 그 뒤에는 풍선에 수소를 채우는 방법을 고안하여 기구가 더 높이 더욱 빨리 날 수 있게 되었다.

사람들은 열기구를 타고 하늘을 날기 위해 기구의 풍선 아래 작은 배 모양의 바스켓을 달았다. 바스켓에는 사람이 두세 명에서 심지어는 여덟 명까지도 탈 수 있고 그 안에 마실 것과 먹을 것을 넣기도 한다.

사람들은 열기구를 원하는 만큼 올리거나 내리기 위해 풍선에 밸브를 설치했다. 그 밸브는 사람이 밧줄을 잡아당겨 열기도 하고 닫기도 하는데, 만약 기구가 너무 높이 올라가서 고도를 아래로 내리고 싶으면 밸브를 열고 가스를 빼내면 풍선이 오그라들면서 내려가기 시작한다. 이 외에 모래주머니를 이용하는 방법도 있다. 기구에는 항상 모래주머니가 달려있는데, 모래주머니를 밖으로 던지면 기구가 가벼워져서 위로 올라간다. 예를 들어 기구를 타고 가다가 착륙하려고 했는데 바로 아래가 강이나 숲이 있어 착륙하기 어려울 경우 모래주머니에서 모래를 쏟아버리면 기구가 가벼워져서 다시 위로 올라간다.

기구 비행사의 이야기

내가 기구를 타고 비행하는 것을 보기 위해 많은 사람들이 모였다. 기구는 준비가 다 되어 있었다. 네 개의 굵은 밧줄에 연결된 풍선이 푸르르 떨다가 위로 솟아오르고 다시 쪼그라들기를 반복하는 과정에서 공기가 가득 채워지고 있었다. 나는 가족과 작별인사를 하고 바스켓에 올라 모든 비축품들이 제자리에 있는지 확인한 다음 소리쳤다.
"출발!"
밧줄을 끊으니 풍선이 위로 올라가기 시작했다. 처음에는 망아지가 고삐에서 풀려 주변을 두리번거리듯 가만히 올라가더니, 갑자기 위로 누가 잡아당기듯 날아올랐다. 바스켓이 부르르 떨리며 흔들렸다. 아래를 보니 사람들이 박수를 치고 환호성을 지르며 손수건과 모자를 흔들고 있었다. 나도 사람들에게 모자를 흔들었지만 그 모자를 머리에 다시 쓰기도 전에 이미 너무 높이 올라와버려 사람들의 모습이 제대로 보이지 않을 정도였다. 처음 얼마간은 두려움에 소름이 돋았다. 하지만 조금 지나자 갑자기 기분이 좋아지면서 두려움도 점차 사라졌다. 어느새 도시의 소음이 희미하게 멀어졌다. 밑에서 사람들이 내는 소리가 마치 벌이 윙윙거리듯 들렸다. 밑으로 보이는 도시의 길들, 집과 정원들, 강이 마치 한 폭의 그림처럼 아름다웠다. 하늘을 날고 있으니 내가 마치 모든 도시와 백성들 위에 군림하는 왕이 된 것 같아 기분이 짜릿했다. 기구는 빠르게 더 위로 올라갔다. 바스켓에 연결되어 있는 밧줄만 떨리고 있었다. 바람이 가끔 훅 불어오기도 했지만 금세 잠잠해져 아무 소리도 들리지 않았다. 바람이 불면 나는 서 있던 자리에서 살짝 뒤로 돌아 바람을 피했다. 내가 하늘을 날고 있는 것인지 가만히 서 있는 것인지 분간이 안 될 정도였다. 그저 발아래 펼쳐진 도시의 전경이 점점 작아지면서 더욱 멀리까지 내 시야에 들어오는 것을 보고 내가 위로 올라가고 있다는 걸 알 수 있을 뿐이었다. 대지가 내 발 아래 펼쳐지더니 점점 넓어져 갔다. 그러다 갑자기 대지가 찻잔처럼 생겼다는 걸 알게 되었다. 가장자리는 높게 솟아 있었고 찻잔 가운데 바닥에 도시가 있었다. 나는 점점 기분이 좋아졌다. 숨을 쉬기도 가뿐하고 상쾌해서 노래가 부르고 싶어졌다. 그렇게 흥얼거리기 시작했는데 내 목소리가 어찌나 작게 들리는지 깜짝 놀랄 정도였다.

해는 아직 높게 떠 있었는데 서쪽 하늘에 검은 구름이 퍼져 있었다. 갑자기 구름이 태양을 가려버렸다. 나는 덜컥 겁이 났다. 뭔가 해야겠다는 생각에 기압계를 꺼내 확인해 보니 어느새 4 베르스타(약 4킬로미터)나 올라와 있었다. 기압계를 제자리에 놓으려는데 뭔가 근처에서 푸드득거리는 소리가 났다. 깜짝 놀라 돌아보니 비둘기였다. 그제야 나중에 쪽지를 달아 날려 보내려고 비둘기를 데리고 온 것이 기억났다. 나는 작은 종이에 '건강하게 살아 있으며 4 베르스타 상공에 있음'하고 편지에 써서 비둘기 목에 매달았다.

비둘기는 바스켓 가장자리에 앉아 불그스레한 두 눈으로 나를 쳐다봤다. 마치 자기를 떠밀지 말아 달라고 애원하는 것 같았다. 그 무렵부터 하늘이 흐려져서 밑으로 아무것도 보이지 않았지만 어쩔 수 없었다. 비둘기를 밑으로 내려 보내야 했다. 내가 한 손에 비둘기를 잡자 비둘기는 온 몸을 부르르 떨었다. 나는 팔을 뻗어 비둘기를 휙 던졌다. 비둘기가 날개를 퍼덕이며 옆으로 날더니 돌멩이처럼 아래로 날아갔다. 나는 다시 기압계를 보았다. 지상에서 5 베르스타 높이에 있었다. 산소가 부족해지면서 점차 숨이 가빠지는 게 느껴졌다. 나는 가스를 배출시켜 고도를 낮추려고 밧줄을 잡아 당겼다. 그런데 내 힘이 약해졌는지 아니면 뭔가 고장이 났는지 밸브가 열리지 않았다. 난 순간 얼어붙었다. 아무 소리도 들리지 않고 아무것도 움직이지 않다 내가 올라가고 있는지도 알 수 없었다. '기구를 멈추지 않으면 풍선이 터져 난 죽겠구나' 라는 생각이 들었다. 내가 위로 올라가고 있는지 아니면 그대로 있는지 알아보려고 바스켓 밖으로 종이를 던져 보았다. 종이는 마치 돌멩이처럼 곧장 아래로 떨어졌다. 그러니까 나는 지금 쏜살같이 하늘 위로 올라가고 있는 것이다. 나는 온 힘을 다해 밧줄을 잡아당겼다. 드디어 밸브가 열리더니 쉭쉭 공기 빠지는 소리가 났다. 나는 다시 종이를 던져 보았다. 종이는 잠시 내 옆에 떠 있다가 위로 올라갔다. 내가 아래로 내려가고 있다는 뜻이다. 밑으로는 여전히 아무것도 보이지 않았고 안개만이 바다처럼 넓게 펼쳐져 있었다. 기구는 안개 속으로 들어갔다. 사실 그것은 어두운 구름이었다. 잠시 후 바람이 불어와 나를 어디론가 떠밀고 갔다. 그리고 이내 태양이 모습을 드러냈고 내 밑으로 다시 찻잔 모양의 대지가 보였다. 하지만 우리가 사는 도시는 보이지 않았고 군데군데 숲과 푸른색 줄기 두 개가 보였는데 그 줄기는 강이었다. 나는 다시 기분이 좋아져 내려가고 싶은 마음이 사라졌다. 그런데 갑자기 내 옆에서 무슨 소리가 났다. 돌아보니 독수리였다.

 독수리는 놀란 눈을 하고 나를 쳐다보더니 날개를 활짝 펴고 활공을 하고 있었다. 나는 돌멩이처럼 아래로 내려갔다. 잠시 후 고도를 유지하기 위해 모래주머니를 밖으로 던지기 시작했다.

 이내 들판과 숲이 보였고, 숲 근처 마을과 마을을 향해 이동하고 있는 가축 떼가 보였다. 사람들과 가축들 소리가 들려왔다. 풍선은 조용히 내려가고 있었다. 사람들이 나를 발견했다. 내가 소리를 지르며 밧줄을 던지자 사람들이 달려왔다. 가장 빨리 달려온 소년 한 명이 밧줄을 잡는 게 보였다. 다른 사람들도 달려와 밧줄을 잡아 나무에 묶었다. 그리고 내가 내려왔다. 나는 단 세 시간을 날았는데 도착한 그 마을은 출발한 곳에서 무려 거의 250 베르스타(약 266킬로미터)나 떨어진 곳이었다.

암소와 숫염소

노파에게 암소 한 마리와 숫염소 한 마리가 있었다. 암소와 숫염소는 항상 무리를 지어 같이 다녔다. 암소는 젖을 짤 때마다 항상 몸을 뒤척였다. 그러면 노파가 소금 뿌린 빵을 가져와 암소에게 주면서 달랬다.

"그래, 가만히 있으렴, 착하지, 자, 자, 더 갖다 줄 테니 얌전히 있어라."

다음 날 저녁 숫염소는 암소보다 먼저 들판에서 돌아와 다리를 벌리고 노파 앞에 섰다. 노파가 녀석에게 수건을 휘두르는데도, 숫염소는 꿈쩍 않고 서 있었다. 녀석은 전날 노파가 암소에게 얌전히 서 있기만 하면 빵을 주겠다고 약속하는 걸 기억하고 있었던 것이다. 하지만 노파는 숫염소가 비켜나질 않자 막대기를 가져와 녀석을 마구 때렸다.

마침내 염소가 물러나자, 노파는 다시 암소에게 빵을 주면서 살살 달래기 시작했다.

이를 본 숫염소가 생각했다.

'사람들은 공평하지가 않아! 내가 암소보다 더 얌전히 서 있었는데도 나는 때리기만 하고 말이야.'

숫염소는 한 쪽으로 물러났다가 갑자기 달려들어 우유 통을 걷어차 우유를 다 쏟아버리고 노파를 들이받아 버렸다.

아빠 까마귀와 새끼 까마귀

  수컷 까마귀가 섬에 둥지를 틀었다. 암컷 까마귀가 새끼를 부화시키자 수컷 까마귀는 새끼들을 섬에서 육지로 옮기기 시작했다. 처음에 수컷 까마귀가 새끼 한 마리를 발톱으로 잡고 바다를 건너 날아갔다. 그런데 바다 가운데 쯤 날아가자 수컷 까마귀는 힘이 빠져 허덕거리며 날갯짓이 느려지기 시작했다. 그러자 생각했다.
  '지금은 내가 힘이 세고 아들 녀석은 약하니 내가 바다를 건너 녀석을 옮겨주는데, 나중에 내가 늙어 힘이 없고 아들 녀석은 덩치도 커지고 힘이 세지면 녀석이 내가 이렇게 힘들여 키운 걸 기억이나 할까? 녀석이 나를 새 둥지로 옮겨 주기나 할까?'
  수컷 까마귀가 새끼에게 물었다.
  "애야, 나중에 아빠의 힘이 빠지고 네 힘이 세지면, 너도 나를 이렇게 옮겨 주겠니? 솔직하게 말해 보아라!"
  새끼 까마귀는 아빠가 자기를 바다에 버릴까 두려워 이렇게 말했다.

"그럼요."

하지만 수컷 까마귀는 아들의 말을 믿지 않고 새끼를 잡고 있던 발을 놓아 버렸다. 아직 한 줌의 핏덩이였던 새끼 까마귀는 그대로 바다에 빠져 죽고 말았다. 수컷 까마귀는 혼자 바다를 날아 다시 섬으로 돌아왔다. 수컷 까마귀는 두 번째 새끼를 잡고 바다를 건넜다. 바다 중간쯤 이르자 수컷 까마귀는 또 몹시 지쳐 새끼에게 물었다. 두 번째 새끼도 아빠가 자기를 바다에 버릴까 두려워 이렇게 대답했다.

"그럼요."

수컷 까마귀는 그 말 역시 믿지 않고 두 번째 새끼도 바다에 던져 버렸다. 수컷 까마귀가 둥지로 돌아왔을 때 새끼는 단 한 마리만 남아있었다. 수컷 까마귀는 막내아들을 잡고 바다를 날아갔다. 바다 중간쯤 이르자 또 힘이 빠진 수컷 까마귀가 새끼에게 물었다.

"막내야, 아빠가 늙으면 네가 나를 먹여 살리고 이렇게 나를 옮겨 주겠느냐?"

새끼 까마귀가 말했다.

"아니요."

수컷 까마귀가 깜짝 놀라 물었다.

"아니, 왜?"

"아빠가 늙고 내가 어른이 되면 저도 제 둥지랑 새끼들이 생길 텐데, 저는 제 새끼들을 먹이고 옮겨 주어야죠."

그 말을 들은 수컷 까마귀는 생각했다.

'이 녀석은 진심을 말하는구나. 그러니 내가 좀 힘들더라도 바다를 건너 옮겨 줘야겠다.'

수컷 까마귀는 막내 까마귀를 떨어트리지 않고 날개를 퍼덕거리며 마지막 남은 힘을 다 막내 까마귀가 새끼를 낳을 수 있도록 육지로 옮겨주었다.

태양과 열

몹시 춥고 고요한 겨울날 숲으로 나가 주위를 돌아보고 귀를 기울여 보라. 주위는 온통 눈으로 덮여 있다. 강은 얼어붙었고 마른 풀들이 눈 위로 삐죽삐죽 솟아 있고 가지만 남은 나무들이 앙상하게 서 있을 뿐 아무것도 움직이지 않는다.

여름에 밖으로 나가 주위를 둘러보라. 강물은 물결치며 흐르고 웅덩이마다 개구리들이 개굴개굴 시끄럽게 울고, 새들은 짹짹거리며 노래하고 날아다니며, 파리와 모기들이 윙윙거리며 허공을 맴돌고, 나무와 풀은 바람에 흔들리며 자란다.

물이 담긴 솥을 얼리면 솥은 딱딱해진다. 얼어붙은 솥을 불 위에 올려보자. 솥 안의 얼음이 녹으면서 탁탁 갈라지며 움직이기 시작할 것이다. 조금 있으면 물이 일렁이며 보글보글 소리를 내다가 나중엔 끓기 시작하면서 부글부글 소리를 내며 요동치기 시작한다. 열이 가해지면 세상 모든 것이 이와 똑같은 현상을 보인다. 열이 없으면 모든 것이 움직이지 않는다. 열이 있기 때문에 모든 것이 움직이고 살아있는 것이다. 열이 적으면 움직임도 적어지고, 열이 많으면 움직임도 많아진다. 열이 아주 많으면 그만큼 움직임도 아주 많아진다.

그렇다면 세상의 열은 어디에서 오는가? 바로 태양에서 온다.

겨울에는 태양이 낮고 비스듬히 떠서 대지에 햇살을 잘 비추지 않기 때문에 아무것도 움직이지 않는다. 하지만 태양이 머리 위로 높이 올라 대지를 똑바로 내리쬐기 시작하면 세상 모든 것이 따뜻하게 데워지면서 활발히 움직이기 시작한다.

눈이 녹기 시작하고, 강의 얼음이 녹아 갈라지면서 소리를 내고, 산에서 물이 흘러내리고, 물에서 증발한 수증기가 올라가 구름이 되고 빗방울이 되어 떨어진다. 누가 이렇게 만드는가? 바로 태양이다.

얼었던 씨앗이 녹아 싹을 틔우고 땅에 뿌리를 내린다. 오래

된 뿌리에서 새 줄기가 나고 나무와 풀이 자라기 시작한다. 누가 이렇게 만드는가? 바로 태양이다.

곰과 두더지가 겨울잠에서 깨어나고, 파리와 벌들이 깨어나고, 모기가 알을 까고 물고기가 부화한다. 누가 이렇게 만드는가? 바로 태양이다.

한 장소에 공기가 따뜻해지면서 위로 올라가면 그 자리로 차가운 공기가 들어오면서 바람이 부는 것이다. 누가 이렇게 만드는가? 바로 태양이다.

하늘에 구름이 생기고, 모였다가 흩어지고 천둥번개가 친다. 누가 이렇게 만드는가? 바로 태양이다.

풀과 나무가 자라고, 곡식과 열매가 익는다. 동물들이 배를 가득 채우고, 사람들이 배불리 먹고 겨울을 날 식량과 땔감을 준비하고, 집을 짓고, 철도를 놓고 도시를 건설한다. 누가 이렇게 만드는가? 바로 태양이다.

사람이 집을 짓는다. 무엇으로 지을까? 통나무로 짓는다. 통나무는 나무를 베어서 만드는 데 그 나무가 자랄 수 있게 한 것은 바로 태양이다.

페치카에 장작이 타고 있다. 누가 이 장작을 만드는 나무를 자라게 했을까? 바로 태양이다.

사람들이 빵과 감자를 먹는다. 누가 키운 것일까? 바로 태양이다. 사람들이 고기를 먹는다. 누가 동물과 새들을 자라게 하는가? 풀이다. 하지만 그 풀은 태양이 키웠다.

사람이 벽돌과 석회로 집을 짓는다. 벽돌과 석회를 장작불에 굽는다. 하지만 이 장작은 태양이 키운 나무로 만든 것이다.

사람들에게 필요하고 유익하게 쓰이는 것은 모두 태양으로 만들어지고, 모든 것에는 태양열이 많이 들어 있다. 사람이 살아가려면 곡식이 필요한데, 그 곡식은 태양이 키우고 곡식 속에는 많은 태양열이 저장되어 있다. 때문에 곡식은 그것을 먹은 사람의 몸을 따뜻하게 한다.

사람에겐 장작이나 통나무가 필요한데 그 나무에는 많은 태양열이 저장되어 있다. 때문에 겨울을 나기 위해 장작을 산 사람은 태양열을 산 것이나 마찬가지이다. 즉, 겨울에 장작을 때면 나무에 저장되어 있던 태양열이 방 안에 방출된다.

열이 있어야 움직임도 있다. 어떤 것이든 움직이는 것은 모두 태양으로부터 직접 얻은 열로 움직이거나, 석탄이나 장작이나 곡식이나 풀처럼 태양열을 받아 자라거나 만들어진 것에 저장된 태양열에 의해 움직이는 것이다.

말과 황소는 짐을 나르고, 사람들은 일을 한다. 무엇이 사람과 짐승을 움직이게 하는 것일까? 바로 열이다. 그렇다면 사람과 짐승은 어디에서 그 열을 얻을까? 바로 그들이 먹는 식량이다. 그런데 그 식량은 바로 태양이 만들었다.

물레방아와 풍차방아가 돌면서 곡식을 빻는다. 무엇이 물레와 풍차를 움직이게 하는가? 바로 물과 바람이다. 그럼 바람은 누가 일으키는가? 바로 열이다. 그럼 물은 누가 흐르게 하는가? 역시 열이다. 열이 물에서 수증기를 증발시키기 때문이다. 열이 없다면 비가 땅으로 떨어지지도 않을 것이다. 기계가 돌아간다. 그 기계를 움직이는 것은 증기이다. 그럼 증기는 누가 만드는가? 바로 장작이다. 그리고 그 장작에는 태양열이 있다.

열이 움직임을 만들고, 움직임은 열을 만든다. 그리고 열과 움직임은 바로 태양에서 비롯되는 것이다.

세상의 악은 무엇에서 비롯되는가?

숲 속에 은둔하여 사는 수도자가 있었다. 수도자와 숲 속 짐승들은 서로 대화를 나누며 서로를 깊이 이해했다.

한번은 수도자가 나무 밑에 누워 있는데 까마귀, 비둘기, 사슴과, 뱀도 밤을 지내러 그곳으로 모여들었다. 짐승들은 세상의 악은 무엇에서 비롯되었는지 토론하기 시작했다.

까마귀가 말했다.

"세상의 악은 굶주림 때문이야. 배부르게 먹고 나뭇가지에 앉아 까악까악 노래하면 세상만사가 즐겁고 좋아서 모든 일에 기뻐하게 되지. 하지만 하루 이틀만 굶어 보게. 만사가 거슬리고 온 세상이 꼴도 보기 싫어지지. 내내 이리로 저리로 날아다니다 보면 마음 편한 날이 없다네. 그러다 고깃덩어리라도 눈에 띄면 이성을 잃고 달려들게 되지. 어떨 때는 몽둥이로 맞거나 돌팔매를 맞기도 하고, 늑대나 개한테 쫓기기도 하겠지만, 절대 먹이에서 물러나지 않을 걸세. 지금까지 굶주림 때문에 내 형제들이 얼마나 많이 죽었는지 모른다네. 그러니 세상의 모든 악은 굶주림에서 비롯되었어."

이어 비둘기가 말했다.

"내 생각에 세상의 악은 굶주림이 아니라 사랑 때문이야. 우리가 혼자 산다면 슬플 일도 적을 거야. 혼자 있으면 불행하지도 않을 테고, 설사 불행하다 해도 그건 혼자만의 문제지. 그런데 우리는 항상 짝을 이루어 살거든. 일단 자기 짝을 사랑하게 되면 한시도 마음 편한 날이 없다네. 항상 자기 짝이 배가 고프지는 않을까 춥지는 않을까 걱정하지. 그러다 짝이 우리를 떠나 어딘가로 날아가 사라지면, 혹시 매가 채 간 것은 아닐까 사람들에게 잡혀 간 것은 아닐까 끊임없이 걱정을 하지. 그러고는 직접 짝을 찾으러 나섰다가 불행에 빠지기도 하지. 매에게 잡히기도 하고 올가미에 걸리기도 하고 말일세. 게다가 짝이 죽기라도 하면 그땐 그 어떤 것도 위로가 되지 않지. 얼마나 많은 비둘기들이 사랑 때문에 죽었는지 모른다네! 세상의 모든 악은 굶주림이 아니라 사랑에서 비롯되었다네."

뱀이 말했다.

"아니, 악은 굶주림도 사랑도 아닌 화 때문에 생기는 거야. 우리가 화를 내지 않고 평화롭게 산다면 세상만사가 다 편안할 텐데 말이야. 그런데 무언가 마음에 들지 않는 일이 생기면 버럭 화를 내지. 그럼 그 무엇으로도 화를 풀 수 없지. 화가 나서 완전히 이성을 잃고 씩씩거리면서 누구에게 화풀이를 할까 찾아다니지. 화가 나면 그 누구도 불쌍하게 보이지 않아. 그저 자기 자신을 망칠 때까지 화를 내는 거야. 그러니 이 세상의 모든 악은 화 때문에 생기는 거라네."

사슴이 얘기를 듣고 말했다.

"아니, 세상의 모든 악은 굶주림도, 사랑도, 화도 아닌 두려움 때문에 생기는 거야. 세상에 두려워할 게 없다면 세상만사가 정말 평안할 텐데 말이야. 우리 사슴에겐 재빠른 다리도 있고 힘도 많지. 작은 짐승들은 뿔로 쫓아버리고 큰 짐승들을 보면 재빨리 달아나면 되지. 그런데도 두려워하지 않을 수가 없다네. 숲 속에 나뭇가지가 툭 소리를 내거나 나뭇잎이 바스락거리는 소리만 나도 우리는 두려움에 온몸이 떨리고 심장이 뛰면서 그저 달아나고만 싶어져 온 힘을 다해 뛰어가지. 어쩌다 토끼가 지나가거나 새가 퍼드덕거리거나 마른 가지가 꺾이기만 해도 우린 큰 짐승이 나타나는 줄 알고 도망가다가 오히려 큰 짐승이 있는 쪽으로 달려가기도 한다네. 어떤 때는 개를 피해서 달아나다 사람이 있는 쪽으로 가기도 한다네. 우리는 무언가에 놀라면 자기가 어디로 가는지도 모르고 무턱대고 달리기 때문에 그저 맹렬히 달리다가 절벽 아래로 떨어져 죽기도 하거든. 우리는 잠잘 때도 한 쪽 눈을 뜨고 귀를 쫑긋 세우고 두려움에 떨지. 한시도 마음 편한 날이 없다네. 그러니 세상의 모든 악은 두려움 때문에 생기는 거라네."

그러자 수도자가 말했다.

"우리의 고통은 굶주림도, 사랑도, 화도, 두려움 때문도 아닙니다. 세상의 모든 악은 바로 우리의 육체에서 비롯되는 것이지. 육체로 인해 굶주림도, 사랑도, 화도, 두려움도 생기는 것입니다."

갈바니와 직류전기

이탈리아에 갈바니(Galvani)라는 과학자가 있었다. 갈바니에게는 전기를 발생시키는 기기가 있어서 제자들에게 전기를 어떻게 일으키는지 보여주곤 했다. 먼저 그가 기름이 묻은 명주 천으로 유리관을 세게 문지른 다음 그 유리관을 구리선이 들어 있는 유리관에 가까이 대면 불꽃이 유리관에서 구리선으로 이동하며 튄다. 갈바니는 제자들에게 봉납이나 호박으로도 이와 똑같은 전기 불꽃이 일어날 수 있다고 설명했다. 갈바니는 또한 어떻게 전기로 인해 깃털이나 종이가 서로 끌어당기기도 하고 밀어내기도 하는지, 무엇 때문에 이런 현상이 발생하는지도 실험으로 보여주었다. 갈바니는 전기에 대해 다양한 실험을 많이 했고, 이 모든 것을 제자들에게 보여주었다.

어느 날 갈바니의 아내가 병이 났다. 갈바니는 의사를 불러 어떻게 하면 아내의 병을 고칠 수 있는지 물었다. 의사는 개구리로 수프를 만들어 부인에게 먹이라고 했다. 갈바니는 식용 개구리를 많이 잡아오도록 시켰다. 하인들이 개구리를 잡아 죽인 다음 그의 책상 위에 갖다 놓았다.

하녀가 개구리를 가지러 오기 전까지 갈바니는 제자들에게 전기 발생기를 보여주며 불꽃을 일으키는 실험을 하고 있었다.

그러다 문득 갈바니는 책상 위의 죽은 개구리의 다리가 떨리는 것을 보았다. 그는 유심히 살펴보기 시작했다. 그러고는 자기가 전기 발생기에서 불꽃을 일으킬 때마다 개구리의 다리가 움직인다는 것을 알게 되었다. 갈바니는 개구리를 더 가지고 와서 실험을 하기 시작했다. 불꽃을 일으킬 때마다 죽은 개구리들이 마치 살아 있는 것처럼 다리를 움찔거렸다.

 갈바니는 살아 있는 개구리들이 다리를 움직이는 것은 개구리 몸속에 전기가 흐르기 때문이라고 생각하게 되었다. 갈바니는 봉납이나 호박 속 유리 속에 있는 전기처럼 눈에 잘 띄지는 않지만 공기 중에도 분명 전기가 있으며, 천둥이나 번개가 바로 공기 중에 있는 전기로 인해 발생한다는 것을 알고 있었다.

 그리하여 갈바니는 죽은 개구리가 공기 중에 있는 전기로 인해 다리를 움직일 수 있지 않을까 생각하고 실험을 시작했다. 그는 먼저 개구리를 가져와 껍질을 벗기고 머리와 앞발을 잘라낸 다음 구리로 만든 고리에 꿰어 지붕의 강철 물받이 밑에 달아 놓았다. 천둥번개가 쳐서 대기 중에 많은 전기가 발생하면 그 전기가 고리를 통해 개구리 몸에 흘러들어 개구리가 움직일 것이라 생각한 것이다.

 그런데 천둥번개가 몇 번이나 쳤는데도 개구리는 움직이지 않았다. 결국 갈바니는 매달아 놓았던 개구리를 떼어내기 시작했다. 그러다 우연히 개구리 다리로 강철 물받이를 살짝 건드렸는데 개구리 다리가 움찔하는 것이었다. 갈바니는 지붕쪽 철판 물받이에 밑에 있던 개구리를 모두 떼어낸 후 다시 시도해보았다. 이번엔 구리 고리에다 철사를 연결해 그 철사로 개구리 다리를 건드려 보았다. 그러자 다리가 움찔거렸다.

이리하여 갈바니는 모든 동물들이 살아 있는 이유는 몸속에 전기가 있기 때문이며, 그 전기가 뇌에서 근육과 피부로 전달되기 때문에 동물들이 움직인다는 결론을 내렸다. 당시에는 그 누구도 이 결론이 맞는지 잘 몰랐고 검증해 보지도 않았기 때문에 모두 갈바니를 믿었다. 그러나 같은 시기에 살던 볼타(Volta)라는 과학자는 자기 나름대로 실험을 해 보고 갈바니가 실수한 부분이 있음을 알아냈다.

볼타는 갈바니처럼 구리 고리에 철사가 아니라 구리선을 연결하거나, 쇠고리에 철사를 연결하여 개구리를 건드려 보았다. 그랬더니 개구리의 몸이 움직이질 않는 것이었다. 개구리는 구리 고리에 연결된 철사로 건드렸을 때에만 움직였다.

볼타는 이를 통해 전기가 죽은 개구리의 몸속이 아니라, 철과 구리에 있는 것이라고 생각했다. 그는 다시 구리와 철만 연결해 보았는데 전기가 만들어졌다. 즉, 구리와 철이 만들어

낸 전기로 인해 죽은 개구리의 다리가 움직였던 것이다.

이후 볼타는 이전 과학자들이 했던 것과 다른 방식으로 전기를 만드는 실험을 시작했다. 이전에는 유리나 봉납을 세게 문질러서 전기를 만들었다면, 볼타는 철과 구리를 연결해 전기를 만들기 시작한 것이다. 볼타는 또한 철과 구리 말고도 다른 금속을 연결해 전기를 만드는 실험을 했다. 그 결과 은이나 백금, 아연, 주석, 철과 같은 금속을 서로 연결하면 전기 불꽃을 일으킨다는 것을 알아냈다.

볼타 이후의 과학자들은 이런 금속 사이에 물과 산과 같은 용액을 채워 더 강한 전기를 만드는 방법을 알아냈다. 그래서 예전처럼 전기를 발생시키기 위해 유리를 문지를 필요가 없었다. 그저 용기에 전기를 일으키는 여러 금속을 넣은 다음 용액을 가득 채우면 그 안에서 전기가 생기면서 전선에 불꽃이 일어나는 원리이다.

이렇게 전기를 만들게 되자 전기는 여러 분야에 적용되기 시작했다. 전기를 이용해 금이나 은을 도금하고, 전등을 발명해내고, 서로 멀리 떨어진 장소에서 전기로 신호를 주고받는 방법을 고안해 낸 것이다.

이렇게 하기 위해 용기에 여러 금속을 넣고 용액을 가득 붓는다. 그러면 용기 안에 전기가 생긴다. 이 전기는 전선을 따라 원하는 지점까지 흐르고, 그곳에서 전선을 땅에 꽂아 놓는다. 그러면 전기가 땅 속을 따라 흐르며 돌아가 반대편 땅에 꽂아 놓은 전선을 따라 용기로 올라간다. 이런 식으로 전기는 두 지점 사이를 둥글게 원을 그리며 끊임없이 돌고 돈다. 한쪽 전선을 따라 땅 속으로 내려가서 땅 속을 흐른 다음 다시 다른 편 땅에 꽂아놓은 전선을 따라 위로 올라오는 방식이다. 이번엔 전선에 전기를 흐르게 한 다음 그 전선으로 쇠막대를 감아보자. 그러면 쇠막대는 자성을 띠게 되어 다른 쇠막대를 끌어당길 것이다. 전신기는 이런 원리를 이용하여 만든다. 전선에 전기를 흐르게 한 다음 그 전선으로 쇠막대를 감는다. 쇠막대를 앞으로 기울여 끝에 접극자를 단다. 전선에 전기가 흐르면 전선을 감아 놓은 쇠막대가 자석처럼 접극자를 끌어당긴다. 100 베르스타 떨어진 곳에서도 전선을 떼면 전기가 돌지 않게 되어 쇠막대가 더 이상 자성을 띠지 않아 접극자가 쇠막대에서 떨어진다. 그러나 전선을 다시 연결하면 쇠막대가 접극자를 끌어당긴다. 이런 식으로 한쪽 지점에서 다른 지점으로 전기가 흐르면 접극자가 붙고 전기가 끊어지면 접극자가 떨어지면서 만들어지는 부호로 메시지를 보낼 수 있는 것이다.

물의 신령과 나무꾼

나무꾼이 강물에 도끼를 빠뜨리고 말았다. 도끼를 잃은 나무꾼은 강가에 앉아 울기 시작했다.

물의 신령이 그 소리를 듣고 나무꾼이 불쌍한 생각이 들어 물속에서 금도끼를 들고 나와 나무꾼에게 물었다.

"이 도끼가 네 도끼냐?"

나무꾼이 대답했다.

"아니요, 제 도끼가 아닙니다."

물의 신령이 은도끼를 들고 나와 다시 물었다. 나무꾼이 또 대답했다.

"그것도 제 도끼가 아닙니다."

그러자 물의 신령은 진짜 나무꾼의 도끼를 들고 나왔다. 나무꾼이 말했다.

"바로 그것이 제 도끼입니다."

물의 신령은 나무꾼의 정직함을 크게 칭찬하여 금도끼, 은도끼까지 도끼 세 개를 모두 선물로 주었다.

나무꾼은 집에 돌아와 친구들에게 도끼를 보여주며 자기가 겪었던 일을 이야기해 주었다.

그 말을 듣고 한 사내가 자기도 똑같이 해야겠다고 생각하고 곧장 강으로 가서 일부러 도끼를 물속에 빠뜨린 다음 강가에 앉아 울기 시작했다.

잠시 후 물의 신령이 금도끼를 들고 나와 물었다.

"이 도끼가 네 도끼냐?"

사내는 기뻐하며 소리쳤다.

"네, 제 도끼가 맞습니다."

그러자 물의 신령은 거짓말을 한 사내에게 금도끼는커녕 물에 빠뜨린 그의 도끼도 돌려주지 않았다.

까마귀와 여우

까마귀가 고기 한 덩어리를 물고 나무에 앉아 있었다. 여우는 그 고기가 탐이 나 까마귀에게 다가가 말을 걸었다.

"세상에, 까마귀야, 내 너를 보니, 너는 키도 크고 인물도 잘 생겨서 왕이 되고도 남겠구나! 거기에 딱 하나 목소리가 크다면, 정말 왕이 될 수 있을 텐데 말이야."

그 말에 까마귀는 입을 크게 벌려 힘껏 소리를 지르기 시작했다. 순간 물고 있던 고기가 떨어졌다. 여우는 얼른 고기를 낚아채며 말했다.

"이런, 까마귀야, 너에게 지혜마저 있었더라면, 넌 왕이 될 수 있었을 거야."

캅카스의 포로 I

1.
카프카스에서 장교로 복무하던 한 귀족이 있었다. 그의 이름은 질린이었다.

어느 날 그에게 집에서 편지가 왔다. 연로한 어머니가 아들에게 쓴 편지였다. '내가 벌써 다 늙었구나. 죽기 전에 사랑하는 아들을 보고 싶구나. 어미와 작별 인사를 하러 오너라, 내가 죽으면 장례를 치러 주렴. 그러고 나서 신이 허락하신다면 그때 다시 군대에 가면 되지 않겠니. 참, 어미가 네 색싯감도 골라 놓았단다. 현명하고, 영지도 있는 아주 괜찮은 아가씨란다. 네 마음에 들거야, 잘 되면, 결혼도 하고 아예 고향에 눌러 살아도 되지 않겠느냐.'

질린은 생각에 잠겼다.

'정말 연로하신 어머니가 그새 건강이 많이 안 좋아졌나 보다. 이러다가 어머니를 뵙지 못할 수도 있겠구나. 아무래도 가

봐야겠다. 그러다 색싯감이 괜찮으면, 결혼할 수도 있고.'

질린은 연대장을 찾아가 휴가를 얻었다. 동료들과 작별 인사를 하고, 자신의 부대 병사들에게 송별 인사로 보드카를 5 베드로(약 50리터) 사서 한 턱 낸 후, 떠날 준비를 했다.

당시 캅카스는 전쟁 중이었다. 밤이든 낮이든 모든 길은 통행이 금지되었다. 말을 타든 걸어가든 러시아 사람이 요새 밖으로 나오기만 하면 타타르인들이 당장 달려와 죽이거나 산으로 끌고 갔다. 때문에 한 요새에서 다른 요새로의 이동은 군인들 동행 하에 일주일에 두 번만 허용되었다. 앞뒤로 병사들이 호위를 하고 그 가운데 사람들이 말을 타고 갔다.

당시는 여름이었다. 새벽녘이 되자 요새 밖으로 짐마차 행렬이 모였고, 호위 병사들이 나와 길을 따라 움직이기 시작했다. 질린은 말을 타고 있었고, 그의 짐을 실은 수레가 행렬 속에 따라오고 있었다.

앞으로 가야 할 거리는 25 베르스타 (약 26-27킬로미터)였다. 행렬은 천천히 나아갔다. 호위 병사들이 걸음을 멈춰 서거나 누군가의 마차 바퀴가 빠지거나 말이 서서 움직이지 않거나 하면 모두가 멈추고 기다렸다.

때문에 해가 중천에 떴는데도 행렬은 겨우 여정의 절반만 갔을 뿐이었다. 먼지에, 열기에, 태양도 내리쬐는데, 그 어디에도 땡볕을 피할 곳이 없었다. 허허벌판 초원에 뻗은 길 위에는 나무 한 그루, 덤불 하나 없었다.

앞서 가던 질린은 잠시 말을 멈추고 행렬이 따라오기를 기다렸다. 뒤쪽에서 나팔 소리가 들리자 다시 걸음을 멈췄다. 질린은 생각했다.

'이럴 바엔, 호위병사 없이 혼자 가는 게 낫지 않을까? 내 말이 꽤나 좋은 말이라 타타르인들이 달려들어도 충분히 달아날 수 있을 텐데 말이야. 아니면, 가지 말까?'

질린은 걸음을 멈추고 생각에 빠졌다. 그때, 장교 코스틸린이 소총을 들고 말을 타고 질린에게 다가와 말했다.

"갑시다, 질린, 우리끼리만. 기운도 없고, 배도 고프고, 게다가 불볕더위까지. 셔츠가 전부 젖어서 쥐어짜면 땀이 한 바가지는 나오겠어."

체격이 크고 뚱뚱한 코스틸린의 얼굴은 벌겋게 달아 올라 있었는데, 거기에 땀을 뻘뻘 흘리고 있었다. 질린은 잠시 생각하고 말했다.

"그래 총은 장전됐나?"

"물론이지."

"그럼 가세. 다만 약속하게, 절대 나와 떨어지지 않기로."

그렇게 두 사람은 먼저 앞으로 나아갔다. 얘기도 하고 주위

를 살피기도 하면서 초원을 나아갔다. 온 사방이 저 멀리까지 훤히 보였다

 초원지대가 끝나자 산과 산 사이의 골짜기로 길이 이어졌다. 질린이 말했다.

 "산 위로 올라가 봐야겠어. 여기서는 누가 튀어나와도 전혀 모르겠으니."

 그러자 코스틸린이 반대했다.

 "뭘 보려고? 그냥 계속 가세나."

 질린은 코스틸린의 말을 듣지 않았다.

 "아니. 자네는 밑에서 기다리게. 내 금방 살펴보고 올 테니."

 그러고는 왼쪽으로 말을 몰아 산 위로 올라갔다. 질린이 탄 말은 사냥용 말이었다.(녀석이 망아지일때 100루블을 주고 사서 직접 훈련시키며 키웠다.) 녀석은 마치 날개를 단 듯 질린을 태우고 가파른 언덕을 거침없이 올랐다. 산에 올라 둘러보니 정면 방향으로 1 데샤티나(약 250미터) 떨어진 곳에 말을 탄 타타르인 서른 명 정도가 보였다. 그걸 본 질린은 서둘러 말머리를 돌렸다. 그런데 타타르인들도 질린을 보았다. 그들은 총을 꺼내 들고 질린을 향해 달려왔다. 질린은 전속력으로 말을 몰아 언덕 아래로 내려오며 코스틸린에게 외쳤다.

 "총을 꺼내!"

그러고는 질린은 속으로 말에게 빌었다.

'말아! 제발 도와주렴. 발이라도 잘못 걸려 넘어지는 날엔 끝장이야. 총이 있는 데까지만 날 데려다주면 잡히지 않을 수 있어.'

그런데 코스틸린이 타타르인들을 보자 질린을 기다리지 않고 혼자 온 힘을 다해 말을 몰기 시작했다. 말의 옆구리를 오른쪽, 왼쪽으로 연신 채찍을 내리치며 달렸기 때문에 뿌연 먼지 속에 보이는 것이라곤 흔들리는 말의 꼬리뿐이었다.

보아하니 상황이 심각했다. 총이 있는 코스틸린은 도망갔고, 칼 한 자루 가지고는 아무것도 할 수가 없다. 결국 질린은 도망쳐야겠다 생각하고 호위 병사들이 있는 방향으로 말머리를 돌렸다. 그런데 타타르인 여섯이 앞에서 달려오는 게 보였다. 질린의 말도 빨랐지만 타타르인들의 말이 더 빨라서 어느새 질린 앞으로 가로질러 달려오고 있었다. 질린은 속력을 줄이며 반대쪽으로 말을 돌리려 했지만 이미 전속력으로 달리던 터라 그 속력을 이기지 못하고 그냥 타타르인들 앞으로 달려갔다. 붉은 턱수염이 난 타타르인이 회색 말을 타고 질린 쪽으로 달려오는 게 보였다. 타타르인은 이를 드러내고 괴성을 지르며 총을 겨누었다.

순간 질린은 생각했다.

'그래, 악마 같은 놈들. 너희들이 어떤 놈들인지 잘 알지. 산 채로 잡히면 분명 날 구덩이에 던지고 채찍으로 마구 때리겠지. 절대 산채로 잡히진 않을 테다!'

질린은 체격이 크진 않았지만 용맹했다. 차고 있던 긴 칼을 빼어 들고 붉은 턱수염의 타타르인을 향해 곧장 말을 몰았다.
'그래, 말로 짓밟든, 칼로 베어버리든 해치우는 거야.'

그러나 질린이 붉은 턱수염에게까지 다가가기도 전에 타타르인들이 뒤에서 총을 쏘아 질린의 말을 명중시켰다. 말이 갑자기 땅으로 고꾸라지더니 질린의 다리를 깔고 쓰러졌다.

질린이 일어나려 했지만 어느새 고약한 악취를 풍기는 타타르인 두 명이 질린 위로 올라타 두 팔을 뒤로 비틀었다. 질린은 뛰쳐나가며 타타르인들을 밀쳐내려 했지만 어느새 또 다른 세 명이 말에서 뛰어내려 개머리판으로 머리를 후려쳤다. 질린은 순간 눈앞이 캄캄해져서 비틀거렸다. 타타르인들은 질린을 제압한 다음 말안장에 여분으로 달아 두었던 말의 복대를 풀어 와 질린의 두 팔을 등 뒤로 비틀어 타타르식으로 묶은 다음, 말이 있는 곳으로 끌고 갔다. 타타르인들은 질린의 모자와 장화를 벗기고 온몸을 뒤져 돈이며 시계며 모두 빼앗고 옷은 갈기갈기 찢어버렸다. 질린은 자신의 말을 돌아보았다. 불쌍한 말은 옆으로 쓰러진 채 허공을 향해 다리를 버둥거리고 있었다. 총에 맞은 머리의 상처에서 시커먼 피가 벌컥벌컥 쏟아져 사방으로 1 아르신(약 1미터) 가량의 흙바닥을 흥건하게 했다.

타타르인 한 명이 질린의 말에 다가가 안장을 풀기 시작했다. 말은 아직도 버둥거리고 있었다. 타타르인이 단도를 꺼내 말의 목을 베었다. 목에서 '쉬익' 소리가 나자, 말이 몸을 부르르 떨었다. 숨이 끊어졌다.

타타르인들이 안장과 마구를 벗기기 시작했다. 붉은 턱수염이 말에 올라타자 부하들이 질린을 붉은 턱수염 말 위에 같이 태우고 떨어지지 않도록 허리띠로 질린을 붉은 턱수염의 허리에 묶어 산으로 데려갔다.

질린은 붉은 턱수염 뒤에 앉아 몸을 휘청거리며 가다가 고약한 냄새가 나는 타타르인 등에 얼굴을 부딪혔다. 앞에 보이는 것이라곤 건장한 타타르인의 등짝과 힘줄이 솟은 목덜미와 모자 밑으로 보이는 바싹 밀어 올린 뒤통수뿐이었다. 머리를 얻어맞은 질린의 양쪽 눈 위에 피가 잔뜩 엉겨 붙어 있었지만 말 위에서 피를 닦을 수도 자세를 바꿀 수도 없었다. 두 팔을 어찌나 세게 비틀어 맸는지 쇄골이 아플 정도였다.

말을 탄 일행은 산을 넘고, 강의 얕은 여울을 골라 건너며 한참을 갔다. 일행은 골짜기로 이어진 길을 따라 움직였다.

질린은 지금 어디로 끌려가고 있는지 길을 잘 봐두려 했지만, 두 눈에 피가 엉겨있는 데다 고개를 돌릴 수도 없었다.
　날이 어두워지기 시작했다. 일행은 또 개울을 건넜다. 돌산을 오르기 시작했다. 어디선가 연기가 풍기기 시작하더니 개 짖는 소리가 들렸다.
　타타르 마을에 도착한 것이다. 타타르인들이 말에서 내리자 아이들이 모여들어 질린을 에워싸고는 시끄럽게 떠들면서 재미있다는 듯 돌을 던지기 시작했다.
　타타르인이 아이들을 쫓아버리고 질린을 말에서 끌어내린 다음 일꾼을 불렀다. 긴 윗도리만 입은, 광대뼈가 튀어나온 노가이족 사람이었다. 입고 있는 윗도리는 다 해어져 가슴의 맨살이 훤히 보였다. 타타르인은 일꾼에게 뭐라고 시켰다. 잠시 후 일꾼이 족쇄를 가져왔다. 참나무 판 두 개를 겹쳐 양쪽에 쇠고랑을 달고 한 쪽 쇠고랑에는 걸쇠와 자물쇠가 달려 있었다.
　타타르인과 일꾼은 묶여 있던 질린의 양팔을 풀어 주고 한 쪽 발에 족쇄를 채운 다음 헛간으로 끌고 가 밀어 넣고 문을 잠갔다. 질린은 거름더미 위로 나뒹굴었다. 그는 잠시 누워 있다가 어둠 속에 손으로 더듬어 조금 편한 자리를 찾아 옮겨 누웠다.

2.

그날 질린은 밤새 한잠도 자지 못했다. 밤은 짧았다. 어느새 날이 밝아오는 게 문틈으로 보였다. 질린은 자리에서 일어나 문틈을 조금 더 벌리고 밖을 내다보기 시작했다.

문틈 사이로 길이 보였다. 산 아래로 나 있는 길이었다. 길 오른쪽에는 타타르인의 흙 집이 있었고 그 옆에 나무 두 그루가 서 있었다. 검둥이 개 한 마리가 문간에 엎드려 있고, 어미 염소와 새끼 염소들이 꼬리를 흔들며 돌아다니고 있었다. 산 아래쪽에서 젊은 타타르 여인이 올라오는 게 보였다. 여인은 허리띠 없는 알록달록한 윗도리에 바지를 입고 장화를 신고 있었다. 카프탄 외투를 머리에 덮어 쓰고 그 위에 물이 가득 담긴 커다란 양철 항아리를 이고 있었다. 여인이 걸음을 옮길 때마다 등은 흔들렸고, 걸음은 기우뚱해졌다. 여인의 한 손은 윗도리 하나만 걸치고 머리를 **빡빡** 민 타타르인 사내아이를 잡고 있었다. 타타르 여인이 물 항아리를 이고 집 안으로 들어가자 어제의 그 붉은 턱수염이 허벅지 아래까지 내려오는 비단 베시메트 차림으로 나왔다. 허리춤에 은검을 차고 맨발에 타타르 신을 신고 있었다. 머리에는 높은 모자를 쓰고 있었는데, 뒤로 주름이 잡힌 검은색 양털 모자였다. 붉은 턱수염은 집에서 나와 기지개를 크게 켜고 자신의 붉은 턱수염을 쓰다듬었다. 그러고는 잠시 서서 일꾼에게 뭔가 시키더니 어디론가 사라졌다.

잠시 후 말을 탄 타타르인 청년 두 사람이 말에게 물을 먹이러 급수터로 갔다. 말의 콧잔등이 땀에 젖어 있었다. 조금 있으니 빡빡 머리를 민 사내아이들이 윗도리만 입은 차림으로 떼를 지어 헛간으로 몰려와, 나뭇가지를 접어 문틈을 쑤셔 대기 시작했다. 질린이 버럭 소리를 지르자 아이들이 꺅 비명을 지르며 일제히 달아났다. 맨살이 드러난 아이들의 무릎이 빛났다.

질린은 물을 마시고 싶었다. 목이 바짝 말라 있었다. 누구라도 좀 와 주었으면 싶었다. 그때 끼-익 헛간 문이 열리는 소리가 나더니 붉은 턱수염과 키가 좀 작고 얼굴이 까무잡잡한 사내가 들어왔다. 까무잡잡한 사내는 검은 눈이 밝게 빛났고, 뺨은 발그레했으며, 짧게 깎은 턱수염에 항상 웃고 있는 쾌활한 얼굴이었다. 까무잡잡한 사내는 옷차림도 꽤나 훌륭했다. 푸른색 비단 베시메트 상의에는 레이스 장식이 둘려 있었고, 허리춤에는 커다란 은검을 차고 있었으며, 붉은색 염소가죽 신발에도 은장식이 박혀 있었다. 얇은 염소가죽 신발 위에 두터운 덧신을 겹쳐 신었고 흰색 양털로 만든 높은 모자를 쓰고 있었다.

붉은 턱수염은 헛간으로 들어오더니 뭐라 뭐라 한참 말을 했다. 욕을 하는 게 분명했다. 그러고는 기둥에 기대어 단검을 만지작거리며 마치 늑대처럼 곁눈질로 질린을 쳐다보았다. 반면 까무잡잡한 사내는 걸음이 민첩하고 활기찼다. 그는 곧장 질린 쪽으로 다가와 쪼그리고 앉더니 이를 드러내 보이며 씩 웃고는 질린의 어깨를 탁탁 치고는 타타르어로 뭐라 뭐라 말하더니 눈짓을 하고 혀를 차며 '똫아, 루시아인! 똫아, 루시아인!'하는 소리를 계속했다.

무슨 말인지 알아듣지 못한 채 질린이 말했다.

"물, 마실 물 좀 주시오!"

까무잡잡한 사내가 계속 웃었다.

"똫아, 루시아인."

연신 타타르어로 뭐라고 지껄였다.

질린이 마지못해 입과 손으로 물을 달라는 몸짓을 해 보이자, 까무잡잡한 사내가 그제야 알아듣고 웃음을 터트리더니 문밖을 내다보며 누군가를 불렀다.

"디나!"

여자 아이 하나가 달려왔다. 가늘고 마른 열세 살 정도 되어 보였는데, 여자 아이는 얼굴이 까무잡잡한 사내와 닮았다. 그의 딸 같았다. 아이의 검은 두 눈도 반짝였고 얼굴이 예쁘

장했다. 소매가 넓은 푸른색 긴 상의와 바지를 입고 있었다. 허리띠는 없었다. 상의 아랫단, 앞섶과 소매 끝에는 빨간색 줄무늬가 있었다. 발에는 타타르 신을 신고 있었다. 목에는 50코페이카짜리 러시아 은화를 꿰어 만든 목걸이를 하고 있었다. 그리고 아무것도 쓰지 않은 검은 머리는 길게 땋아 리본으로 묶고 리본에는 금속 장식과 1루블짜리 은화 한 닢이 달려 있었다.

사내가 아이에게 뭐라고 시켰다. 그러자 아이가 뛰어 나가 양철 항아리를 들고 왔다. 아이는 물을 내주고 무릎이 어깨보다 높을 정도로 온몸을 쪼그리고 앉아, 마치 무슨 짐승이라도 보듯 두 눈을 커다랗게 뜨고 질린이 물 마시는 모습을 지켜보았다.

질린이 아이에게 물 항아리를 돌려주자 아이는 야생 염소처럼 펄쩍 뛰어 물러났다. 까무잡잡한 사내가 그 모습에 웃음을 터뜨렸다. 사내는 여자 아이를 또 어디론가 보냈다. 아이는 항아리를 들고 뛰어나갔다가 잠시 후 누룩을 넣지 않고 구운 빵을 둥그런 나무도마에 가져다주고는 또 다시 무릎을 쪼그리고 앉아 빤히 쳐다보았다.

타타르인들이 나가자 다시 헛간 문이 잠겼다.

얼마 후 노가이족 일꾼이 질린에게 와서 말했다.

"가자! 주인이, 가자!"

일꾼도 러시아어를 모르는 것 같았다. 그저 질린에게 어디로 가라고 한다는 걸 알아챘다.

질린은 족쇄를 차고 절뚝거리며 걸었다. 족쇄 때문에 발을 똑바로 내딛을 수가 없어서 옆으로 돌렸다. 질린은 노가이족 일꾼을 따라 헛간을 나왔다. 타타르인들이 사는 마을이 보였다. 집이 열 채 정도 있었고, 자그마한 탑이 솟아 있는 이슬람 모스크도 하나 있었다. 어느 집 앞에는 안장을 얹은 말 세 마리가 서 있었는데, 사내아이들이 말고삐를 잡고 있었다. 그 집에서 얼굴이 까무잡잡한 타타르인이 나오더니 질린에게 자기 쪽으로 오라고 손짓했다. 그는 웃으며 연신 타타르어로 뭐라 말하더니 집 안으로 들어갔다. 질린도 들어갔다. 집은 좋았다. 벽은 진흙으로 매끈하게 발라져 있었고 정면에 보이는 벽 쪽으로 깃털을 넣은 알록달록한 방석들이 놓여 있었다. 양쪽 벽에는 값비싼 양탄자가 걸려 있었고, 양탄자 위로 소총과 권총, 장검이 걸려 있었다. 모두 은으로 만든 것들이었다. 한 쪽 벽에는 바닥과 같은 높이의 자그마한 화로가 있었다. 집 안은 흙바닥이었지만 탈곡장처럼 깨끗했다. 정면 한 쪽 구석에는 양털로 만든 천이 바닥에 깔려 있었고 그 위에 양탄자가 놓여 있었다. 양탄자 위에는 깃털을 넣은 푹신한 쿠션들이 놓여 있었다. 양탄자 위에는 까무잡잡한 사내와 붉은 턱수염, 세 명의 손님이 똑같은 타타르 신발을 신고 푹신한 쿠션에 기대어 앉아 있었다. 앞에는 수수로 반죽하여 팬케이크처럼 얇게 구운 블린이 나무 도마에 놓여 있었고, 버터가 담긴 그릇과 타타르 술 부자가 담긴 항아리가 놓여 있었다. 그들은 손으로 음식을 먹느라 사람들 손은 온통 버터가 묻어 있었다.

까무잡잡한 사내가 자리에서 일어나 일꾼에게 질린을 양탄자가 깔리지 않은 옆쪽 맨바닥에 앉히라 시키고, 자신은 다시 양탄자 위에 앉으며 손님들에게 블린과 부자를 대접했다. 일꾼은 질린을 맨바닥에 앉히고, 자기는 신발을 벗어 다른 사람들의 신발이 놓여 있는 문가에 나란히 세워놓고 주인에게서 가까운 펠트 천위에 앉아 사람들이 먹는 모습을 보며 군침을 닦았다.

타타르인들이 블린을 다 먹고 나자, 아침에 봤던 젊은 아낙의 옷차림과 똑같이 옷을 입고 머리에 스카프를 두른 타타르 여자가 들어왔다. 여자는 버터와 블린을 내가고, 깨끗한 나무 물통과 입구가 좁은 물 항아리를 가져왔다. 타타르인들은 손을 씻은 다음 두 손을 모으고 무릎을 꿇고 앉아 기도문을 암송하기 시작했다. 기도가 끝나자 타타르어로 얘기하더니, 타타르 손님 중 한 명이 질린 쪽을 돌아보며 러시아어로 말했다.

"너는 카지 무하메드가 잡았다."

남자는 붉은 턱수염을 가리켰다.

"그리고 압둘 무라트에게 넘겼다."

그러면서 까무잡잡한 사내를 가리켰다.

"압둘 무라트가 이제 네 주인이다."

질린은 잠자코 있었다.

압둘 무라트가 입을 열었다. 그는 말하는 내내 계속 질린을 가리키며 웃었다.

"루시아 군인, 동아 루시아인!"

통역이 말했다.

"주인이 너의 집에 편지를 쓰라고 하셨다. 네 몸값을 보내라고 말이야. 돈만 보내면 주인이 너를 풀어줄 것이다."

질린은 잠시 생각하고 나서 물었다.

"그럼 원하는 몸값이 얼마인가?"

타타르인들이 잠시 얘기를 나누더니 통역이 말했다.

"삼천 루블."

질린이 말했다.

"안 돼. 난 그 돈을 낼 수가 없어."

압둘이 벌떡 일어나더니 두 손을 내저으며 질린에게 뭐라고 떠들었다. 다들 질린이 타타르 말을 알아듣는다고 생각하는 모양이었다. 통역이 그의 말을 전했다.

"그럼 얼마를 내겠느냐?"

질린은 잠시 생각하고 나서 말했다.

"오백 루블."

그러자 타타르인들이 갑자기 웅성거리기 시작했다. 압둘이 붉은 턱수염에게 소리를 지르기 시작했다. 입에서 침을 튀기며 마구 지껄였다. 붉은 턱수염은 그저 눈을 가늘게 뜬 채 혀를 찰 뿐이었다.

사람들이 잠잠해지자 통역이 말했다.

"몸값으로 오백 루블은 너무 적어. 주인이 널 이백 루블 주고 샀단 말이야. 붉은 턱수염 카지 무하메드가 주인에게 빚을 졌는데, 그 빚 대신 너를 받은 거야. 삼천 루블 이하로는 절대 풀어줄 수 없어. 그러니 편지를 쓰지 않으면 널 구덩이에 처넣고 채찍으로 때릴 거다."

질린은 생각했다

'흠, 이 자들 앞에서 겁먹은 모습을 보였다간 분명 날 우습게 볼 거야.'

질린은 자리에서 벌떡 일어나 말했다.

"이봐 너, 통역, 저 개 같은 놈한테 말해! 만약 나를 겁박하려 한다면 단 한 푼도 주지 않고 편지도 쓰지 않을 거라고. 난 너희 개 같은 놈들을 두려워해 본 적도 없고, 또 앞으로도 두려워하지 않을 것이다!"

통역이 이 말을 전하자 다들 갑자기 웅성웅성 떠들기 시작했다.

한참을 얘기하더니 까무잡잡한 사내가 일어나 질린에게 다가와서 말했다.

"루시아인, 쥐기트, 쥐기트, 루시아인!"

'쥐기트'는 타타르 말로 '훌륭하다'는 뜻이었다. 그가 웃으면서 통역에게 뭐라고 속삭였다. 통역이 말했다.

"그럼 천 루블을 내라!"

하지만 질린은 버텼다.

"오백 루블 이상은 안 돼. 만약 나를 죽였다간 한 푼도 못 받을 것이다."

타타르인들이 뭐라 얘기하더니 일꾼을 어디론가 보냈다. 그러고는 질린과 문을 번갈아 쳐다보았다. 잠시 후 일꾼이 돌아왔다. 그 뒤로 너덜너덜한 옷차림에 뚱뚱한 사나이가 맨발로 걸어왔다. 한쪽 발에 족쇄를 차고 있었다.

순간 질린은 아- 탄식을 내뱉었다. 코스틸린이었다. 그 역시 붙잡힌 것이다. 타타르인들이 두 사람을 나란히 앉혔다. 둘은 서로 얘기하기 시작했다. 타타르인들은 잠자코 보고만 있었다. 질린이 먼저 자기에게 일어난 일을 얘기했다. 코스틸린도 이야기했다. 그를 태운 말이 멈춰 서 버린 데다 총도 불발되는 바람에 뒤쫓아 온 압둘에게 붙잡히고 말았다는 것이다.

그때, 압둘이 일어나 코스틸린을 가리키며 뭐라고 말했다.

통역은 두 사람 모두 같은 주인의 소유이므로 몸값을 먼저 내는 사람을 먼저 풀어주겠다고 했다. 그러고는 질린에게 말했다.

"너는 화를 내지만 네 친구는 온순하다. 그는 이미 집으로 편지를 보냈으니, 오천 루블이 올 것이다. 그러니까 네 친구는 잘 먹이고 모욕하지 않을 것이다."

질린이 말했다.

"마음대로 해라. 이 친구는 부자인지 모르겠지만 난 아니다. 난 내가 말한 대로 할 것이다. 죽이고 싶으면 죽여라. 하지만 그랬다간 너희들에게 이익이 될 게 하나도 없을 것이다. 난 오백 루블 이상은 절대 편지에 쓸 수 없다."

잠시 침묵이 흘렀다. 그때 갑자기 압둘이 자리에서 일어나 작은 상자를 꺼내 종이와 펜, 잉크를 질린 앞에 내밀며 어깨를 툭툭 치면서 '쓰라'는 시늉을 해 보였다. 오백 루블에 동의한 것이다. 질린이 통역에게 말했다.

"잠깐 기다려. 우리를 잘 먹여 주고, 옷과 신발을 주고, 같이 있게 해달라고 주인에게 말해라. 우리가 잘 지낼 수 있게 말이야. 그리고 족쇄도 풀어주라고 해."

질린이 주인을 보며 웃어 보이자 주인도 따라 웃었다. 주인은 통역의 말을 다 듣고 말했다.

"옷은 제일 좋은 것으로 주겠다. 체르케스카 윗도리에, 장화도 주겠어. 입고 결혼해도 될 만큼 좋은 옷을 주겠어. 먹는 것도 귀족처럼 먹여주겠다. 둘이 같이 있고 싶으면 헛간에서 같이 지내도록 해. 하지만 족쇄는 안 돼. 달아날테니까. 대신 밤에는 풀어주겠다."

그러고는 다가와 어깨를 톡톡 치며 말했다.

"너 좋아! 나 좋아!"

질린은 편지를 썼다. 하지만 편지가 전달되지 못하게 엉뚱한 주소로 썼다. 그러고는 다짐했다.

'반드시 도망친다.'

질린과 코스틸린은 헛간으로 끌려갔다. 잠시 후 헛간에 옥수수 짚 더미와 빵과 항아리 물병, 낡은 타타르 체르케스카 윗도리 두 벌과 닳아빠진 군화를 넣어 주었다. 죽인 군인에게서 벗겨 온 것 같았다. 밤이 되자 족쇄는 풀어주고 헛간에 자물쇠를 채웠다.

3.

질린은 코스틸린과 그렇게 꼬박 한 달을 함께 지냈다. 주인은 언제나 웃으며 말했다.

"너 이반 동아, 나 압둘 동아."

하지만 음식은 형편없었다. 주는 거라곤 누룩을 넣지 않고 구운 딱딱한 수수 빵이었고, 아예 굽지 않은 생반죽을 주기도 했다.

코스틸린은 한 번 더 집으로 편지를 보내고 돈이 오기만을 기다리며 지루한 나날을 보내고 있었다. 종일 헛간에 앉아 언제 편지가 도착하나 날짜를 세거나 잠을 잤다. 한편 질린은 자신이 쓴 편지가 제대로 도착하지 않으리라는 걸 알았지만 다시는 편지를 보내지 않았다.

질린은 생각했다.

'어머니가 내 몸값을 어디서 마련한단 말인가? 그 동안 내가 보내드린 돈으로 살아온 어머니가 아닌가. 행여 어찌어찌 그 돈을 마련한다 해도 어머니는 무일푼이 되고 말 것이다. 그러니 신이 허락하신다면 내 스스로 빠져나가고 말리라.'

질린은 밤낮으로 밖을 내다보며 어떻게 하면 도망칠 수 있을까 궁리했다. 질린은 휘파람을 불며 타타르인 마을을 돌아다니기도 했고, 헛간에 앉아 진흙으로 인형을 만들거나 나무를 엮어 바구니와 같은 물건을 만들었다. 그는 손재주가 제법 좋아 뭐든지 잘 만들었다.

어느 날 질린은 흙으로 인형을 만들었다. 코와 손과 발을 만들고 타타르식 윗도리를 입힌 후 지붕 위에 올려놓았다.

타타르 여인들이 물을 길으러 가고 있었다. 주인집 딸 디나가 그 인형을 보고 여인들을 불렀다. 여인들은 물동이를 내려놓고 인형을 보더니 웃음을 터뜨렸다. 질린이 지붕에서 인형을 내려 여인들에게 주었다. 그러나 여인들은 웃기만 할 뿐 받으려 하질 않았다. 질린은 인형을 그냥 그 자리에 두고 헛간으로 들어와 어떻게 하나 지켜보았다.

잠시 후 주인 딸 디나가 달려와 주위를 두리번거리더니 얼른 인형을 집어 달아났다.

이튿날 아침 동틀 무렵 디나가 인형을 가지고 집 밖에 나와 있었다. 디나는 빨간 헝겊조각으로 인형을 꾸미고 갓난아기 다루듯 어르면서 타타르어로 자장가를 불러주고 있었다. 잠시 후 노파가 나와 디나를 혼내더니 인형을 빼앗아 깨트려버리고 디나를 어디론가 심부름 보냈다.

질린은 다른 인형을 만들었다. 이전 것보다 더 잘 만들어서 디나에게 주었다. 하루는 디나가 주전자를 가지고 와 질린 앞에 내려놓고 자리에 앉아 그를 쳐다보았다. 디나는 웃으며 주전자를 가리켰다.

질린은 생각했다.

'얘는 뭐가 그리 좋을까?'

질린은 주전자를 들어 마시기 시작했다. 물이 들었는 줄 알았는데, 우유였다. 질린은 우유를 다 마시고 나서 디나에게 말했다.

"좋아."

디나가 그 말을 듣고 어찌나 기뻐하는지!

"동아, 이반, 동아!"

깡충깡충 뛰고 손뼉을 치며 기뻐하더니 주전자를 들고 뛰어나갔다.

그때부터 디나는 매일 질린에게 우유를 몰래 갖다 주었다. 타타르인들은 염소젖으로 만든 치즈를 넣어 둥글고 넙적한 빵을 만들어 지붕 위에 널어놓고 말리는데, 디나는 그 빵도 몰래 갖다 주곤 했다. 또 한 번은 주인집에서 양을 잡았다. 그러자 디나는 양고기 한 덩어리를 소매 춤에 몰래 감춰와 질린에게 던져주고 달아나기도 했다.

언젠가 폭풍우가 심하게 몰아쳤다. 비가 한 시간 내내 양동이로 들이붓듯 쏟아졌다. 개울은 물론 흙탕물이 되었고, 걸어서 건널 수 있던 얕은 여울도 물이 3 아르신이나 (약 2미터)

가량 차올라 돌들이 굴러다닐 정도였다. 비는 도랑을 이루며 온 사방으로 흘렀고 물 흐르는 소리가 산골짜기에 가득했다. 타타르 마을에 사방에서 개울이 생겼다. 질린은 주인에게 칼을 빌려와 둥근 원통과 판자들을 만든 후 바퀴 양쪽에 인형을 연결했다. 여자 아이들이 가져다준 헝겊 조각으로 인형 옷을 만들어 입혔다. 하나는 남자 인형이었고, 다른 하나는 여자 인형이었다. 질린은 인형을 단단히 고정시키고 물 위에 띄웠다. 바퀴가 돌기 시작하자 인형들이 꾸물꾸물 움직이기 시작했다.

마을 사람들이 모두 모여들었다. 사내아이들, 계집아이들, 아낙들과 사내들이 와서 보고 혀를 내둘렀다.

"어이, 루시아인! 어이, 이반!"

압둘의 집에 고장 난 러시아제 시계가 있었다. 압둘은 질린을 불러 시계를 보여주며 혀를 찼다. 질린이 말했다.

"줘 보시오. 고쳐 보겠소."

그는 시계를 받아 작은 칼로 분해해 고친 다음 다시 조립해서 갖다 주었다. 시계가 다시 움직였다.

주인은 기뻐하며 자기가 입던 낡아빠진 베시메트 윗도리를 가져와 질린에게 선물로 주었다. 질린은 마지못해 받았다. 하지만 막상 받고 보니 밤에 덮을 수 있어 나름 쓸모가 있었다.

그 날 이후 질린의 손재주가 좋다는 소문이 온 마을에 퍼졌다. 멀리 떨어진 마을에서도 그를 찾아오기 시작했다. 어떤 사람은 총 방아쇠를, 어떤 사람은 권총을, 또 어떤 사람은 시계를 고쳐달라고 가져왔다. 주인은 질린에게 줄, 송곳, 망치 같은 공구들을 가져다주었다.

한 번은 타타르인 한 사람이 병이 났는데, 사람들이 질린을 찾아와 말했다.

"가자, 병을 고쳐라."

질린은 병을 고치는 것은 전혀 몰랐지만 그래도 가서 환자를 살펴보았다. 그러고는 생각했다.

'글쎄 저절로 나을 것 같은데.'

질린은 헛간으로 돌아와 물에 모래를 넣고 잘 섞었다. 그 다음 타타르인들이 보는데서 그 물에 주문을 외운 다음 환자에게 마시라고 주었다. 다행히도 환자는 병이 나았다.

그렇게 지내며 질린은 조금씩 타타르어를 알아들을 수 있게 되었다. 타타르인들 중에 몇몇은 질린과 친해져 필요한 일이 생기면 '이반, 이반!'하며 찾았다. 하지만 나머지 타타르인들은 여전히 짐승 보듯 곁눈질을 했다.

특히 붉은 턱수염이 질린을 좋아하지 않았다. 질린을 보기만 하면 눈살을 찌푸리고 얼굴을 돌려 외면하거나 욕을 했다.

그 마을에는 노인이 한 명 있었다. 그 노인은 마을에 살지 않고 산 밑에 살면서 가끔씩 마을에 내려오곤 했다. 질린은 모스크에 기도하러 올 때만 보았다. 노인은 작은 키에 흰 천을 두른 모자를 썼는데, 짧게 깎은 턱수염과 콧수염은 솜털같이 희었지만 주름투성이 얼굴은 벽돌처럼 붉었다. 코는 매의 부리처럼 생긴 매부리코였고 회색빛의 두 눈은 매서웠지만, 이는 다 빠져 송곳니 두 개만 남아 있었다. 머리에 이슬람식 두건인 찰마를 두른 노인은 지팡이를 짚고 늑대처럼 주위를 두리번거리며 걸었다. 그러다 질린을 보기라도 하면 코를 킁킁거리며 얼굴을 돌려버렸다.

한번은 질린이 노인이 사는 곳을 둘러보러 산 밑으로 내려갔다. 오솔길을 따라 가다 보니 돌담으로 둘러싸인 작은 뜰이 보였다. 돌담 너머 체리나무, 살구나무가 보였고 지붕이 평평한 집 한 채가 있었다. 가까이 다가가 보니 짚으로 엮어 놓은 벌집이 늘어서 있는 게 보였다. 벌들이 윙윙거리며 날아다녔다. 노인은 무릎을 꿇은 자세로 벌집에 무엇인가를 넣고 있었다. 질린이 좀 더 잘 보려고 까치발을 세우자 족쇄에서 철커덕 소리가 났다. 노인이 깜짝 놀라 뒤를 돌아보더니 소리를 지르며 허리에 차고 있던 총을 뽑아 질린을 향해 쏘았다. 질린은 잽싸게 돌담 뒤로 몸을 피했다.

노인이 주인에게 항의하러 왔다. 주인이 질린을 부르더니 웃으며 물었다.

"뭣 하러 영감 댁에 간 것이냐?"

질린이 말했다.

"난 나쁜 짓을 하지 않았소. 그냥 노인이 어떻게 사는지 보고 싶었을 뿐이오."

주인이 그 말을 전하자, 노인은 질린을 향해 손가락질을 하고 송곳니를 드러내며 쇳소리나는 목소리로 화를 냈다.

질린은 노인이 무슨 말을 다 알아듣진 못했지만, 주인에게 러시아인을 마을에 두지 말고 죽여버리라고 하는 건 알아들었다. 노인이 한바탕 하고 떠났다.

질린은 노인이 어떤 사람인지 물었다. 주인이 설명해 주었다.

"대단한 양반이지! 제일 용감한 사람이었고 러시아인들도 많이 죽였고, 부자였어. 그 양반에게 마누라가 셋, 아들은 여덟이나 있었지. 온 가족이 한 마을에 살았는데, 어느 날 러시아인들이 쳐들어와서 마을을 쑥대밭으로 만들어 놓았지. 그때 그의 아들 중 일곱이 죽었어. 아들 하나가 살아남았는데 러시아인들에게 항복을 하고 포로로 잡혀갔지. 노인은 포로로 잡혀간 아들을 찾기 위해 제 발로 러시아인들을 찾아가 항복했어. 노인은 석 달 동안 포로로 있으면서 그곳에서 아들을 찾아내 제 손으로 아들을 죽이고 도망쳤지. 그때부터 노인은 더 이상 나가 싸우지 않고, 신께 기도드리기 위해 메카로 성지순례를 떠났지. 머리에 찰마를 두른 것도 그 때문이야. 메카를 다녀온 신자를 '하지'라고 부르고 찰마를 씌워 주지. 영감은 너희 종족을 좋아하지 않아. 그가 너를 죽여 버리라고 하는데, 난 그럴 순 없어. 난 네 몸값을 지불했단 말이야. 게다가 난 이반 자네가 마음에 들어. 자넬 죽이기는커녕, 약속만 안 했으면 널 보내지 않았을 거야."

주인이 웃으며 러시아어로 더듬더듬 말했다.

"너, 이반, 좋아, 나, 압둘, 좋아!"

4.

질린은 그렇게 한 달을 살았다. 낮에는 마을을 돌아다니거나, 물건을 만들었고, 밤이 되어 마을이 조용해지면 헛간에서 몰래 땅을 팠다. 땅 속에 돌이 있어서 파는 게 힘들었지만, 줄로 돌을 갈아내어 벽 아래 몸 하나가 들어갈 정도의 구멍을 뚫었다. 질린은 생각했다.

'어느 방향으로 가는 게 좋을지 알아 두어야겠어. 타타르인들이 가르쳐줄 리 없을 테니.'

드디어 질린은 날을 잡았다. 주인이 외출하자 그는 점심을 먹고 마을 뒤쪽에 있는 산으로 올라갔다. 그곳에서 위치를 살펴보려 했던 것이다. 그런데 주인은 외출하면서 아들에게 절대 눈을 떼지 말고 질린을 잘 감시하라고 시켰다. 주인의 아들이 질린을 뒤따라오며 외쳤다.

"가지 마! 아버지가 가지 말라고 했어. 당장 사람들을 부를 거야!"

질린이 아들을 달래기 시작했다.

"멀리 안 갈 거야. 그냥 저 산에 올라가는 거야. 마을 사람들 병을 고치려면 약초를 찾아야 하거든. 그럼 나랑 같이 가자. 난 족쇄를 차고 있어서 도망 못 가. 내일 너에게 활이랑 화살을 만들어 줄게."

그는 아이를 설득해서 함께 갔다. 마을에서 산을 볼 때는 그리 멀지 않아 보였는데, 족쇄를 차고 가자니 몹시 힘들었다. 그는 걷고, 또 걸어 간신히 산 위에 도착했다. 질린은 앉아서 지대를 살피기 시작했다. 12시 방향의 산 너머 분지에는 말들이 무리를 지어 돌아다니고 있었고, 그 아래로는 다른 마을이 보였다. 그 마을 너머에 또 다른 산이 있었는데, 상당히 험준한 데다 그 너머 또 산이 있었다. 산과 산 사이에는 숲이 푸르게 우거져 있었고, 그 뒤로 또 다른 산들이 더 높이 솟아 있었다. 그 중에 높은 산들의 봉우리는 설탕같이 하얀 눈이 쌓여 있었는데, 그 중에 가장 높이 솟은 봉우리는 커다란 설산 하나가 눈 덮인 산봉우리들 가운데 가장 높이 솟아 있었다. 해 뜨는 쪽도 해 지는 쪽도 모두 산들로 둘러싸여 있었고, 그 사이사이 골짜기에 자리 잡은 마을마다 연기가 피어오르고 있었다. 질린은 생각했다.

'이 일대가 전부 타타르 땅인가 보군.'

이번엔 러시아 요새가 있는 방향을 돌아보기 시작했다. 발 아래 개울이 흐르고 자기가 잡혀 있는 마을과 마을을 둘러싸고 있는 언덕들이 보였다. 개울에서 빨래하는 아낙들이 마치 작은 인형들처럼 보였다. 마을 뒤쪽으로 좀 낮은 산이 하나 있었고, 그 산 너머 또 산이 두 개 있었으며 그 산들을 따라 숲이 있었다. 두 산 사이에 평지가 푸르스름하게 보였고, 그 평지에서 연기가 멀리 멀리 퍼지고 있었다. 질린은 예전에 요새에 있을 때 해가 어느 쪽에서 뜨고 어느 쪽으로 졌는지 기억을 더듬어 보았다. 분명 저 골짜기에 러시아군 요새가 있는 게 틀림없어 보였다. 그러니까 저기, 저 두 개의 산 사이로 도망쳐야 하는 것이다.

해가 저물기 시작했다. 눈 덮인 산들이 흰색에서 붉은색으로 변했고, 푸른 산들은 점점 어두워졌다. 분지에서 김이 피어올랐고, 러시아군 요새가 있을 것으로 보이는 골짜기는 저녁노을에 불꽃처럼 붉게 물들었다. 질린은 자세히 바라보았다. 골짜기에서 뭔가 어렴풋이 보였다. 분명 굴뚝에서 나오는 연기였다. 저 것이 바로 러시아 요새라는 생각이 들었다.

시간이 꽤 흘러, 어느새 저녁때가 돼 가고 있었다. 이슬람 성직자 물라가 기도시간을 알리는 소리가 들렸다. 가축 떼를 모는 소리, 암소들의 울음소리도 들렸다. 주인집 아들이 자꾸 재촉했다.

"그만 가요."

하지만 질린은 돌아가고 싶지 않았다.

두 사람은 집으로 돌아왔다. 질린은 생각했다.

'이제 지형을 알아두었으니 도망쳐야겠다.'

질린은 당장 그 날 밤에 도망치고 싶었다. 마침 그믐날 밤이라 하늘이 깜깜했다. 하지만 아쉽게도 저녁이 되자 타타르인들이 돌아왔다. 평소 같으면 가축을 몰고 기분 좋게 오는데, 오늘따라 아무것도 몰고 오지 않았다. 대신 죽은 타타르인 한 명을 말안장에 싣고 있었다. 붉은 턱수염의 동생이었다. 다들 화가 나 있었다. 죽은 사람의 장례를 치르러 사람들이 모여들었다. 질린도 상황을 살피러 밖으로 나갔다. 사람들이 시신을 관 없이 천으로 둘둘 말아 마을 밖 플라타너스 나무 아래 내려놓았다. 잠시 뒤 물라가 왔고 찰마를 쓴 노인들이 모여 신발을 벗고 시신 앞에 줄지어 앉았다.

맨 앞에는 물라가 앉았고 그 뒤로 찰마를 쓴 노인 셋, 그 노인들 뒤로 타타르인들이 차례로 앉았다. 사람들은 눈을 감고 오랜 시간 침묵했다. 한참 뒤 물라가 고개를 들고 말했다.

"알라여!"

이렇게 한마디 뱉은 후 다시 다들 눈을 감고 오랫동안 침묵했다. 앉은 자세로 꼼짝도 하지 않았다. 다시 물라가 고개를 들어 말했다.

"알라여!"

그러자 다들 따라했다.

"알라여!"

그러고는 다시 침묵했다. 시신은 풀 위에 누워 있었고 사람들도 죽은 사람처럼 꼼짝 않고 앉아 있었다. 단 한 명도 움직이지 않았다. 그저 바람에 플라타너스 잎이 흔들리는 소리만 들릴 뿐이었다. 한참 뒤 물라가 기도문을 읊자 사람들이 모두 일어나 시신을 손으로 들어 옮기기 시작했다. 사람들은 구덩이가 있는 곳으로 옮겨갔다. 그냥 평범하게 파 놓은 구덩이가 아니라 수직으로 깊게 파 놓은 구덩이였다. 사람들은 시신의 겨드랑이와 종아리를 잡고 시신의 몸을 구부린 다음 앉은 자세로 천천히 땅속에 안치하고 시신의 두 손을 배 위에 얹었다.

노가이족 일꾼이 푸른 갈대를 꺾어 와 구덩이에 채워 넣었다. 그 다음 흙을 덮어 표면을 평평하게 만들고 시신의 머리 위쪽에 비석을 세웠다. 사람들은 흙을 밟아 다진 다음 다시 무덤 앞에 줄지어 앉아 한참 동안 침묵했다.
"알라! 알라! 알라!"
사람들은 한숨을 쉬며 일어섰다.
붉은 턱수염은 노인들에게 돈을 나누어 준 다음 자리에서 일어나 채찍을 집어 자신의 이마를 세 번 내리치고 집으로 갔다.
이튿날 아침 질린은 붉은 턱수염이 암말을 끌고 마을 밖으로 나가는 것을 보았다. 그 뒤로 타타르인 셋이 따라가고 있었다. 마을을 벗어나자 붉은 턱수염은 적갈색 베시메트 웃옷을 벗고 소매를 걷어 올렸다. 건장한 팔뚝이 드러났다. 그는 단도를 꺼내 숫돌에 갈았다. 타타르인들이 달려들어 암말의 머리를 치켜들자 붉은 턱수염이 다가가 목을 잘랐다. 그 다음 암말을 옆으로 눕혀 가죽을 벗기고 내장을 제거했다. 잠시 후 아낙네들과 처녀들이 와서 내장을 씻기 시작했다. 그 다음 암말을 잘라 집으로 가져갔다. 마을 사람들이 모두 죽은 사람의 명복을 빌기 위해 붉은 턱수염네 집으로 모여들었다.

사람들은 사흘 동안 말고기를 먹고 타타르의 전통술인 부자를 마시며 죽은 사람을 추모했다. 모든 타타르인들이 집에 있었다. 그러고는 나흘째 되는 날 점심때가 되자 어디론가 떠날 채비를 했다. 말을 끌고 와서 짐을 챙겨 붉은 열 명 정도가 떠났다. 붉은 턱수염도 떠났다. 압둘은 집에 남아 있었다. 갓 나온 초승달이라 하늘은 아직 어두웠다.

질린은 생각했다.

"당장 도망쳐야겠어."

그러고는 코스틸린에게 말했다. 그런데 코스틸린은 머뭇거렸다.

"그런데 어떻게 도망친다는 거지? 우린 길도 모르잖아."

"길은 내가 알아."

"그래도 하룻밤 만에 도착하지는 못할 거야."

"도착하지 못하면 숲 속에서 밤을 나야지. 내가 빵을 모아두었어. 뭐야 자네, 이렇게 앉아만 있을 작정인가? 집에서 돈을 보내오면 좋겠지만, 그 돈을 마련하지 못할 수도 있잖나. 러시아인들이 자기 동족을 죽였다고 요즘 타타르인들의 심사가 아주 사나워. 우릴 죽여 버리고 싶다고 말을 하고 다니더군."

코스틸린은 생각하고 또 생각했다.

"그럼, 갑시다!"

5.

질린은 구멍으로 기어 들어가 코스틸린이 빠져나갈 수 있도록 구멍을 좀 더 넓혀 주었다. 그러고 가만히 앉아 마을이 조용해지기를 기다렸다.

마을에 사람 소리가 잠잠해지자 질린은 벽 아래 파놓은 구멍으로 빠져나왔다. 코스틸린에게 작은 소리로 속삭였다.

"빨리 기어 나오게."

코스틸린도 기었다. 그러다 한 쪽 발이 돌에 걸려 짤깍 소리를 내고 말았다. 주인집에 집을 지키는 울랴신이라는 얼룩이 개가 한 마리 있었는데 녀석은 무척이나 사나웠다. 질린은 그동안 녀석에게 먹이를 주면서 미리 친해 놓았다. 소리가 나자 울랴신이 짖으며 쏜살같이 달려왔다. 울랴신이 짖자 다른 개들도 따라 짖었다. 질린이 나지막이 휘파람을 불며 빵 조각을 던져주자 녀석은 질린을 알아보고 꼬리를 흔들며 더 이상 짖지 않았다.

주인이 개 짖는 소리를 듣고 집 안에서 소리쳤다.

"울랴신, 왜 짖는 거야!"

하지만 질린이 울랴신의 귀 뒤쪽 목덜미를 긁어주자 녀석은 조용히 그의 다리에 몸을 비비며 꼬리를 흔들었다.

두 사람은 잠시 구석에 앉아 있었다. 다시 주위가 조용해졌다. 우리 안에서 양 한마리가 우는 소리와 아래쪽 개울에서 흐르는 물이 자갈에 부딪히는 소리만 들릴 뿐이었다. 어두운 밤 하늘엔 높이 떠 있는 별들만이 반짝이고 있었다. 산 위에서는 불그스름해진 초승달이 가느다란 양쪽 뿔을 세운 채 기울어지고 있었다. 분지에는 안개가 우유처럼 희끄무레 깔려 있었다.

질린이 일어나 동료에게 말했다.

"자, 친구, 어서 가세!"

둘은 움직이기 시작했다. 빠져나가는데 지붕 위에서 물라가 기도문을 낭송하는 소리가 들렸다.

"알라! 베스밀라! 일라흐만!"

그 말은 기도하러 모스크로 가자는 뜻이었다. 둘은 벽 아래 바싹 몸을 숨기고 다시 앉았다. 한참을 꼼짝 않고 앉아 마을 사람들이 모두 지나가기를 기다렸다. 다시 조용해졌다.

"자, 신의 가호를 빕시다!"

두 사람은 성호를 긋고 출발했다. 뜰을 가로질러 가파른 언덕을 따라 개울 쪽으로 내려갔다. 개울을 건넌 다음 분지로 들어섰다. 짙은 안개가 낮게 드리워 있었고, 머리 위로 별들이 선명하게 보였다. 질린은 별들을 보고 어느 방향으로 갈지 감을 잡았다. 안개 속은 시원해서 걷기 좋았지만 신발이 영 불

편해 발이 자꾸만 삐끗거렸다. 질린은 장화를 벗어 던지고 맨발로 걷기 시작했다. 자갈에서 자갈로 뛰면서 별을 바라보았다. 코스틸린이 점점 뒤처지기 시작했다.

"좀 천천히 가세. 빌어먹을 장화 때문에 발이 다 까졌단 말이야."

"자네도 벗게, 한결 편해질 걸세."

코스틸린도 맨발로 걷기 시작했다. 하지만 더 힘들어졌다. 돌 위를 걷느라 온 발이 상처투성이가 되어 점점 뒤처졌다. 질린이 코스틸린에게 말했다.

"발이야 다쳐도 나중에 나으면 되지만, 붙잡히면 죽음일세."

코스틸린은 아무 말도 않고, 계속 걸으며 끙끙거렸다. 둘은 한참동안 분지를 따라 걸었다. 오른쪽에서 개들이 짖는 소리가 들렸다. 질린은 걸음을 멈추고 주위를 둘러본 다음 언덕 위로 기어올라 두 손으로 더듬어 보고 말했다.

"이거 잘못 왔군! 너무 오른쪽으로 왔어. 이곳은 내가 산 위에서 봤던 다른 마을이야. 되돌아 왼쪽 언덕으로 가야 해. 거기 숲이 있을 거야."

그러자 코스틸린이 말했다.

"잠깐만 기다려주게. 숨이나 좀 돌리게 해줘. 난 발이 온통 피투성이라네."

"이 보게, 발은 나중에 다 낫는다니까. 좀 가볍게 뛰어보게. 이렇게 말이야."

질린은 뒤로 돌아 언덕과 숲이 있는 왼쪽 방향으로 뛰기 시작했다. 코스틸린은 계속 뒤처지며 헉헉거렸다. 질린은 그에게 쉬-쉬- 조용히 하라고 하며 계속 갔다.

두 사람은 산 위로 올라갔다. 역시나 그곳에 숲이 있었다. 둘은 숲으로 들어갔다. 나무 가지에 옷이 걸려 찢어져서 너덜거렸다. 한참을 가서 겨우 숲 속 오솔길을 찾아 들어섰다. 둘은 계속 걸었다.

"잠깐!"

길에서 말발굽 소리가 났다. 두 사람은 걸음을 멈추고 귀를 기울였다. 타닥타닥 발굽 소리가 나더니 멈췄다.

그들이 움직이기 시작하자 또 발굽 소리가 들려왔다. 그들이 멈추면 그 소리도 멎었다. 질린은 납작 엎드려 길 위를 살펴보았다. 뭔가 서 있는 것이 보였다. 말인가 했는데 말은 아니었고, 말 위에 뭔가 이상한 것이 있는 것 같은데 사람 같지는 않았다. '푸르… 푸르…' 하는 숨소리가 들렸다.

'거 참 이상하네.'

질린이 나지막이 휘파람을 불었다. 그랬더니 길에서 숲에서 뭔가 비비적거리며 움직이는 소리가 나더니 뭔가 꺾이는 소리가 타다닥 났다. 마치 폭풍이 지나가 듯 커다란 나뭇가지가 부러지는 소리였다.

코스틸린은 겁을 먹고 그 자리에 펄썩 주저앉았다. 그러자 질린이 웃으며 말했다.

"저건 사슴이야. 들리나? 사슴뿔에 나뭇가지가 꺾이는 소리? 우리도 저놈이 무섭지만, 저놈도 우리가 무서운가 보군."

두 사람은 계속 걸었다. 어느새 큰곰자리가 기우는 것으로 보아 새벽이 멀지 않았다. 하지만 제대로 가고 있는지 아닌지 알 수가 없었다. 질린은 자기가 이 길로 왔으니 이대로 쭉 10킬로미터만 더 가면 러시아군 요새가 나타날 거라고 생각했다. 하지만 제대로 된 표지도 없는 데다 깜깜한 밤중이라 어디가 어딘지 분간을 할 수가 없었다. 그렇게 두 사람은 들판으로 나왔다. 코스틸린이 땅바닥에 주저앉으며 말했다.

"이제, 하고 싶은 대로 하게. 난 아무래도 못 가겠네! 다리가 말을 듣지 않아."

질린이 그를 설득하기 시작했다. 하지만 코스틸린이 말했다.
"아니, 난 못 가네. 갈 수가 없어!"
화가 난 질린은 침을 뱉으며 코스틸린을 질책했다.
"그럼 나 혼자 가겠네! 잘 있게나!"
그러자 코스틸린이 벌떡 일어나더니 다시 걷기 시작했다. 두 사람은 4 베르스타(약 4킬로미터)쯤 걸어갔다. 숲 속 안개가 더욱 짙게 내려앉아 한 치 앞도 보이지 않았다. 어느 새 별들도 거의 보이지 않았다.

갑자기 앞에서 말발굽 소리가 들렸다. 편자가 돌에 짤깍짤깍 부딪히는 소리가 났다. 질린은 바닥에 엎드려 땅바닥에 귀를 대고 들어보았다.

"뭔가 있어! 말을 탄 사람이 우리 쪽으로 오고 있어."

둘은 얼른 길에서 벗어나 관목 수풀로 들어가 기다렸다. 질린이 길 쪽으로 기어가 보니 말을 탄 타타르인이 암소를 몰고 콧노래를 흥얼거리며 오고 있었다. 타타르인이 지나가자 질린은 코스틸린이 있는 곳으로 돌아왔다.

"다행히 그냥 지나갔어! 자, 일어나게, 갑시다!"

그런데 코스틸린이 일어나려다 쓰러지고 말았다.

"못 가겠네. 정말 안 되겠어. 힘이 하나도 없어!"

덩치가 크고 살이 찐 코스틸린은 땀을 뻘뻘 흘리고 있었다. 숲 속 차가운 안개에 몸이 젖은 데다 발이 다 긁혀 완전히 지쳐버린 것이다. 질린이 그를 힘껏 일으키려는데 코스틸린이 소리를 질렀다.

"아, 아얏!"

질린은 너무나 놀라 사색이 되었다.

"뭐하는 건가? 소리를 지르면 어떡하나? 지금 타타르인이 가까이 있는데, 들키겠어."

그러고는 속으로 생각했다.

'이 친구 완전히 지쳤나 본데. 어쩌면 좋지? 친구를 버리고 갈 수도 없고….'

질린이 말했다.

"자, 일어나보게. 내 등에 업히게. 걸을 수 없으니 내가 업고 가겠네."

그는 코스틸린을 등에 업고 그의 넓적다리를 움켜잡고 길로 나와 질질 끌며 걸음을 옮겼다.

"제발 내 목 좀 조르지 말게. 어깨를 잡으란 말이야."

질린은 몹시 힘들었다. 자신도 발이 온통 피투성이였고 완전히 녹초가 되어 있었다. 질린은 몸을 숙여 코스틸린을 더 높이 올려 업고 자세를 바로잡은 다음 계속 길을 갔다.

그런데 아까 그 타타르인이 코스틸린의 비명 소릴 들은 게 분명했다. 질린은 뒤에서 누군가 말을 타고 오면서 타타르어로 뭐라 외치는 소리를 들었다. 질린은 얼른 관목 수풀로 몸을 날렸다. 타타르인이 총을 꺼내 쏘았지만 빗나갔다. 그는 타타르어로 뭐라 소리를 지르며 길을 따라 앞으로 달려갔다.

질린이 말했다.

"아, 망했어! 이제 곧 저 개 같은 놈이 타타르인들을 데리고 우릴 쫓아올 거야. 3 베르스타(3 킬로미터) 이상 달아나지 못하면 우린 끝이야!"

그러고는 코스틸린에 대해 생각했다.

'아, 제기랄, 이런 통나무를 짊어지고 가자니 좀처럼 나아가질 못하겠군. 나 혼자라면 벌써 멀리 달아났을 텐데 말이야.'

그때 코스틸린이 말했다.

"자네 혼자 가게나! 나 때문에 자네까지 죽게 할 수는 없어!"

"아냐, 혼자 갈 순 없네. 친구를 버릴 순 없어."

그는 다시 코스틸린을 등에 업고 걷기 시작했다. 그렇게 1 베르스타쯤 걸어갔다. 하지만 계속 숲이 이어져 있어 빠져나갈 곳이 보이지 않았다. 어느새 안개가 흩어지기 시작했고 구름이 가리기라도 한 듯 별들도 자취를 감추었다. 질린은 완전히 녹초가 되었다.

둘은 돌이 둘러져 있는 길 가의 작은 샘에 도착했다. 질린은 걸음을 멈추고 코스틸린을 내려놓았다.

"좀 쉬도록 하지. 목도 축이고, 빵도 좀 먹지. 목적지가 그리 멀지 않을 거야."

그가 물을 마시려고 몸을 숙이는 순간 뒤에서 말발굽 소리가 들려왔다. 둘은 오른쪽 비탈 아래 수풀 속으로 얼른 몸을 숨겼다.

타타르인들 목소리가 들렸다. 그들은 아까 질린과 코스틸린이 길에서 벗어난 그 지점에 멈춰 섰다. 타타르인들이 잠시 이야기를 나누더니 개를 풀어 뒤지기 시작했다. 잠시 후 관목 수풀 속에서 타닥타닥 나뭇가지가 꺾이는 소리가 낯선 개 한 마리가 곧장 그들 쪽으로 왔다. 녀석은 멈춰 서서 큰 소리로 짖기 시작했다.

잠시 후 타타르인들이 왔다. 역시나 낯선 사람들이었다. 그들은 두 사람을 붙잡아 줄로 묶은 다음 말에 태워 끌고 갔다.

3 베르스타쯤 가니 압둘과 두 명의 타타르인이 그들을 맞았다. 압둘은 이쪽 타타르인들과 잠시 얘기를 하더니 질린과 코스틸린을 자기 말에 옮겨 태우고 다시 마을로 끌고 갔다.

압둘은 더 이상 웃지 않았고 두 사람에게 단 한 마디도 하지 않았다.

동이 틀 무렵 마을로 끌고 와 길에 내려놓았다. 아이들이 달려 나와 소리를 지르며 두 사람을 향해 돌을 던지고 채찍으로 때렸다.

타타르인들이 모여들었다. 산 아래 사는 노인도 왔다. 타타르인들이 얘기를 하기 시작했다. 질린이 들어보니 두 사람을 어떻게 처리할지 의논하고 있었다. 어떤 이들은 둘을 더 깊은 산속에 보내야 한다고 하고, 노인은 죽여야 한다고 했다. 압둘이 반대하며 말했다.

"난 저놈들 몸값을 치렀소. 그러니 저들의 몸값을 받아야겠소."

그러자 노인이 말했다.

"저놈들은 몸값을 내지 않을 거야. 말썽만 일으킬 뿐이지. 게다가 러시아인을 먹여주는 건 죄라고. 죽여 버리면 끝이지."

사람들이 돌아가자 주인이 질린에게 다가와 말했다.

"만약 너희들 몸값이 오지 않으면 2주 후에 내가 너희들을 죽이겠다. 만약 또 도망치려 하면 그땐 내가 너를 개처럼 죽여 버릴거야. 자, 편지를 써. 잘 쓰란 말이야!"

종이를 가지고 오자 두 사람은 편지를 썼다. 그 다음 둘에게 족쇄를 채우고 모스크 뒤편으로 끌고 갔다. 그곳에 깊이가 5 아르신(3-4미터)이나 되는 구덩이가 있었는데 두 사람을 그 구덩이로 밀어 넣었다.

6.

둘의 생활은 이전보다 끔찍했다. 족쇄는 계속 차고 있어야 했고, 밖으로 나가지 못한 채 구덩이 속에서만 지냈다. 먹을 것이라고는 굽지도 않은 생 반죽을 마치 개에게 주듯 던져주었고 물은 항아리에 담아 내려보냈다. 구덩이 속은 악취가 진동했고 답답했으며 눅눅해 숨이 막혔다. 코스틸린은 통풍에 걸려 온몸이 퉁퉁 부었다. 그는 잠을 잘 때 말고는 하루 종일 끙끙 신음 소리를 냈다. 질린은 괴로웠다. 상황이 너무나 안 좋았다. 도저히 빠져나갈 방법이 보이질 않았다.

그는 또 구멍을 파기 시작했지만 흙을 버릴 데가 없었다. 그러다 주인이 그걸 발견하고는 죽여 버리겠다며 으르렁거렸다.

한번은 질린이 구덩이에 웅크리고 앉아 자유로웠던 시절을 생각하며 지루한 시간을 보내고 있었다. 그때 갑자기 무릎 위로 빵이 하나, 둘, 툭 툭 떨어지더니 체리가 쏟아졌다. 고개를 들어 보니 디나였다. 디나는 질린을 내려다보고 웃음을 터트리며 달아나 버렸다. 질린은 생각했다.

'어쩌면, 디나가 도와줄 수 있지 않을까?'

그는 구덩이 한쪽을 깨끗이 치우고 진흙을 긁어 인형을 만들기 시작했다. 사람도 만들고, 말과 개 모양도 만들어 놓고 생각했다.

'디나가 오면 던져 줘야지.'

하지만 다음 날 디나는 오지 않았다. 대신 말발굽 소리가 나더니 사람들이 지나가는 소리가 들렸다. 타타르인들이 모스크에 모여 언성을 높이며 러시아인들에 대해 뭐라고 하는 소리가 들렸다. 노인의 목소리도 들렸다. 잘 알아들을 순 없었지만 러시아인들이 가까이 접근해 와서 혹시나 마을로 쳐들어오지나 않을까 걱정이라는 것과 포로를 처리할 방법에 대해 논쟁하는 것임을 짐작했다.

타타르인들은 얘기가 다 끝나자 돌아갔다. 그때 갑자기 위에서 뭔가 바스락거리는 소리가 들렸다. 소리 나는 쪽을 보니 디나가 웅크리고 앉아 머리를 구덩이 쪽으로 숙이고 있었다. 디나의 목에 목걸이가 대롱거리며 구덩이 위에서 대롱거렸다. 디나는 두 눈을 별처럼 반짝이며 소매 춤에서 치즈가 들어간 빵 두 개를 꺼내 질린에게 던져 주었다. 질린은 빵을 받으며 말했다.

"왜 그동안 오지 않았니? 너에게 주려고 인형을 잔뜩 만들었단다. 자, 받아!"

질린이 인형을 하나씩 집어던지기 시작했다. 그런데 디나는 머리를 저으며 거들떠보지도 않았다.

"필요 없어."

디나는 잠시 아무말없이 앉아 있다가 말했다.

"이반! 너를 죽이려 해."

디나가 손으로 목을 자르는 시늉을 해 보였다.

"누가 죽이려고 하니?"

"아버지가. 노인들이 아버지한테 죽이라고 했어. 난 네가 불쌍해."

그러자 질린이 말했다.

"만약 내가 불쌍하면 긴 장대를 하나 갖다 줘."

디나는 안 된다는 듯 머리를 저었다. 질린은 두 손을 모아 디나에게 빌었다.

"디나, 제발 부탁이야! 디나, 가져다 줘!"

디나가 말했다.

"안 돼. 들킬 거야. 사람들이 모두 집에 있어."

그러고는 가버렸다.

그날 저녁 질린은 가만히 앉아 생각했다.

'가지고 올까?'

질린은 계속 위를 쳐다봤다. 별이 보였지만 달은 아직 뜨지 않았다. 물라가 큰 소리로 외치자 주변이 조용해졌다. 질린은 어느 새 졸고 있었지만, 그러면서도 생각했다.

'아이도 가져오자니 겁이 날 거야.'

그때 갑자기 질린의 머리 위로 흙이 쏟아졌다. 위를 보니 기다란 장대가 구덩이 입구 한쪽에서 밑으로 내려오고 있었다. 질린은 기뻤다. 한 손으로 장대를 잡아 끌어내렸다. 아주 튼튼한 장대였다. 예전에 주인집 지붕 위에 있던 이 장대를 본 적이 있었다.

위를 보니 별들이 하늘 높이 반짝이고 있었고, 구덩이 바로 위에서는 디나의 눈이 어둠 속에서 고양이 눈처럼 빛나고 있었다. 디나가 구덩이 가장자리에 얼굴을 바싹 대고 속삭였다.

"이반! 이반!"

그러면서 정작 자기는 두 손을 얼굴에 대고 조용히 하라는 듯 저었다. 질린이 물었다.

"뭐라고?"

"모두 가고 집에 두 명만 있어."

질린이 코스틸린에게 말했다.

"자, 코스틸린, 가세. 마지막으로 해 보세. 내가 자넬 부축할테니."

코스틸린은 그의 말을 들으려 하지 않았다.

"아니, 난 여기서 나갈 수 없어. 몸을 뒤척일 힘도 없는데 어딜 간단 말인가?"

"그럼, 이만 작별하세. 날 원망하진 말게."

그는 코스틸린과 작별인사를 했다.

그러고는 디나에게 위에서 장대를 꼭 잡으라고 한 다음 기어 올라갔다. 올라가다 두 번이나 미끄러졌다. 족쇄 때문이었다. 다행히 코스틸린이 밑에서 받쳐주어 간신히 올라갈 수 있었다. 디나도 그 자그마한 두 손으로 있는 힘껏 질린의 셔츠를 잡아당기며 웃었다.

질린은 장대를 다시 끌어올리고 디나에게 말했다.

"디나, 제자리에 갖다 놓으렴. 혹시라도 걸리면, 매를 맞을 거야."

디나가 장대를 끌고 갔다. 질린은 산 밑으로 내려갔다. 가파른 비탈을 내려가 뾰족한 돌을 집어 족쇄의 자물쇠를 부수려 했다. 그러나 자물쇠가 어찌나 단단한지 꿈쩍도 하지 않았다. 족쇄를 차고 있으니 너무 힘들었다. 그때 누군가 풀쩍풀쩍 산에서 뛰어내려오는 소리가 들렸다. 질린은 분명 디나일거라 생각했다. 디나가 손에 돌을 들고 오더니 말했다.

"내가 할게."

디나는 무릎을 꿇고 앉아 자물쇠를 부수기 시작했다. 하지만 아이의 나뭇가지처럼 가늘고 자그마한 손은 힘이 부족했다. 디나는 돌을 던지고 울기 시작했다. 질린이 다시 자물쇠를 부수기 시작했다. 디나가 옆에 웅크리고 앉아 질린의 어깨를 잡아주었다. 돌아보니 왼쪽 산 너머 하늘이 붉게 물들고 있었다. 달이 떠오르고 있었다.

'달이 뜨기 전에 분지를 빠져나가 숲에 도착해야 할 텐데.'

이 생각이 들자 질린은 자리에서 일어나 돌을 던졌다. 족쇄를 차고서라도 가야 한다. 질린이 디나에게 말했다.

"잘 있어, 귀여운 디나. 영원히 널 기억할 거야."

디나가 그를 잡았다. 소매 춤을 더듬으며 빵을 넣어줄 곳을 찾았다. 질린이 빵을 받아 들으며 말했다.

"고마워, 똑똑이. 내가 없으면 누가 너에게 인형을 만들어주지?"

질린이 아이의 머리를 쓰다듬었다.

디나는 울음을 터뜨리더니 두 손으로 얼굴을 가리고 염소가 뛰듯 산 위로 뛰어갔다. 땋아 내린 머리에 달아 놓은 동전이 아이의 등 뒤에서 짤랑거리는 소리가 어둠 속에 들려왔다.

질린은 성호를 긋고 덜걱거리는 소리가 나지 않도록 족쇄의 자물쇠를 한 손으로 잡고 길을 걷기 시작했다. 한쪽 발을 땅에 질질 끌면서 불그스레 달이 떠오르는 동쪽 하늘을 보며 계속 걸었다. 길은 알고 있었다. 이 길을 따라 똑바로 8 베르스타쯤 가면 되었다. 다만 달이 다 뜨기 전에 숲에 도착해야 한다. 작은 개울을 건너자 벌써 산 뒤편으로 하늘이 희끄무레해지기 시작했다. 질린은 달이 떴나 안 떴나 계속 하늘을 살피며 좁은 골짜기를 걸었다. 드디어 하늘이 불그스레 밝아오자 골짜기 한쪽 면도 점점 밝아지기 시작했다. 산 밑으로 그림자가 생기더니 그림자는 점점 그가 있는 쪽에 가까워졌다.

질린은 계속 그림자 속을 걸어갔다. 그렇게 서둘렀건만 달이 그보다 훨씬 빨리 떠버려 어느새 오른편의 나무들을 환하게 비추기 시작했다. 질린이 숲에 가까워졌을 때 달은 이미 산 위로 높이 솟아 주위가 대낮처럼 밝았다. 나무의 잎사귀가 훤히 보일 정도였다. 산 속은 밝았지만 쥐 죽은 듯 조용했다. 들리는 것이라곤 아래쪽에서 개울이 흐르는 소리뿐이었다.

드디어 아무에게도 들키지 않고 숲에 도달했다. 질린은 좀 쉬기 위해 숲 속에 어두운 장소를 골라 앉았다. 그는 잠깐 쉬면서 빵을 먹었다. 근처에 있는 돌을 하나 찾아 또다시 족쇄를 내려쳤지만, 아무리 손이 부르트도록 내리쳐도 꿈쩍도 하지 않았다. 질린은 일어나 다시 길을 갔다. 1 베르스타쯤 가자 완전히 힘이 빠지고 다리가 욱신거렸다. 열 걸음도 못 가 걸음을 멈추곤 했다.

'다른 방법은 없어. 조금이라도 힘이 있는 한 걷는 거야. 한번 앉으면 다신 일어나지 못할 거야. 요새까진 못 가더라도 동이 트면 숲 속에 숨어 있다가 밤이 되면 다시 걷는 거다!'

그는 밤새 걸었다. 중간에 말을 탄 타타르인 두 명과 맞닥트릴 뻔 했는데 멀리서 소리를 듣고 나무 밑에 숨었다.

어느덧 달빛이 희미해지더니 이슬이 내렸다. 동이 틀 때가 가까워지고 있었다. 하지만 질린은 아직 숲의 끝에 도달하지 못하고 있었다. 질린은 생각했다.

'서른 걸음만 더 가자. 그럼 숲을 벗어날 수 있을 거야. 그때 좀 앉아서 쉬자.'

서른 걸음을 가자 정말로 숲의 끝이 보였다. 숲 가장자리로 나오자 날이 완전히 밝았다. 질린 앞에 넓은 초원과 요새가 손바닥 안처럼 훤히 보였다. 왼쪽 가까운 산기슭에 불빛이 켜졌다가 꺼졌다 하고 연기가 피어오르고 사람들이 모닥불 근처에 있었다. 자세히 보니 총이 반짝거리는 게 보였다. 카자크 병사들이었다.

질린은 너무나 기뻤다. 마지막 힘을 짜내 산을 내려갔다.

'제발, 이 허허벌판에서 말을 탄 타타르인이 나를 발견하는 일이 없기를. 그랬다간 요새가 아무리 코앞이라 해도 도망가지 못할 테니까.'

이런 생각을 하며 돌아보니, 왼쪽 언덕 위에 타타르인 세 명이 서 있는 것이다. 거리는 2 데샤티나(약 500미터) 정도였다. 타타르인들이 질린을 발견하고 그를 향해 말을 달리기 시작했다. 그는 심장이 멎는 것 같았다. 양팔을 흔들며 있는 힘껏 소리를 질렀다.

"형제들! 살려주시오! 형제들!"

러시아 측에서 그 소리를 듣고 말을 탄 카자크 병사들이 달려왔다. 그들은 옆 방향에서 질린 쪽으로 달려왔다.

그러나 카자크인들은 멀리 있었고 타타르인들은 가까웠다. 질린은 마지막 있는 힘을 다해 한 손으로 족쇄를 잡고 카자크 병사들을 향해 달려가며 정신없이 성호를 그으며 소리 쳤다.

"형제들! 형제들! 형제들!"

카자크 병사는 열다섯이었다.

이를 본 타타르인들이 겁을 먹고 더 이상 다가오지 않고 그 자리에 멈춰 섰다. 질린은 카자크 병사들 쪽으로 달려갔다.

카자크 병사들이 그를 에워싸더니 어디서 온 누구냐고 물었다. 하지만 질린은 제정신이 아니었다. 그저 울면서 같은 말만 되풀이할 뿐이었다.

"형제들! 형제들!"

다른 병사들도 달려와 질린을 둘러쌌다. 어떤 병사는 그에게 빵을, 어떤 이는 죽을, 어떤 이는 보드카를 건넸고, 또 어떤 이는 그에게 외투를 걸쳐주고, 어떤 이는 그의 족쇄를 부수었다.

장교들이 질린을 알아보고 요새로 데려갔다. 병사들은 기뻐했고, 질린 곁으로 동료들이 모여들었다.

질린은 자신에게 있었던 일을 얘기해주고 나서 말했다.

"그렇게 난 고향에도 가고 결혼도 하려 했지! 하지만, 그게 내 운명이 아니었던 모양이야."

질린은 계속 캅카스에 남아 복무했다. 한편 코스틸린은 한 달 후에야 몸값 오천 루블을 주고 겨우 목숨만 부지한 채 풀려났다.

미쿨루쉬카 셀랴니노비치

볼가님과 호위부대 돌아 보네 온 나라를,
마을 도시 모두 돌며 농부들의 조공 걷네.
용사 부대 나왔다네 넓게 트인 들판으로,
들려 오네 들판에서 밭을 가는 소리 나네.
밭을 가는 농부 소리 휘파람을 부는 소리,
쟁기 날이 돌부리에 부딪히는 소리 나네.
허나 들판 어디에도 밭을 가는 농부 없네,
용사 볼가 다가와서 밭을 가는 농부 찾네.
하루 종일 말 달렸네 아침부터 저녁까지,
허나 볼가 밭을 가는 농부 찾지 못했다네.
다음날도 말 달렸네 아침부터 저녁까지,
허나 볼가 밭을 가는 농부 찾지 못했다네.

들려 오네 들판에서 밭을 가는 소리 나네,
밭을 가는 농부 소리 휘파람을 부는 소리,
쟁기 날이 돌부리에 부딪히는 소리 나네.
허나 들판 어디에도 밭을 가는 농부 없네,
사흘째가 되어서야 볼가 겨우 찾아냈네,
들판에서 밭을 가는 농부 있나 찾아보네,
저기 농부 들판에서 밭을 가네 일을 하네.
이쪽에서 저 끝까지 말을 몰아 땅을 갈고,
돌부리와 나무뿌리 쟁기 날로 뽑아내어,
농부 혼자 밭을 가네 이쪽에서 저 끝까지,
이쪽에서 바라보면 저 끝 농부 안 보이네.
쟁기 자루 단풍나무 쟁기 날은 튼튼 강철,
쟁기자루 명주 끈에 황갈색의 말에 묶어,
볼가께서 말했다네 밭을 가는 농부에게,
"밭을 가는 농부 듣게 신의 가호 자네에게!
자네 농사 잘 되도록 신의 가호 기원하네!
돌부리와 나무뿌리 뽑아 낼 때 신의 은총
넓디넓은 밭고랑을 파헤칠 때 신의 은총!"
그때 농무 말했다네 볼가님께 대답했네.
"고마워요, 볼가님께 깊은 감사 올립니다,

밭을 갈 때 농부에겐 신의 은총 필요하죠.
허나 볼가 당신께선 호위부대 이끌고서
신의 가호 함께 달려 어딜 멀리 가시나요?"
볼가님이 대답했네 농부에게 답했다네.
"농부 봐라 나는 지금 호위부대 이끌고서
마을 도시 모두 돌며 백성들의 조공 걷지,
자네 나의 길동무가 되어주지 않겠는가!"
농부 바로 밭고랑에 쟁기 자루 꽂아 놓고,
쟁기 자루 말에 묶은 명주 끈을 풀어 놓고,
황갈색 말 위에 올라 볼가님과 길을 가네.
말했다네 그 농부가 볼가님께 답했다네.
"이런 이런, 볼가시여, 그냥 두고 와버렸네.
밭고랑에 쟁기자루 꽂아 둔 채 그냥 왔네.
땅에 박힌 쟁기 뽑아 날에 묻은 흙을 털어,
무성한 숲 버들 숲에 던져두고 와야 하네."
볼가님이 호위병을 열 명 뽑아 보냈다네.
땅에 박힌 쟁기 뽑아 날에 묻은 흙을 털어,
무성한 숲 버들 숲에 던져두고 오라 했네.
호위병들 달려갔네 쟁기 박힌 밭고랑에,
명마에서 뛰어내려 쟁기 자루 빼러 갔네.

모두 함께 단풍나무 쟁기 자루 당겼지만,
땅에 박힌 쟁기 자루 뽑아낼 수 없었다네.
호위병들 둘러싸고 쟁기 자루 당겨 봐도,
제자리에 헛돌기만 빼낼 수가 없었다네.
땅에 박힌 쟁기 뽑아 날에 묻은 흙을 털어,
무성한 숲 버들 숲에 던져둘 수 없었다네.
결국 볼가 보냈다네 호위부대 전부 보내,
땅에 박힌 쟁기 뽑아 날에 묻은 흙을 털어,
무성한 숲 버들 숲에 던져두고 오라 했네.
호위부대 달려 갔네 쟁기 자루 뽑아내러,
모두 함께 단풍나무 쟁기 자루 당겼지만,
제자리에 헛돌기만 쟁기자루 꼼짝 않네.
땅에 박힌 쟁기 뽑아 날에 묻은 흙을 털어,
무성한 숲 버들 숲에 던져둘 수 없었다네.
결국 농부 쟁기 주인 직접 말을 타고 왔네.
황갈색의 말 위에서 농부 직접 내려와서,
단풍나무 쟁기 자루 한 손으로 잡아당겨,
땅에 박힌 쟁기 뽑아 날에 묻은 흙을 털어,
무성한 숲 버들 숲에 쟁기 자루 던졌다네.
농부 다시 말에 올라 출발했네 여정 길을,

농부 말은 걸어가고 볼가 군대 말은 뛰네.
농부 말이 조금 뛰면 볼가 군대 말은 달려,
제 아무리 달려 봐도 자꾸자꾸 뒤처지네.
앞서가는 농부 말이 조금 빨리 달려가면,
뒤에 가는 볼가 말은 전력질주 달린다네.
끝내 볼가 투구 벗어 농부에게 소리쳤네.
"이보게나, 농부 자네 그만 서서 기다리게,
어찌해도 내 자네를 따라잡을 수가 없네."
그때 농부 뒤를 돌아 볼가님을 보고 나서,
말의 속도 줄이고서 걸어가기 시작했네.
볼가님이 말했다네 농부에게 말했다네.
"이보게나 자네 말은 훌륭하네 명마로군,
이 정도의 말이라면 오백 루블 받겠구나."
그때 농부 말했다네 볼가님께 대답했네.
"아니 그대 볼가시여 그런 말씀 하시다니,
볼가님은 어리석네 그런 말을 하시다니,
저는 이 말 어미 말이 갓 낳을 때 데려 왔죠,
그때 이미 새끼 말을 오백 루블 주고 샀죠,
헌데 이미 자란 말을 그 가격엔 어림없죠."
볼가님이 말했다네 농부에게 말했다네.

"이보게나 농부 자네 이름 부칭 말해보게!"
그때 농부 말했다네 볼가님께 대답했네.
"호밀 농사 제가 지어 거둬들여 추수하면,
호밀 단을 가져와서 집에 와서 탈곡하고,
맥주 빚어 마을 사람 모두 불러 초대하면,
마을 사람 모두 나를 소리 높여 부르지요.

'오 그대여 미쿨루쉬카, 그대 나의 미쿨루쉬카,
성스러운 미쿨루쉬카 셀랴니노비치님이시여!'"

레프 톨스토이 연보

1828년   8월 28일, 니콜라이 일리이치 톨스토이 백작과 마리야 니콜라예브나 톨스타야 백작 부인의 5남매 중 넷째 아들로 태어남. 아버지 니콜라이 일리이치는 퇴역 중령, 어머니 마리야 니콜라예브나는 볼콘스키 공작 집안 출신이었으며, 형 니콜라이, 세르게이, 드미트리가 있었음. 태어난 다음날 성 니콜라이 성당에서 벨료프 지방의 지주 S.I.야지코프와 펠라게야 니콜라예브나 톨스타야 백작 부인을 대부모로 세례를 받음.

1830년(2세)   8월, 어머니 마리야 니콜라예브나, 여동생 마리야 출산 직후 죽음. 톨스토이는 어머니를 기억하지 못했으나, 그의 의식 속에 '숭고한 이상형'으로 남아 훗날 「전쟁과 평화」의 공작영애 마리야의 원형이 됨.

1833년(5세) 푸쉬킨의 시 「바다에」와 「나폴레옹」을 암송하여 아버지를 감동시킴. 형들과 함께 손으로 쓴 잡지 「아이들의 놀이」를 만듦.

1835년(7세) 형 니콜라이로부터 전쟁도 질병도 죽음도 없고 모든 사람이 개미 형제가 되는 행복한 세상을 가져온다는 '푸른 지팡이'의 전설을 들음. 형들과 함께 집 안에 작은 천막을 치고 '개미 형제' 놀이에 열중함.

1837년(9세) 1월, 톨스토이 집안, 모스크바로 이사. 6월, 아버지 니콜라이 일리이치가 툴라에서 급사. 고모인 A.I.오스텐 사켄 부인과 S.I.야지코프가 남은 아이들의 후견인이 됨. 매우 종교적이었던 오스텐 사켄 부인을 대신해 T.A.요르골스카야 부인이 아이들을 직접 양육함. 형들과 함께 손으로 쓴 잡지 「아이들의 도서관」을 만듦.

1838년(10세) 5월, 할머니 펠라게야 니콜라예브나 죽음. 펠라게야 톨스타야는 훗날 「유년시절」과 「소년시절」에 등장하는 할머니와 「전쟁과 평화」 속 로스토바 백작 부인의 원형이 됨. 7월, 톨스토이 집안의 아이들과 요르골스카야 부인, 야스나야 폴랴나로 이사. 12월, 야스나야 폴랴나에서 형들과 함께 가족을 위한 연극을 공연함.

1839년(11세) 8월, 맏형 니콜라이가 모스크바 대학에 입학하자 요르골스카야 부인과 함께 모스크바로 이사. 가을과 겨울은 야스나야 폴랴나에서 보냄.

1840년(12세) 문학에 심취하여 러시아어와 프랑스어로 시와 우화 등을 씀. 7월, 야스나야 폴랴나에서 요르골스카야 부인의 명명일을 기념하여 부인에게 프랑스어로 편지를 씀. 이 편지가 지금까지 전해지는 레프 톨스토이의 서간 중 가장 오래된 것임.

1841년(13세) 8월, 후견인이었던 오스텐 사켄 부인이 옵티나 수도원에서 죽음. 톨스토이가 부인의 비문을 씀. 새로운 후견인이 된 고모 펠라게야 일리이니쉬나 유쉬코바가 살고 있는 카잔으로 형제와 함께 이사.

1844년(16세)	9월, 카잔대학교 동양어대학 아랍·터키어과에 입학. 이후 사교계에 출입하며 방탕한 생활을 함.
1845년(17세)	진급시험에 떨어져 법학대학으로 재입학.
1846년(18세)	1월, 잦은 결석으로 교내 감옥에 갇힘. 5월, 진급시험을 통과하여 2학년에 진급함. 가을, 형들과 함께 후견인의 집에서 독립.
1847년(19세)	철학에 심취하여 「장 자크 루소의 사상에 대한 철학적 고찰」, 「철학의 목적에 관하여」 등의 글을 씀. 3월, 일기를 쓰기 시작함. 몽테스키외의 「법의 정신」과 예카테리나 여제의 「훈령」 비교 연구. 4월, 야스나야 폴랴나에서 독학과 농업에 전념하기 위해 카잔대학교를 중퇴함. 5월, 야스나야 폴랴나로 이사하여 여름을 보냄.
1848년(20세)	가을과 겨울을 모스크바에서 보내며 방탕한 생활을 이어감.
1849년(21세)	2월, 페테르부르크 대학 입학을 위해 페테르부르크로 이사함. 4월, 페테르부르크 대학교에서 법학사 자격 시험을 치러 두 과목 합격. 보로틴카 마을과 숲을 팔아 모스크바와 페테르부르크 생활에서 진 빚을 갚음. 5월, 페테르부르크 대학 입학을 포기함. 입대하여 헝가리로 가려고 했으나 형 세르게이의 충고로 포기하고 야스나야 폴랴나로 돌아옴. 여름, 농민의 아이들을 위한 학교를 개설함. 11월, 툴라 주 귀족위원회의 사무직을 맡음
1850년(22세)	겨울, 여러 지역을 여행하며 친지들을 만남. 여름, 야스나야 폴랴나에서 영지 경영에 전념하며 몽테스키외를 읽고 음악에 빠져듦. 훗날 「지주의 아침」에서 이 시기의 일을 그림. 12월, 모스크바에서 사교계를 드나들며 「브라쥐롱 자작」, 「루이 14세와 그의 시대」 등 A. 뒤마의 소설을 읽고 '소설을 읽지 말 것'이라는 일기를 남김. 「유년시절」을 쓰기 시작함. 사교계에서의 처세술과 카드놀이 하는 방법 등을 일기에 남김.

1851년(23세) 3월, 「유년시절」과 「어제의 이야기」 집필. 벤자민 프랭클린을 본받아 매일 일기를 쓰기 시작함. 4월, 맏형 니콜라이가 있는 카프카스로 가 함께 카잔, 사라토프, 아스트라한 등을 여행함. 5월 스타로글라드콥스카야 마을에 도착함. 이 마을은 훗날 「카자크 인」에서 노보블린스카야 마을로 그려짐. 6월, 로렌스 스턴의 「풍류여정기」를 러시아어로 옮기기 시작함. A.I.바랴틴스키 공작이 지휘한 체첸 마을 습격에 의용병으로 참전. 이때의 경험이 「습격. 의용병의 이야기」(1852)로 그려짐. 8월, 스타로글라드콥스카야 마을로 돌아와 「유년시절」 집필. 10월, 형 니콜라이와 함께 티플리스(현 트빌리시)로 돌아옴. 11월~12월, 요양을 하며 「유년시절」 1부를 완성함. 12월, 20 포병연대에 자원.

1852년(24세) 1월, 사관후보생 시험을 치러 4급 포병 하사관으로 편입. 2월, 미스키르-유르트 전투에 참가했다 탄환에 맞아 중상을 입음. 3월~4월, 스타로글라드콥스카야에서 「유년시절」을 집필하며 D.V.그리고로비치의 소설들을 읽음. 5~8월, 병의 치료를 위해 퍄티고르스크에 머물며 「유년시절」, 「습격」을 집필하고, 소설 「러시아 지주의 이야기」를 구상함. 7월, N.A.네크라소프에게 「유년시절」의 원고를 보냄. 9월, 잡지 「동시대인」에 「나의 유년시절 이야기」가 실림. 12월, 「습격」을 탈고하고 잡지 「동시대인」에 보냄.

1853년(25세) 1~3월, 체첸 토벌에 참가. 2월, 카치칼리콥스키 산(山) 전투에서 무공을 세움. 3월, 잡지 「동시대인」에 「습격」이 실림. 스타로글라드콥스카야에 머물며 「크리스마스 이브」와 「소년시절」에 착수함. 5월, 전역을 요청함. 7~10월, 젤레즈노, 키슬로보츠크 등을 돌아보며 「소년시절」, 「카자크 인」, 「득점기록원의 수기」 등을 집필함. 가을~겨울, 러시아-터키 전쟁 발발로 인해 전역 요청이 거부되자 S.D.고르차코프 공작에게 도나우 파견군으로의 발령을 요청함. N.M.카람진의 「러시아 역사」와 N.G.우스트럍로프의 「러시아사」를 읽음.

1854년(26세) 1월, 소위보로 임명됨. 도나우 파견군 12 포병연대 4중대로 발령남. 2월, 야스나야 폴랴나로 돌아와 부임을 준비하며 유언장을 작성함. 3월, 부하레스트에 도착하여 포병부대와 함께 몰다비아, 발라히야, 베사라비야의 여러 지역에 머묾. 7월, 두 차례에 걸쳐 크림 반도 파견군으로의 발령을 요청함. 9~10월, 장교들과 함께 사병 교육과 계몽을 위한 조직을 만들기로 함. 이것이 사병을 위한 잡지 발간 계획으로 발전하였으나 황제의 금지로 실현되지 못함. 10월, 잡지 「동시대인」에 「소년시절」이 실림. 11월, 세바스토폴에 도착. 겨울, 심페로폴에 주둔하며 전투에 참가함.

1855년(27세) 1월, 잡지 「동시대인」에 「득점기록원의 수기」가 발표됨. 3월, 훗날 러시아정교로부터 파문을 당하게 된 톨스토이 종교관의 원형을 볼 수 있는 글을 일기에 남김. 6월, 잡지 「동시대인」에 「12월의 세바스토폴」이 실림. 9월, 잡지 「동시대인」에 「삼림벌채」와 「5월의 세바스토폴」이 실림. 10월, 곧바로 전역하여 문학 활동에 전념하기를 권하는 I.S.투르게네프의 첫 편지를 받음. 11월, 페테르부르크로 가 투르게네프, 곤차로프, 네크라소프, 튜체프 등의 열렬한 환영을 받음. 12월, A.A.페트와 친분이 시작됨.

1856년(28세) 1월, 휴가를 받아 모스크바로 감. 형 드미트리 죽음. 잡지 「동시대인」에 「1855년 8월의 세바스토폴」 발표. 2~5월, A.N.오스트롭스키, S.T.악사코프, K.S.악사코프 등과 교류함. 투르게네프와 논쟁 후 화해. 3월, 11개월 간의 휴가를 요청함. 1855년 8월 4일 쵸르나야 레치카 유역 전투에서 세운 무공을 인정받아 중위로 진급됨. 잡지 「동시대인」에 「눈보라」 발표. 4월, 야스나야 폴랴나 농노 해방 계획을 세움. 5월, 잡지 「동시대인」에 「두 경기병」 발표. 내무성 장관 A.I.레프쉰에게 야스나야 폴랴나 농노 해방 계획서를 보냄. 6~10월, 야스나야 폴랴나에 머물며 농노들에게 농노 해방 계획을 설명하고 설득하였으나 실패로 돌아감. 「홀스토메르」, 「카자크 인」, 「청년시절」, 「먼 들」을 집필함. 11월~1857년 1월, 페테르부르크에 머물며 「강등병」, 「자유로운 사랑」, 「러시아 지주의 이야기」, 「지주의 아침」, 「알베르트」, 「청년시절」 등을 집필함. 군대에서 퇴역. 12월, 잡지 「도서관」에 「강등병」이, 잡지 「조국수기」에 「지주의 아침」이 실림.

1857년(29세) 1월, 잡지 「동시대인」에 「청년시절」 발표. 1~7월, 프랑스, 스위스, 이탈리아, 독일 등지를 여행함. 8월, 야스나야 폴랴나에 돌아와 「카자크 인」, 「알베르트」를 집필. 9월, 잡지 「동시대인」에 「루체른」 발표. 11~12월, 모스크바와 야스나야 폴랴나를 오가며 「카자크 인」, 「알베르트」, 「세 죽음」, 「부활절」 등을 집필.

1858년(30세) 3월, 페테르부르크로 가 네크라소프에게 「알베르트」 원고를 전달함. 3~4월, 모스크바에서 「부활절」을 집필. 6~8월, 농사에 전념함. 잡지 「동시대인」에 「알베르트」가 실림. 9월, 농노의 삶을 개선하기 위한 툴라 주 위원회의 위원을 선출하기 위한 귀족 회의에 참가.

1859년(31세) 1월, 잡지 「도서관」에 「세 죽음」 발표. 러시아 문학애호가협회 회원이 됨. 1~2월 「결혼의 행복」 집필. 5월, 야스나야 폴랴나의 저택을 수리. 「러시아 통보」에 「결혼의 행복」 발표. 11월, 야스나야 폴랴나에 농민의 아이들을 위한 학교를 세우고 교육에 전념함.

1860년(32세) 야스나야 폴랴나에서 농민 아동 교육에 전념함. 3월, 교육에 관한 최초의 글 「교육에 관한 수기와 자료」를 쓰고, 당시 계몽성 장관이었던 E.P.코발렙스키에게 민중 교육을 위한 기구의 창설과 교육 잡지의 창간을 요청함. 교육 기구 창설은 거부되었으나, 교육 잡지는 「야스나야 폴랴나」라는 이름으로 1862년에 톨스토이가 직접 발간함. 7월, 두번째 유럽 여행을 떠나 독일, 스위스, 프랑스와 영국을 돌아보며 교육 제도를 시찰함. 8~9월, 위독한 상태의 맏형 니콜라이와 함께 프랑스에 머물며 민중 교육에 대한 글들을 씀. 9월 20일, 맏형 니콜라이가 결핵으로 죽음. 가을, 플로렌스에서 데카브리스트 S.G.볼콘스키와 친분을 나눔. 볼콘스키는 훗날 미완작 「데카브리스트」의 피에르 라바조프의 원형이 됨. 런던에서 A.I.게르첸과 교류하며 찰스 디킨스의 교육 강의를 들음. 「카자크 인」, 「이딜리야」, 「티혼과 말라니야」 등을 집필.

1861년(33세) 4월, 페테르부르크로 돌아와 주일학교들을 돌아보고 계몽성 장관 코발렙스키에게 교육 잡지 「야스나야 폴랴나」의 창간을 요청함. 5

월, 야스나야 폴랴나로 돌아와 지주와 농민 간의 분쟁 조정위원으로 위촉됨. 8월, 톨스토이가 농민들의 편에 선다는 이유로 귀족들이 크라피브나 귀족단장에게 탄원서를 보냄. 10~11월, 농민들의 요청에 따라 크라피브나 지방에 12개 학교를 개설함.

1862년(34세) 봄, 야스나야 폴랴나와 모스크바를 오가며 잡지 「야스나야 폴랴나」 발간에 전념함. 「민중 교육의 의미」, 「교육자의 사명」, 「교육과 양육」, 「누가 누구에게 글을 배워야 할 것인가, 농민의 아이들이 우리에게 배워야 하는가, 우리가 농민의 아이들에게 배워야 하는가」 등의 글을 씀. 자신의 미르 안에 새 학교들을 개설함. 농민들 편에 섰다는 이유로 지역 귀족들의 반대에 부딪혀 분쟁조정위원직에서 물러남. 5월, 제자 V.모로조프, E.체르노프 등과 함께 사마라 지역으로 마유(馬乳) 요양을 떠남. 7월, 톨스토이의 부재를 틈타 헌병들이 야스나야 폴랴나를 수색함. 8월, L.A.베르스가 딸들과 함께 머물던 A.M.이슬레니예프 영지를 방문함. 소피야 베르스에게 알파벳 이니셜을 이용한 고백을 함. 훗날 이 에피소드는 「안나 카레니나」에서 레빈이 키티에게 사랑을 고백하는 장면으로 삽입됨. 베르스 일가가 모스크바로 떠나자 함께 가 모스크바에 머물며 매일 베르스 일가와 만남. 잡지 「야스나야 폴랴나」를 위한 글들을 집필. 알렉산드르 2세에게 가택 수색을 항의하는 서간을 보냄. 9월, 크레믈의 성모탄생성당에서 소피야 안드레예브나 베르스(당시 18세)와 결혼. 10~12월, 「카자크 인」, 「폴리쿠쉬카」, 「티혼과 말라니야」 등을 집필.

1863년(35세) 1월, 잡지 「야스나야 폴랴나」 정간. 2월, 아내와 함께 야스나야 폴랴나로 돌아옴. 잡지 「러시아 통보」에 「카자크 인」 발표. 3월, 잡지 「러시아 통보」에 「폴리쿠쉬카」 발표. 3~4월 「홀스토메르」 집필. 6월, 맏아들 세르게이 태어남. 「전쟁과 평화」 착수. 희극 「감염된 가족」을 집필.

1864년(36세) 1월, 「감염된 가족」 탈고. 2월, 「감염된 가족」의 공연을 위해 모스크바 말르이 극장을 방문함. 8월, 「L.N.톨스토이 백작 작품집」 1권이 발간됨. 10월, 맏딸 타티야나 태어남. 11~12월, 사냥 중에

팔이 부러져 모스크바에서 치료. 잡지 「러시아 통보」에 소설 「1805년」의 1,2부 원고를 보냄.

1865년(37세) 1~2월, 잡지 「러시아 통보」에 소설 「1805년」의 1부가 실림. 3월, 「L.N.톨스토이 백작 작품집」 2권이 발간됨. 여름, 농사에 전념함. 가을~겨울, 「1805년」, 「먼 들」을 집필.

1866년(38세) 1~3월, 모스크바에 머물며 소설 「전쟁과 평화」를 위해 자료를 수집함. 봄, 잡지 「러시아 통보」에 소설 「1805년」의 2부가 실림. 5월, 둘째 아들 일리야 태어남. 여름, 희극 「니힐리스트」 탈고. 10월, 원로회에 의해 명예 중재위원으로 위촉됨. 11월, 모스크바에서 M.N.카트코프와 「1805년」 3부의 출판에 대해 논의. 가족과 함께 야스나야 폴랴나에서 겨울을 보내며 「1805년」 집필.

1867년(39세) 야스나야 폴랴나에 머물며, 「전쟁과 평화」 발간을 위해 모스크바를 왕래함. 3월, 카트코프의 인쇄소에서 「전쟁과 평화」라는 제목으로 자비출판하기로 하였으나 성사되지 않음. 9월, 「전쟁과 평화」의 집필을 위해 보로지노의 옛 싸움터 방문. 12월, F.F.리스의 인쇄소에서 「전쟁과 평화」 1~3권 출판.

1868년(40세) 3월, 잡지 「러시아 서고」에 「전쟁과 평화에 관한 몇 가지 이야기」를 발표. 「전쟁과 평화」 제4권 발간. 9월, 「아즈부카(교과서)」 초고 집필.

1869년(41세) 1월, 「전쟁과 평화」 집필. 2월, 「전쟁과 평화」 제5권 발간. 5월, 3남 레프 탄생. 5~8월, 쇼펜하우어와 칸트의 저작에 심취함. 9월, 일리노 영지를 구입하기 위해 니즈니 노브고로드, 사란스크, 아르자마스를 거쳐 펜자 주로 감. 이때 톨스토이가 아르자마스 시의 호텔에서 처음 경험한 죽음의 공포는 훗날 「어느 광인의 수기」에 투영되었으며, '아르자마스의 공포'라고 불리는 이 경험은 이후 톨스토이를 정신적인 격변과 '회심'으로 이끌었음. 12월, 「전쟁과 평화」 제6권 발간. 이 해에 「크리스마스 트리」, 「수줍음이 많은 청년에 관한 농담」, 「오아시스」, 「아내를 죽인 자」 등의 작품에 착수하였으나 대부분 미완으로 남음.

1870년(42세) 1~2월, 셰익스피어, 괴테, 몰리에르, 푸쉬킨, 고골 등을 탐독함. 2월, 표트르 1세에 관한 소설에 착수. 2월, 아내 소피야 톨스타야에게 안나 카레니나의 원형이 될 여성상에 대해 이야기함. 5월, 툴라 지방법원의 출장 재판에 배심원으로 참석. 여름, 농사에 전념함. 11월, 표트르 1세에 관한 소설을 집필. 12월, 고대그리스어 공부에 열중함.

1871년(43세) 1~5월, 고대그리스어 공부에 열중. 열병과 복통을 호소함. 2월, 둘째 딸 마리야 태어남. 6월, 마유 요양을 위해 사마라 주로 감. 8월, 야스나야 폴랴나로 돌아와 「아즈부카(교과서)」를 집필. 12월, 「아즈부카」 1부 간행.

1872년(44세) 1~5월, 「아즈부카(교과서)」 집필. 1~4월, 아내 소피야와 큰 아이들(세르게이와 타티야나)과 함께 농민 아이들을 가르침. 2월, 표트르 1세에 관한 소설에 다시 착수함. 3월, 「카프카스의 포로」 집필. 4월, 잡지 「담화」에 「신은 진실을 보나, 바로 말해 주지 않는다」가 실림. 5월, 잡지 「노을」에 「카프카스의 포로」가 실림. 6월, 4남 표트르 탄생. 9월, 황소를 죽게 한 목동의 죽음에 대한 법적 책임 문제로 가택 연금을 당함. 이 일을 계기로 영국 이민을 계획하였으나, 툴라 지방법원장의 사과 서한을 받고 철회함. 10월, 표트르 1세에 관한 소설의 집필을 계속함.

1873년(45세) 1~2월, 표트르 1세에 관한 소설을 집필. P.D.골로흐바스토프, V.K.이스토민에게 표트르 1세 치하에 관한 자료와 책들을 요청하는 서한을 보냄. 3월, 「안나 카레니나」 착수. 5월, 전 8권의 작품집에 들어갈 「전쟁과 평화」 원고 수정. 6~8월, 가족과 함께 사마라 주의 영지로 가 빈민 구제 사업에 전념함. 9월, I.N.크람스코이가 야스나야 폴랴나로 와 톨스토이의 초상화를 그림. 10월, 민중 학교의 교사들이 야스나야 폴랴나에 모여 톨스토이가 제안한 어문 교육법에 대해 토의함. 11월, 아들 표트르가 크루프로 죽음.

「L.N.톨스토이 백작 작품집」 전8권 간행. 12월, 학술원 러시아어 문학부의 회원이 됨.

1874년(46세) 4월, 5남 니콜라이 탄생. 4~5월, 「농촌 학교를 위한 문법교과서」와 「민중 교육에 관하여」를 집필. 6월, 교육 관련 저술 활동으로 인해 「안나 카레니나」 단독 출판이 연기됨. 타티야나 요르골스카야 죽음. 가을, 교과서 집필과 교육 사업에 전념함. 11월, 「안나 카레니나」의 단독 출간이 완전히 중단됨. 11~12월, 「새 아즈부카(교과서)」 집필. 12월, M.N.카트코프에게 서한을 보내 「안나 카레니나」를 잡지 「러시아 통보」에 연재하기로 함.

1875년(47세) 1~5월, 잡지 「러시아 통보」에 「안나 카레니나」 첫 3부가 연재됨. 2월, 5남 니콜라이 죽음. 5월, 「새 아즈부카(교과서)」 간행. 11월, 딸 바르바라가 태어나자마자 죽음. 「러시아 독본」 전 4권 출간. 가을~겨울, 「안나 카레니나」, 「고행자 유스티니아누스의 삶과 고난」, 「그리스도교의 의미」, 「시간과 공간을 초월한 삶에 관하여」 등의 집필에 전념함. 12월, P.I.유쉬코바가 야스나야 폴랴나에서 죽음.

1876년(48세) 겨울, 「안나 카레니나」의 집필에 전념. 2~4월, 잡지 「러시아 통보」에 「안나 카레니나」 3~5부가 연재됨. 여름, 바이올리니스트 I.M.나고르노프, T.A.쿠즈민스카야 등이 야스나야 폴랴나를 찾아옴. 나고르노프의 연주 중 특히 크로이처 소나타에 열광함. 10월, 툴라 주 귀족회의에서 지원을 받아 야스나야 폴랴나에 사범학교를 건립하고자 했으나 성사되지 않음. 11월, 러시아-터키 전쟁이 임박했다는 소식을 듣고 자세히 알아보러 모스크바에 감. 이때 세르비아로 떠나는 러시아 자원병들의 모습이 「안나 카레니나」 후반부에 그려짐. 12월, 잡지 「러시아 통보」에 「안나 카레니나」 원고를 전달하기 위해 모스크바에 감. N.G.루빈쉬테인이 톨스토이를 위해 연 음악회에서 P.I.차이콥스키와 알게 됨. 이 무렵부터 종교 문제에 열중하기 시작함.

1877년(49세) 겨울, 이주민을 다룬 문학 작품을 구상함. 「종교의 정의」, 「그리스도교 교리문답」에 착수. 2~5월, 잡지 「러시아 통보」에 「안나 카레니나」 6~7부 연재. 6월, 「안나 카레니나」 8부의 전쟁 장면들에 관한 의견 대립으로 「러시아 통보」 5호에는 8부의 요약본이 게재됨. 7월, 「안나 카레니나」 8부 단독 출간. 8~9월, 전 4권의 「슬라브 독본」 출간. 9월, 툴라 주 행정위원회 서기장과 크라피브나 자치회 의원, 교육위원회와 여자 김나지움 감독위원회, 노역의무 면제 위원회, 민병 및 예비군 가정 지원 의원회 등의 회원으로 위촉됨. 12월, 6남 안드레이 탄생. 툴라 실업학교의 명예 후견인으로 위촉됨.

1878년(50세) 겨울, 데카브리스트에 관한 소설을 쓰기 위해 모스크바와 페테르부르크에 가 데카브리스트와 그 가족들을 만나고 자료를 수집함. 4월, 1861년 불화 이후 왕래하지 않았던 투르게네프에게 서한을 보내 화해를 청함. 5월, 「신앙에 관한 논쟁」, 「나의 삶」 등을 집필. 8월과 9월, 투르게네프가 야스나야 폴랴나를 방문함. 9~12월, 소설 「데카브리스트」 집필.

1879년(51세) 1~3월, 「데카브리스트」 집필. 미완작 「수고하며 무거운 짐 진 자들」 초고 집필. 1월, A.A.톨스타야를 통해 데카브리스트 자료 열람을 위한 제3부 기록보관소 방문을 요청하였다가 거절당함. 봄, 사순절 금식을 엄격히 지키고 매일 저녁 복음서를 읽음. 3월, 모스크바에 있는 법무성 기록보관소에 18세기 자료 열람을 요청하였다가 거절당함. 4월, 외무성 장관 N.K.기르스에게 서한을 보내 모스크바와 페테르부르크의 기록보관소 열람을 요청하여 5월에 승낙을 받음. 6월, 키예프에 있는 키예프-페체르스키 수도원을 방문함. 10~12월, 철학적 종교적 사상의 격변기를 겪음('회심'). 12월, 7남 미하일 탄생.

1880년(52세) 1월, 모스크바에서 작품집의 재발간에 착수하여 F.I.살라예프에게 출판권을 넘겨 줌. 1~2월 「참회록」, 「교리신학 연구」 집필. 3월, 「4대 복음서의 통합, 번역, 연구」 착수. 4~7월, 「L.N.톨스토이 백작 작품집」 전 11권 발간. 6월, 모스크바의 푸쉬킨 동상 제막식에 불참. 10월, 아이들의 가정교사를 찾기 위해 모스크바에 감.

I.E.레핀과 알게 됨. 11~12월, 「4대 복음서의 통합, 번역, 연구」 집필에 전념함. 아내 소피야 톨스타야와의 불화가 심해짐.

1881년(53세) 1월, 민화 「사람은 무엇으로 사는가」, 「세 아들」 집필. 2월, 도스토옙스키의 부고를 접하고 매우 슬퍼함. 3월, 알렉산드르 2세를 살해한 '민중의 의지' 당 소속 혁명가들에게 내려진 사형 선고를 철회해 줄 것을 청원하는 서한을 황제 알렉산드르 3세에게 보냄. 6월, S.P.아르부조프, D.F.비노그라도프와 함께 옵티나 수도원까지 걸어서 순례함. 7월, 전 지방법원 위원 I.I.메치니코프가 죽음. 메치니코프의 병과 죽음은 훗날 「이반 일리이치의 죽음」의 모티브가 됨. 영지 경영과 마유 요양을 위해 아들 세르게이와 함께 사마라의 영지에 다녀옴. 10월, 8남 알렉세이 탄생.

1882년(54세) 1월, 신문 「현대 통보」에 「모스크바 총인구조사에 관하여」를 기고. 「이제 무엇을 할 것인가」에 착수. 모스크바 총인구조사에 참가. 1~4월, 잡지 「예술 잡지」의 편집장 N.A.알렉산드로프에게 보내는 서간 형식으로 예술에 관한 일련의 기고문을 집필함. 4월, 「참회록」을 탈고하여 잡지 「러시아 사상」에 발표. 7월, 「참회록」이 출판 금지되었다는 기사가 신문 「목소리」에 실림. 돌고하모브니키 거리에 있는 집을 구입함(훗날 톨스토이 박물관이 됨). 10~11월, 성서 연구를 위해 히브리어를 공부. 12월, 「한 마을에 독실한 이가 있었네」 착수.

1883년(55세) 1~3월, 모스크바에서 「나의 신앙은 무엇에 있는가」 집필. 4월, 야스나야 폴랴나 저택 화재. 5월, 아내 소피야 톨스타야에게 재산 관리를 일임함. 6월, 투르게네프가 죽기 전 마지막 서한을 보내 톨스토이를 '러시아 땅의 위대한 작가'로 일컬으며 순수 문학 활동에 전념해 달라고 요청함. 7월, 톨스토이가 농민들과 어울리며 평등 사상을 주입하고 교회를 장식하는 것은 어리석은 일이라고 설파한다는 밀고가 사마라 주 헌병대장에게 들어옴. 9월, 종교적 신념에 반한다는 이유로 지방법원의 배심원직을 사임함. 10월, V.G.체르트코프와 알게 됨. 이후 체르트코프는 톨스토이의 가장 가까운 친구이자 동료가 됨.

1884년(56세) 「이제 무엇을 할 것인가」, 「이반 일리이치의 죽음」 집필. 「어느 광인의 수기」, 「불은 놓아 두면 끄지 못한다」 구상. 1월, 화가 게, 톨스토이 초상화 그림. 2월, 인쇄 중이던 「나의 신앙은 무엇에 있는가」가 '비도덕적이며, 그리스도교의 가르침에 어긋난다'는 이유로 당국에 압수. 3월, 아내와의 불화, 가족 내 소외감을 토로하는 일기를 남김. 6월, 아내와의 말다툼 후 가출을 시도하였으나 임신 중인 아내를 생각하여 곧 돌아옴. 3녀 알렉산드라 탄생. 9월, A.N.오스트롭스키, I.A.곤차로프와 함께 키예프 대학의 명예위원으로 위촉됨. 11월, V.G.체르트코프 등과 함께 민중을 위한 출판사 '중개인'을 설립함.

1885년(57세) 소설 「홀스토메르」와 「이반 일리이치의 죽음」 집필. 민화 「불은 놓아 두면 끄지 못한다」, 「사랑이 있는 곳에 신이 있다」, 「소녀는 노인보다 지혜롭다」, 「일리야스」, 「바보 이반」 등을 집필함. 1월, 아내 소피야 톨스타야, 톨스토이 작품의 출판과 판매 관리를 시작함. 2월, 헨리 조지의 저서를 탐독함. '중개인'에 「형제와 황금」 원고를 넘김. 키시뇨프에서 톨스토이 사상에 영향을 받은 최초의 병역 거부자가 나옴. 10월, 「참회록」, 「요약복음서」, 「나의 신앙은 무엇에 있는가」가 체르트코프의 번역으로 런던에서 출판됨. 가족들은 모스크바로 가고 톨스토이만 야스나야 폴랴나에 남아 「이제 무엇을 할 것인가」를 집필. 12월, M.E.살티코프-셰드린에게 서한을 보내 '중개인'과의 협력을 요청.

1886년(58세) 「어둠의 힘」, 「문명의 열매」, 「빛이 있을 때 빛 속을 걸어라」, 「회개하는 죄인」, 「세 은수자」, 「달걀만한 씨앗」, 「사람에게 많은 땅이 필요한가」, 「빵 한 조각을 보상한 악마 이야기」, 「일꾼 예멜리얀과 빈 북」, 「최초의 양조자」 등을 집필. 1월, 8남 알렉세이 죽음.

1887년(59세) 「빛이 있을 때 빛 속을 걸어라」, 「인생론-삶에 관하여」, 「수라트의 찻집」, 「지혜로운 여인」 등을 집필. 겨울, 육식을 금하고 채식주의를 설파함. 2월, '중개인'에서 희곡 「어둠의 힘」이 출간되었으나 당국에 의해 공연 금지됨. 2월, P.I.비류코프와 함께 '중개인'에서 출판할 「새 요약 아즈부카(교과서)」를 집필. 여름, 농사에 전념하며

「인생에 관하여」를 수정·집필함. 4월, 톨스토이를 찾아온 배우 V.N.안드레예프-부를락이 기차 안에서 어떤 사람에게 들은 아내의 부정 이야기를 전함. 이 이야기가 「크로이처 소나타」의 모티브가 됨. 7월, 「인생론-삶에 관하여」 탈고, 비류코프를 통해 원고를 전달함.

1888년(60세) 1월, 희곡 「어둠의 힘」이 프랑스 파리에서 초연됨. 「인생론-삶에 관하여」가 발간 금지되어 전량 압수됨. 톨스토이가 서문을 쓴 T.M.본다레프의 「농민의 축제」가 발간 금지됨. 2월, I.E.레핀과 N.N.게에게 서한을 보내 '중개인'에서 출판할 도서를 위한 일러스트를 그려 달라고 요청함. 5월, A.F.코니에게 서한을 보내 로잘리오니와 유혹자에 대한 그의 이야기를 작품 소재로 사용할 수 있게 해 달라고 요청함. 이 이야기가 훗날 「부활」의 모티브가 됨. 검열 당국에 의해 「매일을 위한 명언집」이 발간 금지됨. 5~6월, 딸들과 함께 농사일에 전념함. 6월, 여농(女農) 아브도티야 코필로바에게 오두막을 세워 줌.

1889년(61세) 1~2월, 「악마」, 「문명의 열매」, 「예술에 대하여」, 「Carthago delenda est」 등을 집필. 「부활」에 착수. 3월, 조각가 K.A.클로트의 「밭에서의 톨스토이」를 위해 모델을 해 줌. 아내 소피야 톨스타야의 번역으로 「인생론-삶에 관하여」의 프랑스어판이 나옴. 4~5월, 「크로이처 소나타」 집필. 잡지 「러시아의 자산」에 실릴 「예술에 관하여」 원고를 교정함. 12월, 야스나야 폴랴나 저택에서 「문명의 열매」 공연.

1890년(62세) 「부활」, 「문명의 열매」, 「세르기 신부」, 「크로이처 소나타 에필로그」, 「왜 스스로를 마취시키는가」, 「하느님의 나라는 우리 안에 있다」(무저항에 관한 글) 등을 집필. 1월, 연극 애호가들에 의해 페테르부르크에서 「어둠의 힘」 러시아 초연. 3월, 톨스토이 작품집 13권에 포함된 「크로이처 소나타」가 내무성 장관 I.N.두르노보에 의해 발간 금지됨. 4월, 연극 애호가들에 의해 툴라에서 「문명의 열매」 초연. 6월, 모든 작품에 대한 저작권을 사회에 환원하겠다고 아내 소피야에게 선언함.

1891년(63세) 「세르기 신부」, 「굶주림에 관하여」, 「첫 걸음」, 「빛은 어둠 속에서도 빛난다」, 「하느님의 나라는 우리 안에 있다」 등을 집필. 1월, 「Contemporary Review」지에 「왜 스스로를 마취시키는가」의 영역본이 게재됨. 3월, 「Review of Review」지에 「니콜라이 팔킨」의 영역본이 게재됨. 「어머니」(「어머니의 일기」) 착수. 4월, 아내 소피야가 출판 금지되었던 「크로이처 소나타」의 발간 허가를 얻어 냄. 5월, 제네바에서 「교리신학 연구」 출판. 6월, 1881년 이후 쓰인 저작에 대한 저작권 포기를 발표하려 하자 아내 소피야 톨스타야가 자살을 기도함. 9~11월, 중부 러시아의 대기근으로 고통받는 툴라와 랴잔 주의 농민 구제 활동에 전념. 「굶주림에 관하여」 집필. 10월, 「굶주림에 관하여」가 실린 잡지 「철학과 심리학의 제 문제」가 검열국에 의해 발행 금지됨. 12월, 「굶주리는 민중에 대한 도움」, 「일꾼 예멜리얀과 빈 북」, 「대기근으로 고통 받는 민중을 구제하는 방법에 관하여」가 실린 모음집 발간.

1892년(64세) 1월, 농민 구제 활동을 이어감. 잡지 「러시아 통보」에 대기근 피해자를 돕기 위해 모집된 후원금의 사용 내역을 게재. 「굶주리는 민중에 대한 도움」이 검열에 의해 많은 부분 삭제됨. 모스크바 말르이 극장에서 「문명의 열매」 공연. 7월, 톨스토이에게 속한 모든 부동산을 아내와 자식들에게 양도한다는 재산 분할 증서에 서명함.

1893년(65세) 1월, 잡지 「북방 통보」에 「수라트의 찻집」이 실림. 2~7월, 세 차례에 걸쳐 베기쳅카 지역을 돌아보며 빈민 구제 사업 현황을 시찰함. 11~12월, 「하느님의 나라는 우리 안에 있다」 탈고. 「부작위의 죄」, 「종교와 도덕」, 「그리스도교와 애국심」, 「세 가르침」 등을 집필함.

1894년(66세) 1월, 베를린에서 「하느님의 나라는 우리 안에 있다」가 러시아어로 출판됨. 모스크바 심리학회의 명예회원으로 선출됨. 5~12월, 「그리스도교의 가르침」 집필. 9월, 「주인과 일꾼」 집필. 11월, 스위스에서 출판된 「4대 복음서의 통합, 번역, 연구」가 러시아 내무성에 의해 국내 반입 금지됨. 12월, 두호보르파 신자들을 만남. 「젊은 황제의 꿈」 집필. 잡지 「북방 통보」에 톨스토이가 번역하고 서문을 단 폴 카루스의 「카르마」가 실림. 「종교와 도덕」 집필.

1895년(67세) 1월, 「부활」, 「교리문답서」(「그리스도교의 가르침」), 「부끄러워라」 등을 집필. 2월, 9남 이반 죽음. 3월, 자신의 작품에 대한 저작권 일체를 사회에 환원하겠다는 유언장을 일기에 남김. 8월, 러시아에서 벌어지고 있는 두호보르파 탄압에 대한 공개 서한을 언론사에 보냄. A.P.체호프가 처음으로 찾아옴. 10~11월, 「어둠의 힘」이 모스크바 말르이 극장 초연에서 기립박수를 받는 등 러시아 전역의 극장에서 공연되어 대성공을 거둠.

1896년(68세) 1~4월, 「부활」, 「빛은 어둠 속에서도 빛난다」, 「그리스도교의 가르침」, 「하느님인가 재물인가」 등을 집필. 4월, M.M.홀레빈스키라는 의사가 금서 조치된 톨스토이의 저작을 유포했다는 이유로 체포되자 내무성과 법무성 장관에게 서한을 보내, 독자가 아닌 자신을 체포하라고 청원함. 볼쇼이 극장에서 바그너의 오페라 「지그프리드」를 관람함. 이 오페라에 대한 감상이 「예술이란 무엇인가」의 13장에 삽입됨. 5~11월, 「애국심인가 평화인가」, 「다가오는 종말」, 「자유주의자들에게 보내는 서간」 등을 집필. 「하지 무라트」 착수. 11월, 1895년 주류 전매 제도를 도입한 재무성 장관으로부터 정부가 설립한 금주회 활동에 동참해 달라는 요청서를 받았으나 거절함. 병역거부 운동으로 인해 정부로부터 심한 탄압을 받고 있던 카프카스 지역 두호보르파 신자들을 돕기 위해 비류코프와 트레구보프, 체르트코프가 쓴 호소문 「도와주십시오!」에 에필로그를 씀.

1897년(69세) 1월, 「예술이란 무엇인가」 집필에 전념. 1895년 아들 이반의 죽음 이후 음악에 빠져 있던 아내 소피야와의 관계가 계속 악화됨. 2월, 호소문 「도와주십시오!」 작성을 이유로 국외 추방된 체르트코프와 비류코프, 트레구보프를 배웅하기 위해 페테르부르크에 다녀옴. 4월, 음악원에서 A.G.루빈쉬테인의 학생극 리허설을 관람함. 「예술이란 무엇인가」의 첫 장이 이 리허설에 대한 감상으로 시작함. 7월, 야스나야 폴랴나와 아내를 떠나겠다는 내용의 편지 두 통을 아내 소피야에게 보냄. 카잔에서 열린 '일치와 화합을 위한 제3회 전 러시아 선교사 총회'에서 톨스토이의 종교적 활동이 그리스도교와 국가 질서에 반하는 매우 위험한 사상으로 규정됨. 11~12월, 「예술이란 무엇인가」를 탈고하여 잡지 「철학과 심리학의 제 문제」에 보냄. 12월, 「살아 있는 시체」를 구상.

1898년(70세) 3월, 두호보르파 신자들에 대한 이주 지원을 호소하는 글을 잡지 「러시아 통보」와 「페테르부르크 통보」, 그리고 영국과 미국의 여러 언론사로 보냄. 4월, 두호보르파 신자들의 이주 지원금을 모집했다는 이유로 잡지 「러시아 통보」가 2개월간 정간 당함. 4~5월, 툴라와 오룔 주의 빈민 구제를 위해 활동. 「기근인가 기근이 아닌가」 집필. 6월, 3년간 집필을 멈췄던 「세르기 신부」의 집필을 재개. 「위조 쿠폰」과 「세 가지 질문」에 착수. 7월, 가출을 결심함. 8월, 탄생 70주년 기념 축하회가 열림. 세계 각지로부터 축전이 도착함. 9월, 「부활」 집필을 위해 오룔 주의 감옥들을 시찰함. 10월, 잡지 「니바」와 「부활」의 출판 계약을 체결함. 「부활」로 받은 인세 전액을 4천여 두호보르파 신자들의 캐나다 이주 자금으로 기부함.

1899년(71세) 3월, 잡지 「니바」에 「부활」 연재 시작. 여름~가을, 「부활」 집필에 전념함. 「우리 시대의 노예제도」에 착수.

1900년(72세) 1월, 학술원 문학부문 명예회원으로 위촉됨. 2~6월, 「애국심과 정부」, 「우리 시대의 노예제도」 탈고. 체르트코프에 의해 영국에서 출판됨. 3월, 신성종무원은 '레프 톨스토이 백작이 참회하지 않고 사망할 경우 모든 종류의 추모와 위령 예식을 금지한다'는 결정을 내리고, 관할 교구 내 모든 성직자들에게 이 같은 결정을 따르도록 명령하라는 비밀 서한을 전 교구에 내려 보냄. 5~6월, 가족과의 불화가 심해져 가출을 계획함. 농부가 된 네흘류도프의 삶을 그린 「부활」의 속편을 구상. 가을, 「진정 필요한 일인가」와 「출구는 어디에 있는가」, 「시체」(「살아 있는 시체」)를 집필. 11월, 농민 작가 M.P. 노비코프의 「농민의 목소리」를 읽고 깊은 감동을 받음. 12월, 11명의 두호보르파 여신자들이 야쿠티야 주로 유형 간 가족들과 함께 살 수 있도록 러시아 귀국을 허락해 달라는 내용의 청원서를 니콜라이 2세에게 보냄. 자전적 희곡 「빛은 어둠 속에서도 빛난다」 집필.

1901년(73세) 2월, 정교회에서 파문. 파문의 결정적인 계기는 「부활」의 출판으로, 신성종무원은 톨스토이가 이 작품에서 성찬식을 신성 모독한 것으로 간주함. 종무원의 결정이 공표되자 러시아 사회 전체에 격한 논쟁이 벌어짐. 4월, 「종무원에 보내는 답신」을 작성하여 자신의 종교관과 신앙을 역설함. 7월, 빈민들과 같은 방식의 장례와 저작권 포기를 당부하는 유서를 작성함. 8~9월, 건강이 악화되어 담석산통과 심장 기능 저하, 열병을 앓음. 9월, 아내 소피야와 함께 크림 반도로 요양을 떠남. 10~12월, 「종교란 무엇이며 그 본질은 어디에 있는가」, 「유일한 방법」, 「하지 무라트」 등을 집필.

1902년(74세) 「신앙의 자유」, 「노동하는 민중에게」를 집필. 2월, 폐렴으로 위독한 상태에 빠짐. 아내 소피야, 교회의 품으로 돌아오도록 톨스토이를 설득하라는 안토니 대주교의 충고 서간을 받음. 4월, 장티푸스를 앓음. 6월, 아내와 함께 야스나야 폴랴나로 돌아옴. 7~9월, 「하지 무라트」, 「위조 쿠폰」, 「노동하는 민중에게」, 「성직자에게」, 「빛은 어둠 속에서도 빛난다」, 「지옥의 붕괴와 부흥」을 집필하고, 「회상」을 구술함. 12월, 간염과 독감으로 위독한 상태에 빠짐. 검열국, 톨스토이 사망 시 보도 통제를 언론에 지시함.

1903년(75세) 1월, 「매일 읽는 현자들의 사상」 집필. 5월, 「정치인들에게」를 탈고하여 체르트코프에게 보내 영국에서 발표함. 여름, 「하지 무라트」, 「회상」, 「아시리아 왕 아사르하돈」, 「무도회가 끝난 후」 등을 집필. 8월, '중개인'에서 「매일 읽는 현자들의 사상」 출간. 가을~겨울, 「셰익스피어와 희곡에 대하여」의 초고 집필. 「신의 것, 인간의 것」, 「위조 쿠폰」, 「필요한 단 하나의 것」 등을 집필.

1904년(76세) 러일전쟁에 반대하는 「각성하라」 기고. 「위조 쿠폰」, 「어둠 속의 빛」, 「필요한 단 하나의 것」, 「러시아의 사회 운동에 관하여」 등을 집필함. 1월, 「지혜의 달력」 착수. 아내 소피야가 톨스토이의 자필 원고들을 역사 박물관에 기증함. 2월, 아내 소피야가 회고록 「나의 삶」을 쓰기 시작함. 3월, A.A.톨스타야 죽음. 8월, 형 세르게이가 위독하다는 소식을 듣고 피로고보로 감. 형이 사제를 청해 병자성사를 받도록 톨스토이가 설득함. 12월, D.P.마코비츠키가 가족의 주치의로 야스나야 폴랴나에 옴.

1905년(77세) 1월, 체홉의 「귀여운 여인」 에필로그를 집필. 「코르네이 바실리예프」, 「알료샤 고르쇼크」, 「기도」, 「산딸기」, 「대죄」, 「세기 말」, 「세가지 거짓」, 「푸른 지팡이」 등을 집필. 「수도사 표도르 쿠지미치의 유고」 착수. 페테르부르크에서 있었던 '피의 일요일'에 대한 기사를 읽음. 2월, 모스크바에서 있었던 세르게이 알렉산드로비치 대공의 암살 소식을 듣고 큰 충격을 받음. 8월, '수도사 표도르 쿠지미치의 시선으로 본 알렉산드르 1세 이야기'를 집필하고 싶다는 희망을 마코비츠키에게 전함. 10월, V.V.스타소프에게 서간을 보내 '러시아에서 일어나고 있는 혁명 운동에 있어 민중의 편에 서고 싶다'는 의사를 표명함. 국민의 기본권과 시민적 자유를 약속한 니콜라이 2세의 칙령을 읽고 '민중을 위한 것은 아무것도 없다'고 실망함.

1906년(78세) 「무엇을 위하여」, 「꿈에서 본 것」, 「정부, 혁명가, 민중」, 「러시아 혁명의 의미」, 「무엇을 할 것인가」, 「자신을 믿어라」 등을 집필. 8월, 아내 소피야, 건강이 악화됨. 11월, 딸 마리야 오볼렌스카야 죽음.

1907년(79세) 1~4월, 「아동을 위한 그리스도의 가르침」 집필. 2월, 야스나야 폴랴나 농민 학교를 부활시킴. 3~5월, 「우리의 인생관」 집필. 4월, 「삼 세기」를 구상하였으나 집필에 착수하지 못함. 4~5월, 「그리스도교를 믿는 민족들, 특히 러시아 민족이 비참한 상황에 놓인 이유는 무엇인가」 집필. 5월, 아내 소피야의 남동생 뱌체슬라프 베르스가 급진 사회혁명당원에 의해 암살됨. 7월, 국무총리 P.A.스톨리핀에게 서간을 보내 러시아 농민들의 상황을 알리고 토지 사유제를 폐지할 것을 호소하였으나 스톨리핀은 답신에서 토지 사유제의 정당성을 역설함. 7~8월, 「살인하지 말라」, 「도덕적 문제에 대한 아이들과의 대화」 등을 집필. 9~10월, 새 「지혜의 달력」 집필에 전념함.

1908년(80세) 1월, 툴라의 사제 D.E.트로이츠키가 마지막으로 방문하여 정교회로 돌아올 것을 요청함. 에디슨이 축음기를 보냄. 2월, 야스나야 폴랴나의 농민 아이들을 가르침. 5월, 사후 저작권 문제에 대해 아내와 상의함. 6월, 영구 귀국한 체르트코프가 야스나야 폴랴나 근처로 옮겨 옴. 7월, 가출에 대한 강한 의지를 일기에 남김. 사형 제도에 반대하는 「침묵할 수 없다」를 국내외 언론을 통해 발표. 8월, 건강이 악화됨. 모든 작품에 대한 저작권을 사회에 환원하고, 어떤 교회식 장례 절차 없이 '푸른 지팡이'의 자리에 매장해 달라는 유언을 남김. 신문 「새로운 루스」에 '정교의 믿음에 반하는 톨스토이의 80세 생일에 대한 일체의 축하 행사에 참가하지 말라'는 신성종무원의 권고가 실림. 8~9월에 걸쳐 세계 각지로부터 2,000통이 넘는 축전이 도착함. 「아동을 위한 그리스도의 가르침」, 「폭력의 법칙, 사랑의 법칙」, 「사랑의 축복」, 「그리스도교와 사형 제도」, 「지혜의 달력」을 집필.

1909년(81세) 1월, 「수도사제 일리오도르」, 「행인과의 대화」, 「세상에 죄인은 없다」, 「시골 마을의 노래」, 「꿈」, 「의식의 혁명」, 「유일한 계율」 등을 집필. 툴라의 교회와 경찰 당국이 아내 소피야에게 톨스토이의 죽음이 임박할 경우 곧바로 관에 알리도록 강요함. 3월, 신문 「러시아 어문」에 「고골에 관하여」 발표. 7월, 스톡홀름에서 열린 제18회 세계평화회의에 초대받음. 저작권과 재산권 문제로 가족들과 첨예하게 대립함. 재산을 정리하고 가출하고 싶다는 글을 일기 곳곳에 남김. 8월, 금서를 유포하고 혁명을 선동했다는 이유로 비서 구세프가 체포됨. 9월, 마지막으로 모스크바를 방문함. 모스크바에서 떠날 때 수많은 군중이 그를 에워싸고 박수갈채를 보냄. 간디로부터 인도의 예속 상황에 대한 편지를 받음.

1910년(82세) 1~2월, 문집 「인생의 길」, 「호드인카」, 「보답하는 대지」, 「모든 악은 여기에서 나온다」, 「사회주의에 관하여」 등을 집필. 5월, 아내 소피야, 히스테리를 일으켜 가출함. 7월, 그루만트 마을 근처 숲에서 비밀리에 최종 유언장을 작성함. 8월, 가족 몰래 유언장을 작성한 것을 후회함. 아내 소피야, 톨스토이의 장화 속에서 '나만을 위한 일기'를 발견함. 9월, 아내 소피야가 자신을 '정상적인 판단을 할 수 없는 건강 상태'로 몰고 가 유언을 무효화하려 한다는 글을 일기에 남김. 10월 24일, M.P.노비코프에게 편지를 보내 가출 계획을 알리고, 자신이 머물 집을 알아봐 달라고 요청함. 10월 27일, 아내에게 보낼 이별의 편지를 씀. 10월 28일, 마코비츠키와 함께 야스나야 폴랴나를 몰래 떠나 여동생 마리야 니콜라예브나가 있는 샤모르지노 수도원으로 감. 옵티나 수도원에 들러 여동생의 고해 사제인 이오시프 신부를 만나려고 했으나 출입이 금지됨. 10월 31일, 아내 소피야 톨스타야가 올지도 모른다는 딸 알렉산드라의 이야기에 급히 샤모르지노를 떠남. 노보체르카스크에 있는 조카를 만난 뒤 불가리아로 갈 계획을 세웠으나 고열과 오한으로 아스타포보 역에서 하차, 역장 I.I.오졸린의 숙사로 감. 톨스토이의 가족과 전국 각지의 기자들이 아스타포보에 도착함. 의사들의 결정에 따라 아내와 아이들을 환자에게 들여보내지 않음. 11월 3일, 속히 참회하고 교회의 품으로 돌아오라는 대주교 안토니의 전보가 도착함. 톨스토이에게는 보여 주지 않음. 11월 5일, 옵티나 수도원장 바르소노피가 찾아와 면담을 요청했으나 딸 알렉산드라가 거절함. 11월 7일, 아내 소피야 톨스타야가 이미 의식이 없는 톨스토이를 만남. 오전 6시 5분, 톨스토이 영면. 11월 9일, 야스나야 폴랴나에서 수많은 군중이 모인 가운데 영결식이 거행됨. 자신의 유언대로, '푸른 지팡이'가 묻혀 있다는 숲에 묘비나 표석 없이 묻힘.

톨스토이 클래식 04
러시아 독본 |하|

초판 발행 2024년 09월 30일

지은이 레프 톨스토이
옮긴이 서유경

펴낸이 김선명
펴낸곳 뿌쉬낀하우스
편집 김민경, 김현정
디자인 박서현
주소 서울시 중구 퇴계로 20나길 10 신화빌딩 202호
전화 02)2237-9387
팩스 02)2238-9388
이메일 book@pushkinhouse.co.kr
홈페이지 www.pushkinhouse.co.kr
출판등록 2004년 3월 1일 제 2004-0004호

ISBN 979-11-7036-087-2 04890
   979-11-7036-027-8 (세트)

Published by Pushkin House. Printed in Korea
Copyright ⓒ 2024 Pushkin House
    ⓒ 서유경

저작권법에 의해 보호를 받는 저작물이므로 무단 전재와 무단 복제를 금합니다.